1,50

Muerte en el Burj Khalifa

Muerte en el Burj Khalifa

Gema García-Teresa

rocabolsillo

© Gema García-Teresa, 2016

Todos los personajes y situaciones que aquí aparecen son ficticios y cualquier parecido con la realidad es pura coincidencia.

Primera edición: febrero de 2016

© de esta edición: Roca Editorial de Libros, S. L.
Av. Marquès de l'Argentera 17, pral.
08003 Barcelona
actualidad@rocaeditorial.com
www.rocabolsillo.com

© del diseño de portada: Opalworks

Impreso por CPI BLACK PRINT
Torre Bovera 19-25
Sant Andreu de la Barca (Barcelona)

ISBN: 978-84-16240-66-1
Depósito legal: B-22.470-2016
Código IBIC: FA; FH

Todos los derechos reservados. Quedan rigurosamente prohibidas, sin la autorización escrita de los titulares del copyright, bajo las sanciones establecidas en las leyes, la reproducción total o parcial de esta obra por cualquier medio o procedimiento, comprendidos la reprografía y el tratamiento informático, y la distribución de ejemplares de ella mediante alquiler o préstamos públicos.

RB40661

A los abrazos de Enric y Max.
Y a los de mis padres, con añoranza.

Capítulo 1

26 de junio

123, 122, 121, 120, 119...
El ascensor del Burj Khalifa, el edificio más alto del mundo, había comenzado su descenso. Las vibraciones del aparato, debido a la gran altura de ese tramo, provocaron un silencio tenso, expectante. Como era habitual, la cabina iba al completo y sus ocupantes quedaban aprisionados en ese ambiente agobiante. Aunque con el aumento de las temperaturas el número de turistas que viajaba a los Emiratos Árabes empezaba a disminuir, nadie que fuera a Dubái quería perderse la visita al emblemático rascacielos ni tampoco las vistas de la ciudad que se podían contemplar desde el At the Top, el mirador situado en la planta 124. Además, empezaba a anochecer y eso aumentaba la afluencia de visitantes deseosos de ver la puesta de sol desde el fabuloso observatorio de la torre.

En el Dubai Mall, el centro comercial situado en la base del Burj Khalifa, la gente hacía sus compras sin prisas. En esas fechas se celebraba el Dubai Summer Surprises, un mes de rebajas y eventos durante el cual las tiendas ampliaban hasta medianoche su horario de apertura. El *mall* estaba a rebosar.

En sus bares y restaurantes el ambiente era ruidoso. La mayoría de los que ocupaban las mesas eran extranjeros, turistas o expatriados que trabajaban en Dubái o en algún emirato cercano. La presencia de la población autóctona emiratí, ya de por sí escasa, empezaba a disminuir aún más con la llegada del verano. Huyendo del calor marchaban a sus segundas residencias en Al Ain, donde la temperatura era más fresca y seca, o se iban de viaje fuera del país.

En el exterior del *mall*, el público se arremolinaba alrededor de las fuentes de la explanada. El espectáculo de luz y sonido había empezado y el agua se mecía con movimiento ondulante al son de la música del *Concierto de Aranjuez*.

86, 85, 84, 83, 82….

En el interior del ascensor solo se oían los disparos de algunas cámaras fotográficas y el hilo musical, una mezcla de música árabe, *chill out* y banda sonora de película de ciencia ficción. Sus silenciosos ocupantes ni siquiera se miraban entre ellos. Tenían la vista fija en el contador luminoso que iba marcando el descenso vertiginoso del aparato. La oscuridad que reinaba solo se veía rota por unos destellos de luz azulada y por el resplandor de las imágenes que se proyectaban en los laterales de la cabina. La combinación de la música con aquella luz tenue e irreal resultaba inquietante.

De vez en cuando, las imágenes proyectadas, como ahora las del hotel Armani ubicado en el mismo edificio, se detenían, dando la sensación de que el ascensor se había parado. Pero no, la pantalla electrónica que señalaba el descenso no daba lugar a dudas: 30, 29, 28, 27….

En el gran acuario del Dubai Mall, los visitantes paseaban por túneles de cristal, rodeados por miles de peces de colores. Hacían fotografías. Los más intrépidos se sumergían en las aguas con los tiburones, pero con preferencia lo hacían en el interior de unas jaulas que los protegerían de un hipotético ataque.

Todo el mundo disfrutaba de aquel anochecer de junio, confiado, seguro. Nada malo podía pasar en un ambiente tan sofisticado, moderno y protegido.

El rápido descenso del ascensor estaba llegando a su fin: 6, 5, 4, 3....

Sus ocupantes, con ganas de salir de allí cuanto antes, sonrieron aliviados, como quien finaliza un largo viaje. Su foco de atención cambió. Ahora miraban hacia la puerta de la cabina y los que no iban solos cruzaron la vista con sus acompañantes. La mayoría eran extranjeros, solo había un pequeño grupo de emiratíes: tres mujeres jóvenes que destacaban del resto al ir vestidas con *abayas*, las túnicas negras típicas de su país, y el cabello cubierto con los *shailas*.

—¿Estás bien? —preguntó una de las jóvenes a una de sus amigas, pues la veía extremadamente pálida, con los labios blancos y los ojos entrecerrados.

La puerta se abrió y los primeros turistas salieron.

—Esperamos que hayan tenido una agradable visita. ¡Muchas gracias y hasta la próxima! —repetía sin cesar un empleado con traje negro que los esperaba cerca de la puerta.

En el interior del ascensor, al ceder la presión que habían ejercido los visitantes que ahora iban saliendo, la joven emiratí se desplomó y cayó al suelo sin vida.

Fuera era ya de noche. Una preciosa y cálida noche de principios de verano en Dubái.

Capítulo 2

27 de junio

Obedeció las instrucciones de Mrs. Boyton de reunirse con ella en Petra (en su momento me extrañó que una mujer de la importancia de Lady Westholme viajara como una turista corriente), pero ya meditaba la forma de deshacerse de su enemiga. En cuanto se le presentó la oportunidad, la aprovechó de una forma audaz. Solo cometió dos errores…

Hessa Al Falasi estaba a punto de finalizar la lectura de *Cita con la muerte*. La elección de ese libro cuya trama ocurría en Jordania le pareció muy acertada para su viaje a ese país. Además, le encantaba Agatha Christie. La intriga de sus novelas, las bajezas y mediocridades de los personajes… Le gustaba sumergirse en esas historias donde los malos eran muy malos pero, la mayoría de veces, los buenos tampoco eran tan buenos como uno podría creer sino que al final resultaban también bastante mezquinos. Luego estaba Hércules Poirot, el detective, su manera de analizar todos los detalles, cómo veía lo que los demás también tenían delante pero habían sido incapaces de percibir. Como decía siempre su abuela, haciendo alusión a un antiguo proverbio árabe, «los ojos no sirven de nada a un cerebro ciego». A Hessa le gustaba evadirse con esas historias ya que su vida, a pesar de tener un trabajo muy cualificado, le parecía rutinaria y un poco aburrida. Su vida, pensó con envidia, no era como la de esos detectives, ni tampoco como la de las protagonistas de las historias que se contaban en las películas que tanto le gustaban.

—Hessa, ¿va todo bien? —preguntó Lubna acercándose al asiento de su hermana pequeña mientras se arreglaba el *shaila* negro que cubría su cabeza para que no dejara asomar ni el más mínimo mechón de sus cabellos.

—Sí, todo estupendo... Debe faltar poco para aterrizar —contestó Hessa sonriendo.

—Sí, no debe faltar mucho. Ahora que Mona se acaba de dormir... —dijo señalando con la cabeza el asiento situado unas filas más adelante, donde dormía su hija de tres años—. Con los niños, siempre es igual, si quieres que se duerman, no hay manera, y cuando han de estar despiertos, se duermen.

Hessa asomó su cabeza por el pasillo para poder ver cómo dormía Mona y sonrió enternecida ante la placidez de la niña.

—Vamos, Lubna, no puedes tener ninguna queja de tu hija. Mona no puede ser más buena.

—Es verdad, tienes toda la razón. Alá nos bendijo con su llegada—dijo Lubna pensando en lo que le había costado quedarse embarazada tras sufrir un aborto.

—Además, Lubna, si quieres descansar de la niña, tendrías que haber traído a la niñera para que se ocupara de ella. No sé porque te empeñas en viajar sin niñeras ni criadas, no conozco a nadie que viaje con sus hijos de esa manera.

—Pero si tú misma has dicho que es muy buena...Y a mí me gusta cuidar de ella. Quizá si tuviera más hijos... —Por unos instantes se quedó callada y con el semblante entristecido, pero enseguida recuperó la sonrisa—. ¿Aún no has acabado el libro?

—No, pero me falta muy poco.

—No sé cómo te pueden gustar esos libros.

—¿A qué libros te refieres? ¿A las novelas de intriga o a los de Agatha Christie?

—A los de Agatha Christie. Es que nos deja siempre fatal.

—¿A nosotros? ¿A los emiratíes?

—A los árabes, mujer, a los árabes. Siempre son los criados y nunca son protagonistas. ¡Ah! Y suelen ser feos y medio tontos.

—Pero es que no son emiratíes, Lubna, esa es la diferencia. —Sonrió con picardía.

—Calla, calla, no digas estas cosas, o por lo menos baja la voz. En este avión estamos rodeadas de jordanos.

Las dos hermanas rompieron a reír. De repente, al observar que los indicadores luminosos de los aseos estaban verdes, Lubna cambió bruscamente de tema:

—Me voy al lavabo, el de la parte de delante estaba ocupado, pero veo que el de atrás ha quedado libre. Voy antes de que me lo quiten. Luego hablamos.

Hessa miró por la ventanilla. Aún no se divisaba Dubái, aunque tampoco estaba muy interesada en lo que se podía ver de su emirato desde el cielo. Desierto, mar, rascacielos. Se lo sabía de memoria. Como hacía un tiempo espléndido, en cuanto se acercaran más a su destino la mayoría de turistas que viajaban en el avión empezarían a disparar sus cámaras, pero a ella la aburría esa visión. Amaba su país, su emirato, su ciudad, y no se veía viviendo por un período prolongado en otro sitio, pero a veces la agobiaba un poco. Desierto, mar, rascacielos.

Lubna no tardó en salir del aseo y ya de vuelta se dirigió otra vez al asiento que ocupaba su hermana en la clase *business* del vuelo de Emirates. La decisión de viajar a Jordania antes de que empezara el Ramadán la habían tomado de forma un poco precipitada y ya no habían encontrado cuatro billetes disponibles en primera, donde habitualmente viajaban. Lubna se apoyó en el asiento que ocupaba su hermana. Tenía ganas de charla.

—Lo hemos pasado bien estos días, ¿verdad?

—Sí, ha estado muy bien, fue muy buena idea ir a Jordania.

Lubna se sintió muy complacida ya que el viaje había sido idea suya.

—A mí, la visita a Petra es lo que más me ha gustado, aunque, claro, ver a Mona disfrutar de la playa y los baños en el mar Rojo, también ha estado muy bien. Oye…, ¿tú crees que la temperatura del agua en agosto en el mar Rojo debe ser tan alta como la del Golfo?

—Pues seguro no lo sé, quizá tanto no, pero me imagino que a ciertas horas tampoco debe de ser muy aconsejable bañarse. Sí, yo diría que en Áqaba en agosto, si te metes en el agua al mediodía, te puede dar un golpe de calor. Pero mejor se lo preguntas a tu marido, él lo sabrá, ya que va tan a menudo a Yeda.

Abdul-Khaliq, el marido de Lubna, era arquitecto y tenía un estudio en Sharjah, el más conservador de los Emiratos Árabes, de donde era su familia. En la actualidad estaba trabajando en la construcción de un resort en Yeda, en la costa del mar Rojo de Arabia Saudí, lo que le obligaba a continuos viajes a ese país.

—No, no se puede comparar, Yeda está mucho más al sur…, no creo que sea lo mismo. Pero hablando de Abdul-Khaliq, ¿sabes qué me decía antes como idea para viajar este verano?

Hessa la miró expectante, a la defensiva, ya que con frecuencia no compartía los puntos de vista de su cuñado. ¿No estaría pensando en llevarlas a Yeda? ¡Ah, no! Ni pensarlo, no estaba dispuesta a ir a Arabia Saudí, no iría, por mucho que Yeda estuviera considerada la ciudad más liberal y cosmopolita de ese país. Una cosa era ir de peregrinaje a La Meca una vez en la vida y otra muy diferente ir a Arabia Saudí de vacaciones. No iría de ninguna de las maneras. Aunque con un poco de suerte no debía de ser eso, hacía demasiado calor en verano para que su cuñado hubiera pensado en que lo acompañara toda la familia.

—Pues que un buen viaje para el verano es Malasia —continuó su hermana.

—¿Malasia? —preguntó Hessa con sorpresa y alivio.

—Sí, se lo han dicho los de Arabia Saudí, aquellos con los que está construyendo el hotel.

—¿Los sauditas? Huy, ideas de sauditas..., no creo que me gusten... —Hessa no se solía sentir identificada ni con las ideas de su cuñado ni con las de los sauditas, mucho más conservadoras que las suyas.

—Que sí mujer, que sí. Al ser un país musulmán, todo es muy cómodo para nosotros: la comida es *halal*, hay mezquitas por todas partes, pero luego hay también cosas muy diferentes: templos budistas, hinduistas..., y los puedes visitar aunque seas musulmán. Además hace calor, pero no tanto como en nuestro país, y puedes ver elefantes, incluso hasta te puedes bañar con ellos. ¿Te imaginas a Mona bañándose con elefantes? ¿Crees que se asustaría?

—Vaya, suena bien, podría ser divertido.

—Y no te preocupes, que tampoco faltan centros comerciales en Kuala Lumpur. Dicen que el de las Torres Petronas es muy grande, aunque, claro, no tanto como el Dubai Mall. Bueno, ¿a que ya te está gustando Malasia?, ¿a que sí? —le preguntó haciendo referencia a la pasión que tenía su hermana menor por las compras.

—Pues tal y como lo cuentas, no pinta mal. Quizá, incluso, podríamos acercarnos a Singapur. Nunca hemos estado allí.

—Sí, por descontado, cómo no. Te dejaríamos el primer día en aquella calle donde están las mejores tiendas, ¿cómo se llama? —Se quedó pensando durante unos segundos—. ¿Orchad Avenue? Sí, creo que ese es su nombre. Y luego pasaríamos el último día a recogerte. A ti y tus bolsas con las compras —aclaró riendo.

—Pues sí, lo miramos para agosto —dijo Hessa al tiempo que volvía a abrir su libro.

—¿Has comido bien? —preguntó Lubna inquisitivamente, y con ganas de seguir charlando—. Tienes que comer más, estás muy delgada. Ya sé que la comida del avión no es nunca gran cosa, pero la verdad es que no ha estado nada mal. Viajar en *business* no es lo mismo que en primera, desde luego, pero no nos podemos quejar... También te dan a elegir varias opciones de menú, ¡y todos *halal*! ¿Qué has tomado?

Hessa intentó recordar lo que había pedido. Deseaba contestar a su hermana con amabilidad porque Lubna se preocupaba mucho por ella. Bueno, por ella y por todo el mundo, pero era un poco pesada, quizá era la persona más pesada del mundo después de su madre. Su madre ganaría ese premio, sin duda. Pero ¿por qué Lubna no le dejaba acabar el libro antes de que aterrizaran? Empezaba a estar aburrida de la conversación de su hermana sobre los menús de la línea aérea.

—Cuscús con verduras y té —respondió sin pensar.

—Qué raro..., a nosotros no nos han ofrecido cuscús.

Hessa se sintió mal. Había dicho lo primero que se le había pasado por la cabeza. Quería acabar cuanto antes la conversación con su hermana y volver a su libro.

Pero Lubna no se daba por vencida fácilmente y volvió a la carga.

—Es que estás muy delgada, Hessa. Mira, hazme caso, de verdad. Eres una mujer muy guapa. ¡Ya quisiera yo ser tan guapa como tú! Pero a los hombres les gustan las mujeres con un poco más de carnes. No tantas carnes como las que tengo yo... —Rompió a reír—. Pero un poquito más de peso te iría muy bien. Los hombres quieren tener algo que agarrar. —Y su blanca cara libre de todo maquillaje se ruborizó por lo que se había atrevido a decir.

«Huy, qué plomo. Ya volvemos a las andadas. Lubna siempre dándome consejos, desde que éramos pequeñas», pensó Hessa un poco cansada. «Y desde que vivo con ella y su familia, volvemos a representar nuestros antiguos papeles. Lubna la sensata, la consejera, y yo,

Hessa, la hermana menor a la que hay que proteger y orientar. Pero ¿es que esto no va a cambiar nunca?»

Sin embargo, Hessa no pudo evitar quedarse por unos instantes pensativa ante el comentario de su hermana. Muy a su pesar, reconocía que Lubna tenía parte de razón. Estaba a punto de cumplir los treinta y, aunque era atractiva, no había tenido ningún pretendiente, y sus padres tampoco habían recibido ninguna propuesta de matrimonio desde que se quedó viuda, hacía más de dos años. Tenía que empezar a admitir que pronto sería considerada una solterona. Seguía añorando a su marido y se sentía un poco sola, aunque su mayor tristeza se debía a no tener un hogar propio, a no haber formado una familia. Era abogada y tenía un buen trabajo que le ocupaba toda la jornada, pero la vida de una mujer que no hubiera creado un hogar, que no hubiera tenido hijos, no era una vida plena. Bueno, por lo menos para una mujer árabe, pensaba Hessa, aunque quizá para cualquier mujer de cualquier cultura…, pero de esto no estaba tan segura.

—¿Y qué quieres que haga? Dime tú, tú que lo sabes todo y me aconsejarás muy bien —saltó Hessa un poco molesta. Con lo a gusto que estaba leyendo la novela de Agatha Christie, ¿por qué su hermana lo había tenido que estropear con sus comentarios?—. ¿Qué debo hacer para encontrar un marido? ¿Si me engordo lo encontraré? ¿Así de fácil? ¿Los hombres compran a las mujeres a peso, como hacen con el cordero o la carne de camello? Deme 50 kilos de mujer, por favor. No, mejor 55, no vaya a ser que me quede corto —añadió imitando la voz de un hombre.

—Baja la voz —dijo Lubna preocupada de que alguien las pudiera oír. Tampoco se trataba de dar un espectáculo en el avión—. Yo solo quiero lo mejor para ti…

Su intención no era molestarla sino ayudarla. Lubna siempre buscaba la felicidad de los demás y evitaba ofender con sus comentarios. Tampoco le gustaban los conflictos, así que cuando parecía que se iba a iniciar una discusión no le importaba disculparse o dar su brazo a torcer, ya que no era una mujer orgullosa. Aunque había una excepción: las discusiones con su hermana pequeña. Sucedía desde que eran niñas y difícilmente podía cambiar ya. Las dos querían tener siempre la razón y ser poseedoras de la verdad absoluta, aunque fuera en asuntos sin ninguna importancia ni trascendencia para su vida diaria. Podían discutir sin tregua sobre la velocidad máxima a la que podía correr un camello o sobre la temperatura de la noche más fría del año en el desierto del Rub al Khali, el Lugar Vacío, con la misma terquedad que empleaban para dilucidar la edad que cada una pensaba que tenía la abuela.

—Además, aún no soy una solterona —continuó Hessa enojada—. ¿Sabes qué leí el otro día en el *Gulf News*? Han hecho una encuesta y los emiratíes piensan que una mujer solterona es la que aún no se ha casado a los 32 años. Trein-ta-y-dos —dijo remarcando el número lentamente—. Aún tengo margen, ¿no?

—Claro, claro. Yo no te he dicho que seas una solterona —dijo Lubna con tono conciliador, arrepentida de haber molestado a su hermana.

—¿Y sabías que en la actualidad hasta un sesenta por ciento de las mujeres emiratíes mayores de treinta años siguen solteras? —Hessa ya había empezado y ahora no habría quién la parara, ni siquiera la actitud sumisa de su hermana. Al contrario. La actitud de Lubna la ponía más nerviosa—. Al parecer, no soy un caso tan excepcional.

—¿Tantas siguen solteras a esa edad? Nunca lo hubiera dicho.

—Ah, y otra cosa. ¿Sabías que ha aumentado el número de hombres emiratíes que se casan con extranjeras?

—Pues no. ¿Y por qué será? Las mujeres de nuestro

país son muy guapas —se extrañó Lubna, empleando la tercera persona para referirse a las bellas emiratíes en las que claramente no se sentía incluida pues ella no se veía guapa y ni tan siquiera agraciada.

—Pues no sé por qué será, aunque no me extrañaría que fuera para evitar pagar la dote —reflexionó Hessa en voz alta.

La suma de dinero, joyas y otros regalos que tenía que entregar un novio a su prometida emiratí podía llegar a ser muy elevado, tanto, que en ocasiones se entregaba parte de esa dote después de la boda, en plazos repartidos entre los primeros años de matrimonio. El marido, además, no podía reclamar su devolución en caso de querer divorciarse de su mujer, una circunstancia, por otro lado, bastante habitual en el país. Por esa razón, a pesar de que en los últimos tiempos el gobierno de los Emiratos Árabes incentivaba los matrimonios entre emiratíes con una subvención importante, el casarse con extranjeras podía resultar más beneficioso desde el punto de vista económico, ya que no solo se evitaba la entrega de una dote, sino en muchas ocasiones también las costosas celebraciones con cientos y cientos de invitados.

—El caso es que, sea por la razón que sea, ellos se casan cada vez más con extranjeras, musulmanas o no, y nosotras no podemos casarnos con hombres no musulmanes porque nos lo impide nuestra religión. Así, se van reduciendo nuestras posibilidades de matrimonio, ¿cierto? Lubna, las cuentas no salen, ¿te percatas?

—Vaya, vaya, visto así parece muy difícil casarse con uno de los nuestros.

«Tan culta que es y a veces parece que no viva en este mundo», pensó Hessa un poco más calmada. La ignorancia de su hermana mayor en algunos temas y esa cara de sorpresa e incredulidad que había provocado en ella le hicieron recuperar su buen humor.

—Pues hay más —dijo Hessa empezando a disfrutar

con la conversación, en la que podía alardear de que ella también leía el periódico y estaba al día de lo que sucedía en su país—. La mayoría de los emiratíes prefieren que su mujer no trabaje una vez casados y, si lo hace, desean que sea a tiempo parcial.

Nada más aportar este nuevo dato, Hessa se dio cuenta de que había sido muy poco hábil. Acababa de dar a su hermana argumentos para otro de sus temas más conflictivos.

—Es que ese es otro de los problemas, Hessa. También deberías trabajar menos y quizá en otro tipo de casos. No te estoy diciendo que no ejerzas de abogada. No, no, eso no. Has estudiado mucho para ello. Yo también tengo una carrera universitaria y te entiendo —dijo Lubna utilizando un tono suave.

Pero, a pesar del tono, estaban empezando a tocar un tema muy espinoso.

—¿Estás segura de eso? ¿De que me entiendes? Tú prácticamente has dejado de trabajar desde hace años.

—Mujer, eso no es del todo cierto... Hago ilustraciones para libros desde casa.

—Lubna, no te mientas a ti misma. Recuerda lo que hacías antes de conocer a Abdul-Khaliq y compáralo con lo que haces ahora. Trabajabas en uno de los museos más importantes del país y estabas muy bien considerada.

—Va, va, no exageres, tampoco era para tanto.

—¿Que no? ¡El museo de la Civilización Islámica de Sharjah! Cualquier licenciada en Bellas Artes se moriría por trabajar allí y tú lo dejaste todo por Abdul-Khaliq.

—Estás exagerando otra vez...Yo solo colaboré con los dibujos de los paneles informativos de las piezas que se iban a exhibir en el nuevo edificio, y esa tarea se acabó con la inauguración de su nueva ubicación, lo sabes muy bien. Que eso coincidiera con mi boda con Abdul-Khaliq fue una casualidad. Si él no hubiera estado trabajando en la rehabilitación del nuevo museo, no nos hubiéramos conocido…, pero fue una coincidencia. Mi contrato en el museo finalizó y él no tuvo nada que ver. Te montas unas películas…

—Bueno, pero podías haber encontrado un puesto en otro museo, en el que quisieras. Eres muy buena en lo tuyo.

—No tanto, no tanto —dijo con humildad—. Además, ahora está Mona y me gusta pasar tiempo con ella en casa, verla crecer. Y, oye, que no soy tonta, estábamos hablando de tu trabajo, no del mío, así que no desvíes la conversación —añadió sonriendo.

El trabajo de Hessa había sido conflictivo desde que finalizó la carrera de Derecho. Toda su familia esperaba que la nueva abogada se colocara en la Administración pública. Cualquier emiratí que se preciara, si no montaba su propio negocio o tenía una participación en una empresa, intentaba ocupar un puesto como funcionario. A veces, incluso compatibilizaban los negocios con un cargo público, pero ¿trabajar para un tercero? Eso no estaba muy bien visto, ni se consideraba muy digno. Y menos en una mujer. Las mujeres eran muy bien tratadas en la Administración. Disponían de más días de vacaciones que en las empresas privadas, de sus bajas por maternidad o por enfermedades… Entonces, ¿por qué Hessa había aceptado ese puesto en un bufete de abogados? Nadie había entendido esa decisión.

Pero ella, en cuanto se vio con el título de Derecho bajo el brazo, no pudo evitar la tentación de contestar a una oferta de trabajo que vio publicada en el *Gulf News*. Ofrecían una posición *junior* en un despacho de abogados situado en el centro de Dubái. Fue uno de los socios del bufete, Mohamed, que llegaría a convertirse en su marido, quien le hizo la entrevista. Recordaba ese día como si fuera ayer. Le pareció un hombre amable, respetuoso y, aunque no estuviera bien decirlo, muy atractivo. Sorprendentemente estaba aún soltero, a pesar de tener diez años más que ella. Sus años de estudios y trabajo en el extranjero le habían dificultado dedicarse a encontrar una esposa que colmara sus expectativas. El puesto parecía interesante y Hessa pensó que podría aprender mucho en aquel despacho. Le hicieron una oferta en firme y la aceptó, aunque se tuvo que enfrentar a su familia que no acababa de estar de acuerdo. Luego empezó la vorágine de los casos, la coincidencia con Mohamed en algunas reuniones, algún cruce de miradas para volver enseguida al recato que exigían sus tradiciones y, finalmente, llegó la propuesta de matrimonio. La familia de Hessa, tras comprobar que Mohamed se ganaba bien la vida y no encontrar nada escandaloso o preocupante en su pasado, aprobó ese matrimonio. Tanto los padres de la joven como su hermano mayor estuvieron de acuerdo en que estarían mucho más tranquilos si Hessa trabajaba en el mismo despacho que su marido. Sería una situación ideal, bien controlada de cerca por Mohamed. Eso evitaría que se metiera en algún lío. Hessa, por su parte, no dudó ni un momento en aceptar casarse con él. No es que estuviera enamorada antes de la boda, pero ¿qué era el amor? ¿Palpitaciones y dolor de estómago al encontrarse cerca de la persona amada? Fantasías, aunque bonitas, de las películas, pero la vida real no funcionaba así, pensó la joven. Mohamed era un hombre bien parecido, amable, con su misma profesión y un buen nivel de vida. ¿Qué más podía pedir? Lo tenía todo para que ese matrimonio funcionara y así fue. Tras la boda, cada día que pasaba Hessa sentía más apego y cariño por su marido, que a su vez era cada día más atento y solícito con su esposa. Sin palpitaciones ni nudos en el estómago, Hessa fue muy feliz con Mohamed, pero todo acabó con aquel accidente. Una llamada de la Policía al anochecer y en unos instantes su vida cambió para siempre. Y a partir de entonces, ¿qué podía hacer para alejar su tristeza y no pensar una y otra vez en aquella tragedia? Volcarse más y más en su trabajo. Así que los casos se volvieron una válvula de escape, casos y más casos... Además, al haber heredado la participación de su marido en el despacho, se tuvo que dedicar también en parte a su gestión, por lo que las jornadas laborales se hicieron interminables, parecía que no tuvieran fin. Pero ese no era el problema. El problema eran los casos que ella llevaba, eran esos casos los que desataban mayor polémica.

Lubna estaba decidida a seguir hablando de esa cuestión. Quería aprovechar que su hermana no tenía escapatoria en el avión para continuar aconsejándole, ya habían hablado en anteriores ocasiones sobre eso pero sin el menor resultado.

—Esos casos de divorcios de mujeres... te ponen en una situación complicada —continuó con voz suave y persuasiva para intentar convencerla—. No lo digo yo sola, ya sabes lo que opinan también *mama y baba*.

Aludió a sus padres para dar más peso a sus argumentos, pero se cuidó mucho de no hacer ninguna referencia a lo que pensaba su marido, Abdul-Khaliq, para no desatar aún más rechazo en su hermana.

«Sí, ya sé lo que dice mi madre. Que una joven viuda que ayuda en las querellas para romper matrimonios ahuyenta a cualquier posible pretendiente y que así nunca conseguiré un nuevo marido, ni podré formar una familia. Que cualquier hombre con dos dedos de frente saldrá corriendo ante una mujer como yo», recordó Hessa.

La joven abogada defendía frente al tribunal de la *sharia* los casos de divorcios *khula* solicitados por mujeres. De acuerdo con la ley islámica, una mujer podía solicitar el divorcio si probaba que su marido le infligía malos tratos, la había abandonado, o bien no se hacía cargo de sus necesidades o las de sus hijos. En estos casos, no obstante, la mujer tenía que devolver al marido la dote que había recibido antes de la boda, por lo que debía decidir entre su libertad o su seguridad económica.

Algunos de esos litigios podían llegar a ser muy complicados, ya que en ocasiones un marido que quisiera el divorcio llevaba a una situación límite a su esposa para que fuera ella quien lo solicitara y así, además de divorciarse, recuperaba la dote que había entregado para su matrimonio. Las altas cantidades de esas dotes generaban muy a menudo disputas y querellas. Hessa también se ocupaba de la redacción de los *nikkahnama*, los contratos prematrimoniales, que solicitaban cada vez con más frecuencia las familias para incluir los *shurut*, las cláusulas que protegerían a sus hijas ante determinadas situaciones y que iban desde indemnizaciones cuantiosas en caso de divorcio, hasta las que aseguraban que el matrimonio sería siempre monógamo.

—Y, además, Hessa, con la indemnización que recibiste por el fallecimiento de Mohamed podrías... —Lubna no acabó la frase ante la tristeza que se reflejó en el rostro de Hessa al oír el nombre de su marido. Se arrepintió enseguida de haberlo mencionado.

Sí, había sido una gran suma. Mohamed había fallecido en un accidente de coche, en el que se pudo demostrar que el causante, que también murió a las pocas horas, conducía excediendo en gran medida la velocidad máxima permitida. El radar situado en la autopista unos metros antes del lugar del accidente lo había registrado. Más tarde se demostró que el conductor había ingerido alcohol. Conducir en Dubái por encima de la velocidad permitida significaba una multa, pero por lo general la cosa quedaba allí. Era bastante habitual conducir muy rápido ya que los emiratíes solían tener potentes coches y uno de sus pasatiempos preferidos era hacer carreras por las autopistas. Sin embargo, conducir habiendo bebido alcohol era una falta mucho más grave y la tolerancia para este delito era cero, independientemente del nivel de alcoholemia. En el caso del marido de Hessa, teniendo en cuenta que eso había provocado un accidente mortal, la indemnización fue muy elevada. Sus suegros no reclamaron nada, para sorpresa de la familia de la joven abogada, y todo fue para ella. Ya se sabía que los emiratíes, como árabes y buenos musulmanes, eran hospitalarios y generosos y todo les parecía poco para sus invitados y familiares, pero cuando se trataba de un negocio o una indemnización..., entonces sacaban las dotes negociadoras que llevaban grabadas en sus genes.

Hessa achacó la extrema generosidad de sus suegros al cariño que le tenían, y a que querían asegurarse de que no tuviera problemas económicos en el futuro, pero su madre lo estropeó con un comentario muy desagradable que hizo por aquellos días: «Los padres de tu marido no reclaman la indemnización porque ¿qué madre querría un dinero manchado con la sangre de su hijo? Yo, desde luego, no». Así eran las mujeres de esa generación, y más aún las de la generación de su abuela, decían lo que pensaban, sin adornos. Pero su madre no tenía razón, pensó Hessa por aquel entonces, el dinero de la indemnización no era «dinero de sangre», como se llamaba a la compensación que aceptaban algunas familias de las víctimas de fechorías e incluso asesinatos a cambio de que no se ejecutara la condena que había dictaminado un tribunal tras un juicio. No, no era lo mismo. Ella no estaba aceptando esa indemnización a cambio de que el culpable del accidente se librara de la cárcel, o de algo más, porque ese hombre ya había fallecido. Eso era diferente y ella nunca hubiera aceptado un «dinero de sangre». Aunque tampoco juzgaba a las familias que lo aceptaban y permitían que el culpable circulara libremente, como si no hubiera pasado nada. No les podía juzgar, la ley lo permitía, y, en la mayoría de ocasiones, esas familias eran tan pobres que ese dinero les daba la posibilidad de tirar adelante sin el sueldo de la víctima. Porque ¿de qué les servían a esas familias años y años de cárcel o la pena capital de un agresor si ellos se morían de hambre?

—Solo quería decir que, afortunadamente, no tienes problemas económicos y podrías dejar de trabajar tanto y eso sería bueno para ti, te facilitaría rehacer tu vida —dijo Lubna queriendo dar por acabada la delicada conversación.

No había pretendido entristecer a su hermana y menos cuando volvían de unas vacaciones, pero sus palabras fueron un golpe más para Hessa. No haría falta rehacer una vida a no ser que esa vida estuviera deshecha.

Se empezaron a notar turbulencias y a continuación por el altavoz sonaron unas interferencias que dieron paso a la voz melodiosa de la sobrecargo del vuelo de Emirates anunciando el aterrizaje en el aeropuerto de Dubái.

Hessa respiró aliviada al ver que la incómoda conversación había llegado a su fin.

—Hessa, me voy a mi sitio —dijo Lubna incorporándose—. Oye, coge las revistas que has comprado, aunque las hayas leído, así las podré mirar en casa.

—Compré *Sayidaty* y otras por el estilo, todas de moda y belleza, Lubna. ¿Las cojo? —preguntó Hessa a su hermana aunque ya conocía la respuesta

—¿Todas de moda? Entonces no. Mira que eres *fashion victim*. Y acuérdate de ponerte el *shaila* antes de bajar. Te tienes que cubrir el cabello, no quiero que volváis a enfadaros Abdul-Khaliq y tú —le advirtió Lubna antes de alejarse por el pasillo.

El marido de Lubna intentaba imponer en su familia normas más estrictas a las que las dos hermanas estaban acostumbradas y eso era una fuente de conflictos, sobre todo con su cuñada. Sharjah, de donde era la familia de Abdul-Khaliq, era el emirato más conservador del país, el único donde estaba prohibido el consumo de alcohol incluso a los extranjeros, y donde las leyes de orden público eran más rígidas, entre ellas las normas de vestimenta. La familia del joven se aseguró, antes de transmitir a los padres de Lubna la propuesta de matrimonio de parte del mayor de sus hijos, de que esta fuera una mujer adecuada para él a pesar de no pertenecer a su *hamula*. Sus investigaciones los tranquilizaron: Lubna era una joven con estudios, pero discreta y piadosa, no una mujer frívola como las que abundaban en los últimos tiempos.

Pero ya desde el principio de su matrimonio se vio claramente que las costumbres de Abdul-Khaliq no eran las mismas a las que estaba acostumbrada Lubna, ni correspondían a la forma, más moderna, en que su familia la había criado. La decisión de Hessa de trasladarse a vivir con su hermana y su familia tras el fallecimiento de su esposo, aunque meditada, no parecía que hubiera sido muy acertada. Pero ¿qué alternativas había tenido tras finalizar el *iddah*, los cuatro meses y diez días establecidos por las leyes islámicas como período de duelo para las viudas? Económicamente era una mujer independiente, pero una cosa era su independencia económica y otra que una mujer árabe que aún no había cumplido los treinta años viviera sola, como si no tuviera familia ni nadie que la quisiera. Hessa tenía una casa, pero no un hogar, y tuvo que tomar una decisión.

Con sus suegros la relación era cordial pero el vínculo con ellos no era intenso al no haberles dado nietos, por lo que no se sintió obligada a vivir en su casa. Otra opción hubiera sido trasladarse a la de sus padres, tal como quería su madre, pero eso habría supuesto un fastidio, ya que sería como volver a la infancia. Se imaginaba a su madre tratándola otra vez como si fuera una niña. No lo podría soportar. Además, era muy pesada. Hablaba y hablaba. Conocía todos los chismorreos de la familia y los más relevantes de la ciudad y también estaba al día de todos los culebrones de la tele. Claro que eso a veces era divertido, pero a diario podría resultar asfixiante. Le habría gustado ir a vivir con su hermano

Fawaz y su familia. Adoraba a su cuñada Rawda, tan divertida, comprensiva y cariñosa, ella era su amiga y confidente, pero ahora vivían en Abu Dabi y, aunque era un trayecto de no más de una hora en coche, le parecía una distancia excesiva para trasladarse cada día a su despacho de Dubái. Así que la propuesta de su hermana de irse a vivir con ellos, unida a las expectativas de poder disfrutar de su sobrina, fue bienvenida. Tomada la decisión, cerró su casa, la que había compartido esos meses felices con su marido, y se marchó a la de su hermana. Ahora estaba arropada por Lubna, y Mona, con sus gracias, le daba alegría, pero su cuñado..., no podía evitar el rechazo que sentía por él. A veces se sentía culpable por sus sentimientos, ya que Abdul-Khaliq era atento con ella, siempre la tenía en cuenta en todos los planes de la familia, como en ese viaje a Jordania, y además era muy generoso. Él corría con todos sus gastos, los de la casa, comida, viajes..., aunque a Hessa le parecía que no lo hacía tanto por generosidad sino más bien por la creencia de que una mujer no podía valerse sin la ayuda de un hombre. Ella solo se costeaba sus caprichos, aunque gastaba mucho en ellos. La ropa, los zapatos y los complementos eran su debilidad. Pero tampoco era un caso excepcional: sus amigas y sus primas también gastaban grandes cantidades de dírhams en su apariencia. A Lubna, en cambio, la moda y los centros de estética no la seducían en absoluto. Siempre había sido diferente, aunque mientras vivió en casa de sus padres se la veía feliz. Y a Hessa la preocupaba observar cómo su hermana, tras su matrimonio, había ido perdiendo progresivamente su sonrisa, esa sonrisa abierta y serena que la caracterizaba. Lubna ya no era la misma.

Hessa enderezó el respaldo de su asiento y aprovechó para arreglarse un poco la *abaya*. A diferencia de la que llevaba su hermana, la suya era mucho más entallada y se ceñía a la cintura con un cinturón de la misma tela negra que el resto de la túnica, repitiendo los dibujos dorados que aparecían en el cuello, en los bordes de las mangas y en la parte central de la espalda. Aunque la *abaya* no llegaba a marcarle las formas del cuerpo, le daba un aspecto esbelto y elegante. Intentó también, pero sin éxito, poner en orden su cabello alborotado tras las tres horas de vuelo.

«Ya me cubriré el cabello con el *shaila* después, cuando me pueda peinar bien al bajar del avión», pensó sin importarle demasiado y desoyendo las recomendaciones que le había hecho unos instantes antes su hermana.

Una turbulencia un poco más intensa la sacó de sus pensamientos y un golpe seco en el suelo le confirmó que el avión había aterrizado. Hessa estiró los pies hacia el asiento de la fila delantera. Lo hacía siempre. Le salía de forma natural, inconscientemente. Era como si sus pies quisieran ayudar a frenar el avión. Quizá, por su carácter, no podía dejar totalmente en manos de otros maniobras tan importantes como esa.

Lubna y su familia, sentados unas filas más adelante, salieron antes, después de girarse Lubna en dirección a su hermana para comprobar que estaba bien y que los seguía. Pues ¿qué esperaba que hiciera? ¿Quedarse en el avión para siempre?

En la puerta la tripulación al completo se despedía de los pasajeros. Hessa se fijó en el comandante, un occidental de unos cincuenta años que se dirigía al pasaje con condescendencia. Esa actitud, sumada a la arrogancia con la que exhibía su uniforme, le recordó a los orgullosos hombres de su país. Sí, los emiratíes también se mostraban engreídos ante el resto del mundo con su *kandora*, la túnica de un blanco inmaculado, y su *gutrah*, también blanco e impoluto, que les cubría la cabeza. Parecían proclamar: somos los dueños de este magnífico y rico país pero, como buenos musulmanes, somos generosos y queremos compartirlo con vosotros. A ella le pasaba algo similar, se sentía muy orgullosa vistiendo su *abaya* y su *shaila*, pero solo en su país... y también fuera si viajaba con su cuñado. ¡Qué se le iba a hacer!

Se reunió con los demás a la salida del *finger* y notó el cambio brusco de temperatura. Habían llegado a Dubái y, si bien en el exterior se podía llegar a alcanzar los cincuenta grados, la intensidad del aire acondicionado en los lugares cerrados era frecuentemente muy alta, quizá demasiado. En el aeropuerto hacía mucho frío. La luz blanca de los fluorescentes, el suelo claro y brillante y sus grandes columnas plateadas aumentaban esa sensación de helor. Ese día, casi como cualquier otro del año, estaba atestado de gente, ya que aunque el turismo en Dubái disminuía con la llegada del calor asfixiante del verano, era un importante aeropuerto de tránsito entre Europa y Asia. Los pasajeros se apresuraban por los largos pasillos y las cintas transportadoras arrastrando sus maletas de un lado a otro, buscando en las pantallas luminosas las puertas de embarque de sus siguientes vuelos. Funcionarios emiratíes, vestidos a la manera tradicional, vigilaban paseándose en parejas y, en algunos casos, cogidos de la mano. Los turistas, sorprendidos, los miraban de reojo e intentaban sacarles fotografías a escondidas. Hessa se indignó un poco ante semejante estupidez. ¿No podían entender sus costumbres? También era de dominio público que algunos occidentales creían que los hombres emiratíes que iban de la mano y que se saludaban frotándose la nariz eran homosexuales. ¿Y eran esos extranjeros, esos que no hacían nada por entender las diferentes costumbres de otros pueblos, los que decían que los árabes eran intolerantes? Esos gestos eran una tradición suya, y esos hombres no tenían nada de homosexuales. ¿Y por qué los fotografiaban? ¿Acaso eso era un espectáculo? ¿Ella en sus viajes fotografiaba a esos hombres que comían cerdo y bebían cerveza en las terrazas de los restaurantes de la playa, con el torso al descubierto y mostrando grandes y colgantes barrigotas provocadas por el consumo de alcohol? No, ella no les fotografiaba. Eran sus costumbres, costumbres de los infieles, que solo les atañían a ellos.

La familia de Hessa avanzaba, como siempre, en fila. La encabezaba su cuñado, unos pasos por detrás lo seguía su hermana con la niña y detrás de todos iba Hessa. Aceleró el paso para ponerse a la altura de su hermana, que arrastraba a la niña de la mano, medio dormida. Esta, al ver a su tía, le tendió la otra mano, que Hessa cogió con ganas, estrechándola con ternura. Se agachó ligeramente, lo justo para poder dar un beso a la niña en la mejilla y al notar ese suave olor a sueño de niño, ese olor que se parecía al pan de pita recién hecho, se inclinó un poco más y besó a Mona en el cuello. La niña empezó a reírse por las cosquillas que le estaba haciendo su tía, pero Lubna acabó con la tierna escena con un gesto para indicar a Hessa que se tapara el cabello con el velo.

—Sí, Lubna, me lo arreglaré en el lavabo, ya me lo has dicho antes. Deja de preocuparte, por favor —dijo con un mohín de desagrado—. ¡Qué pesada! —agregó bajando la voz.

—Sí, pero esa es la cuestión. Es que ya te lo había dicho. Mira, pudiendo vivir sin discusiones, no entiendo tus ganas de provocar enfados. Te gusta provocar. ¿Para qué? Lo vas a hacer de todas formas; entonces, ¿por qué lo has retrasado? —Lubna estaba molesta porque su hermana no había hecho caso a sus advertencias, pero en el fondo también la amargaba el papel que tenía que representar. A ella no le importaba que su hermana exhibiera el cabello, nunca lo había considerado importante, pero prefería evitar las fricciones entre los cuñados. Cambió de tema para relajar el ambiente—: Hessa, ¿has quedado con *mama* para celebrar el inicio del Ramadán?

—No, ahora que lo dices, aún no he hablado con ella de eso.

—Te lo decía por si quieres venir con nosotros a casa de la familia de Abdul-Khaliq, ya sabes que estás invitada, siempre cuentan contigo y estaríamos muy contentos si pudieras. Piénsatelo y dinos algo. El Ramadán podría comenzar ya dentro de dos días. Eso fue lo que dijeron los del planetario de Sharjah y raramente se equivocan en sus cálculos.

Hessa pensó rápidamente en la respuesta que debería dar a su hermana para no herirla, pero al mismo tiempo tenía que evitar por todos los medios ir a cenar a casa de la conservadora familia de su cuñado. Allí, incluso estando solo la familia, todo lo hacían por separado las mujeres y los hombres, hasta la cena para celebrar el inicio del Ramadán y también las celebraciones del *iftar*, la ruptura diaria del ayuno que tenía lugar al ponerse el sol. Aunque era cierto que todas las mujeres de la familia de su cuñado eran muy cultas y tenían buena conversación, era un mundo diferente al que Hessa estaba acostumbrada, y en él no se sentía cómoda. No le resultaba divertido.

—Gracias, Lubna. Hablaré con *mama* y te diré algo, pero en principio iré a casa de nuestros padres. Supongo que también irá Fawaz con su familia.

—Está bien. Como prefieras —dijo asintiendo con un leve movimiento de cabeza aunque con cierta decepción—. Por ahí. Allí indican los lavabos de señoras.

Lubna entró con la niña en los lavabos, dejando el control del equipaje de mano a su marido, que estaba concentrado en una conversación telefónica con su móvil. Hessa, al dejar también su maleta bajo la supervisión de Abdul-Khaliq, le hizo un gesto con la mano para llamar su atención y confirmar que vigilaría sus pertenecías. Abdul-Khaliq asintió con una mirada severa bajo su *zabiba*, el callo en la frente que le acreditaba como buen musulmán, ya que se formaba debido a las numerosas postraciones que requerían cada uno de los cinco rezos diarios. Se había percatado que su cuñada no llevaba el velo, pero a Hessa no le importó la mirada reprobatoria de su cuñado y se dirigió tranquilamente a los aseos.

Acabó pronto de refrescarse y peinarse y se miró al espejo mientras se cubría la cabeza con el *shaila*. Lo que veía en el espejo no le disgustaba. Era una mujer guapa, aunque quizá demasiado delgada para los cánones de belleza árabes. Quizá le faltaban unas curvas más voluptuosas, en eso le tenía que dar la razón a su hermana. Su melena negra era bonita, aunque tenía tendencia a alborotarse y encresparse, pero pacientemente la alisaba a diario con una plancha y el resultado final la complacía. Su piel era clara, como la piel de las mujeres que tenían algún antepasado persa, aunque ese no era su caso, ella era una pura emiratí, una *muwatin*, no una *ajami*, de lo que estaba muy orgullosa. Era muy estricta en los cuidados que dedicaba a su cutis y lo protegía con mimo del sol para que no se oscureciera ni pudiera aparecer ningún tipo de manchas. Sus cejas, negras y anchas, pero perfectamente definidas por la hábil mano de su esteticista, enmarcaban unos ojos negros de mirada inteligente y profunda. Quizá se las podría depilar más, pensó mientras con el dedo índice iba moviendo la piel que rodeaba las cejas para simular cuál sería el resultado si se las depilara y les cambiara un poco la forma. Su cuñada se las había afinado más y el resultado había sido magnífico.

«Tengo que hacer más caso a los consejos de Rawda que a los de mi hermana», pensó sonriendo para sus adentros.

Podría probar también con las extensiones de pestañas, su cuñada se lo había comentado la última vez que se vieron. Hablaría con su esteticista. Difícilmente aumentaría de peso, pero a lo mejor unos pequeños retoques en sus cejas y pestañas le añadirían más atractivo y dejaría de ser invisible. ¿Por qué era invisible? ¿Era invisible porque era viuda o qué otra razón habría?

Iba a conectar el móvil cuando su hermana salió de uno de los aseos y le pidió que ayudara a la niña a lavarse las manos y la vigilara mientras ella volvía a entrar.

—No sé. No me encuentro muy bien. Pero salgo enseguida.

Hessa se dedicó a arreglar a la niña, que llevaba el cabello un poco enredado tras dormir en el avión. Buscó en la pequeña mochila rosa de Mona unas gomitas y la peinó con dos coletas altas.

—*Jala* Hessa, ¿me pones colonia?

—Claro, *habibati* —respondió Hessa encantada.

Su sobrina se parecía físicamente a Lubna, sin duda, pero la convivencia con su tía estaba haciendo de la pequeña una niña muy presumida.

—La tía Hessa te va a poner colonia. —Miró en el interior de la mochila de la niña buscando el frasquito de Hello Kitty que ella misma le había regalado, ese que llevaba un tapón con la cabeza del personaje, pero allí no estaba—. Pues no, no la llevas en la mochila, es que es un lío lo de los líquidos en el avión, un rollo, ¿sabes? Pero no te preocupes, te voy a poner colonia de chicas mayores, pero solo un poquito, ¿eh? —dijo sonriendo ante la expresión de alegría de su sobrina, que no había entendido muy bien sus explicaciones, y sacó de su bolso un pequeño spray con perfume de Elie Saab—. No se lo digas a tu *baba*. Será nuestro secreto —añadió bajando la voz.

Solo habían pasado unos minutos cuando Lubna salió del aseo intentando contener las lágrimas.

—Ya decía yo que no estaba muy fina. Me ha venido la regla —dijo en voz muy baja mientras se secaba una lágrima, que luchaba por deslizarse por su cara, con la mano.

—Lubna, no te pongas así, mujer. Tienes una hija preciosa y cuando menos lo esperes te volverás a quedar embarazada —la consoló Hessa pacientemente, aunque estaba un poco cansada de oír cada mes lo mismo.

Al principio de su matrimonio, Lubna y Abdul-Khaliq habían perdido un hijo a los pocos meses de embarazo y las pruebas médicas que le realizaron a la joven revelaron una cierta dificultad, tanto para quedarse embarazada como para que los embarazos pudieran llegar a término. Así que, después de unos años de espera, el segundo embarazo de Lubna fue todo un acontecimiento, aunque el nacimiento de una niña supuso una decepción para la familia de su marido, que esperaba el ansiado varón, un niño que en el futuro pudiera heredar el estudio de arquitectos de su padre y los negocios de su abuelo paterno. Lubna, aunque era una mujer muy respetuosa con sus suegros, le puso de nombre a su hija Mona, La deseada, para compensar a la niña del recibimiento poco caluroso que tuvo por parte de algunos familiares de su marido. A pesar de que Lubna no se lo había dicho nunca, Hessa intuía que a su hermana la preocupaba la posibilidad de que su marido se planteara el divorcio si no le llegaba a dar un hijo. O incluso, y aún peor, que se planteara tomar una segunda esposa, aunque eso no era muy frecuente en su país. Hessa pensaba que, posiblemente también por esa razón, Lubna intentaba agradar en todo lo demás a Abdul-Khaliq. Quería que estuviera contento y no tuviera queja de su vida con ella.

A Hessa la entristecía la dificultad de su hermana para tener hijos, pero también le daba vueltas al asunto pensando en sí misma. Su familia no parecía muy fértil. Debían de padecer algún problema hereditario o algo así. Sus padres solo habían tenido tres hijos, un número escaso para esa época y esa cultura. Sus tíos, solo una hija y, ella misma, durante el año que estuvo casada, no consiguió quedarse embarazada. Ya iba a consultarlo con un médico cuando su marido sufrió aquel terrible accidente y entonces esa preocupación, así como tantas otras cosas, dejaron de tener sentido. Imaginaba que si presentaba algún problema para concebir, como le pasaba a su hermana, este se agravaría con la edad y cada vez le quedarían menos posibilidades de formar su propia familia.

A pesar de sus negros pensamientos, Hessa dedicó un buen rato a intentar animar a su hermana. Finalmente, cuando vio a Lubna más sonriente, conectó el móvil y vio que tenía un mensaje de su madre: «Llámame en cuanto puedas».

Se lo había enviado hacía unas horas. Tendría que haber conectado el teléfono durante el vuelo. Ahora con Emirates no había problema, incluso disponían de conexión a Internet, pero ella era un desastre. Lo había desconectado antes de despegar y ya no se había acordado de volver a conectarlo. Si se hubiera tratado de algo urgente, su madre podría haber intentado llamar a su hija mayor, pero evitaba hacerlo cuando salía de viaje con su marido. Decía que no les quería molestar, que una suegra no debía interferir en la vida de un matrimonio.

—*Salam aleikum, mama,* soy yo, Hessa. ¿Estáis bien?

—*Aleikum salam,* Hessa, querida, ¿y vosotros? ¿Y la pequeña? —La voz de Hania se notaba triste, lo que preocupó a su hija.

—*Mama,* ¿qué pasa? Dime... No me has contestado... ¿Es la abuela? ¿Le ha pasado algo a la abuela?

—No, Hessa, la abuela está más o menos como siempre. Pero ayer noche, ay hija mía, algo terrible, tremendo. Tu prima Ameera, con solo 22 años... —Se le quebró la voz y empezó a sollozar—. Ay hija, ¡pobres tíos! Murió de repente, no pudieron hacer nada por ella, nada.

—Pero ¿qué dices? ¿Ameera *bint* Khwaja? —Hessa estaba muy impresionada y no se lo acababa de creer por lo que repitió el nombre de su prima ahora relacionándolo con el nombre de su tío, el padre de Ameera. Quería confirmar que era quien ella pensaba.

—Sí, claro —contestó Hania recobrando un poco la voz—, la hija de *amm* Khwaja. Estaba visitando el Burj Khalifa con unas amigas y... no te lo vas a creer...

—Calló por unos instantes, lo que produjo mayor expectación en su hija—. Se murió en el ascensor de la torre.

—¿En el ascensor?¿Cómo es posible?

—Sí, Hessa, sí, lo que oyes. Allí, en el mismo edificio, le hicieron de todo para intentar salvarla. ¿Sabías, hija mía, que tienen unos aparatos, que ahora no recuerdo como se llaman, que dan una descarga eléctrica y te pueden salvar la vida?

—Sí, desfibriladores —dijo Hessa ayudando a su madre—. Los tienen en todos los sitios importantes. Pero, dime, dime, entonces, ¿qué pasó?

La joven conocía muy bien a su madre y sabía que era capaz de empezar a hablar y hablar de esos aparatos que podían llegar a salvarle la vida a uno en lugar de explicarle lo que le había pasado a su prima.

—Pues, hija, que no hubo nada que hacer. No sirvieron de nada esos aparatos. Pobres tíos. Primero lo de su nuera, ¿te acuerdas?, y ahora esto. Demasiado para una familia.

Hessa recordó que la mujer de su primo Ahmed, el hermano mayor de Ameera, había fallecido hacía más de un año, en el extranjero, tras una larga enfermedad. También se acordaba ahora de los momentos tan duros que había pasado ella misma tras el accidente de su marido. La muerte en la vida real era así, no como en las películas. En el cine la acompañaba la música y la trascendencia e, incluso, muchas veces era el preámbulo para que algo extraordinario sucediera. Pero en la vida real solo había soledad, vacío y, para los buenos musulmanes, resignación. En eso radicaba la virtud, en la paciencia y conformidad ante la desgracia. Así lo decía el Corán.

—Hija, ¿me escuchas? ¿Estás ahí? —La madre de Hessa, como todas las madres, podía intuir a su hija en sus silencios, e incluso a través del teléfono ya se había dado cuenta de que Hessa estaba sumida en sus propios pensamientos.

—Sí, claro, *mama* —reaccionó Hessa —. ¿Y qué han dicho los médicos?

—Muerte súbita. Quizá un infarto o algún otro problema del corazón... No se sabe a ciencia cierta. Le hicieron unas pruebas pero no se vio claro y los médicos le propusieron a *amm* Khwaja la posibilidad de hacerle la autopsia, pero ya sabes lo delicado que es esto. El tío se negó, naturalmente... ¡Tiene que ser así! Tu padre hubiera hecho lo mismo. —La voz de su madre temblaba—. Si hubiera sido una muerte violenta, quizá habría dudado... pero en estas circunstancias, ¿para qué? No es *dharuurat*, no es necesario. Además, ya lo dice el Corán, a un muerto hay que enterrarlo cuanto antes.

—*Mama*, entonces..., ¿ya la han enterrado? —preguntó la joven, aun a sabiendas de que conocía la respuesta.

—Sí, claro, esta misma mañana. En el cementerio Muhaysana.

Era una aclaración gratuita ya que ese era el cementerio de los emiratíes, un cementerio exclusivo para ellos, uno más de sus tantos privilegios. Las tumbas no estaban en venta, ni había que hacer ningún tipo de pago, simplemente cuando un emiratí fallecía se le enterraba allí, de forma sencilla y según las normas islámicas, sin mausoleos ni ostentaciones. Hessa intentó no pensar en cómo habría sido la preparación del cuerpo de su prima Ameera antes de su entierro, en cómo la habrían lavado las mujeres y untado de aceites aromáticos y alcanfor. Intentó ahuyentar sus miedos ante la visión de ese cuerpo tan joven envuelto en su sudario, con su hermosa cara, que ya nunca más nadie podría acariciar ni besar, orientada en dirección a La Meca. Intentó no pensar tampoco en el cuerpo de su marido, cuando lo vio tras la llamada de la Policía la noche del accidente.

—¿Hessa? ¿Hessa?

—Sí, dime, dime, te escucho.

—Que te estaba diciendo que en los próximos tres

días su familia estará en su casa celebrando el duelo. Lo que siempre se hace, claro. Lubna y tú me acompañaréis a darles las condolencias, ¿no?

—Sí, desde luego. Hablo ahora mismo con Lubna.

—Muy bien, hija. Rawda me dijo esta mañana que también vendría con nosotras. ¿Quedamos en mi casa mañana por la tarde y vamos todas juntas?

La posibilidad de ver a su querida cuñada Rawda suavizó, en cierta manera, la tristeza en que había sumido a Hessa la noticia.

—De acuerdo, *mama*. Descansa. Nos vemos mañana.

—*Inshallah* —contestó su madre.

Capítulo 3

28 de junio

La sirvienta filipina las condujo en silencio a la sala de la villa donde las mujeres de la familia, de acuerdo con el rito islámico, celebraban el duelo.

En otra sala de la casa, al mismo tiempo, estaba teniendo lugar el duelo de los hombres.

En la habitación destinada a las mujeres solo se oía la voz de alguien que estaba leyendo un versículo del Corán y algunos llantos mal contenidos.

Todas las emiratíes vestían *abayas* y se cubrían el cabello con el *shaila*. No había joyas y el maquillaje era escaso o nulo. Algunas mujeres también ocultaban parte del rostro con un *niqab*, y solo una, muy anciana, llevaba una máscara, un *burka* dorado en la cara que le tapaba la nariz y los labios, como antiguamente hacían las mujeres para protegerse del sol del desierto. Hessa detuvo por unos instantes su mirada en esa mujer, que le recordaba a su abuela, y sintió añoranza. Su abuela ya no podía ni acudir a dar el pésame a la familia. De hecho, era posible que ni le hubieran dado la noticia para que no se disgustara.

Más allá, Hessa localizó con la vista a dos mujeres occidentales vestidas con trajes sastre de color negro que estaban hablando con una de sus primas, Jalila, la hermana mayor de la fallecida.

—Hessa, mira, ahí está mi madre. Vamos a saludarla

—dijo Rawda señalando hacia el lado opuesto de la sala a la vez que cogía del brazo a su cuñada.

Hessa se dejó conducir por la hermosa Rawda hacia donde estaba *amma* Latifah. Aunque Rawda había prescindido ese día de su maquillaje y complementos, al atravesar la sala del brazo de su cuñada, no pudo evitar que el resto de las mujeres la observaran en silencio. Era una mujer muy bella que nunca pasaba desapercibida allá donde iba y, a pesar de haber escogido una *abaya* completamente negra, sin bordados, encajes ni brillantes, enseguida fue el centro de atención. Su aspecto, aun sin maquillar, era muy cuidado y sofisticado. Bajo el velo se había hecho un moño alto que añadía más esbeltez a su figura. Los pies, que se dejaban entrever bajo el borde inferior de la *abaya*, estaban subidos a sandalias de tacones altos aunque hoy, por respeto y consideración al duelo, no dejaban los dedos, que lucían una pedicura francesa impecable, al descubierto. Del brazo que no cogía a Hessa llevaba colgado un bolso inmenso de una marca carísima, pero no de esos que llevan logos, ya que lo consideraba una falta de clase.

Hessa suspiró para sus adentros. Admiraba a la vez que envidiaba la belleza de su joven cuñada.

Además de ser la esposa del hermano mayor de Hessa, Rawda era su prima carnal, hija de un hermano de su padre. Los matrimonios entre primos carnales eran bastante habituales en la población autóctona, ya que facilitaban la adaptación de la nuera a su nueva familia y evitaban posibles problemas de herencias. Fawaz y Rawda se conocían desde pequeños y en cuanto la niña se fue transformando en una joven muy atractiva, Fawaz empezó a interesarse por ella de otra manera. Las familias acordaron un matrimonio temprano, con el consentimiento de ambos, antes de que Fawaz pudiera fijarse en otra mujer o de que Rawda, por su gran belleza, pudiera ser solicitada por otra familia. Ella era hija única y, cuando su padre falleciera, sus plantaciones de palmeras datileras en Al Ain pasarían a sus manos. Así que el matrimonio con su primo aseguraba que los negocios seguirían perteneciendo a la familia.

Debido a que se casó tan joven, Rawda, a diferencia de sus primas, no había ido a la universidad. Ahora se dedicaba a supervisar los asuntos de su hogar y al cuidado de los niños, siempre ayudada, eso sí, por el servicio doméstico. Aunque era más joven que Hessa, tenía ya dos hijos: un varón de seis años, Nasser *bin* Fawaz, un pequeño muy espabilado y muy ocurrente que en ocasiones podía llegar a ser un poco impertinente; y luego estaba Laila, una niña que, aunque aún no había cumplido el año, ya daba señales de haber heredado la belleza de su madre. Rawda era una mujer generosa e inteligente, pero su distracción principal, como la de la mayoría de mujeres de su país que no estudiaban o que no tenían un trabajo, eran las compras y las citas en el centro de estética. Estaba siempre al día en esas cuestiones y disfrutaba asesorando a su cuñada sobre la última moda en extensiones de pestañas o las mejores ofertas durante el Shopping Festival. Su marido, que continuaba muy enamorado de ella, le permitía todos los caprichos que pudiera desear: *abayas* de los mejores diseñadores y ropa occidental de buenas marcas para llevar debajo de las túnicas y lucir en las fiestas y reuniones familiares así como en los viajes al extranjero.

Tras saludar a *amma* Latifah, las cuñadas se volvieron a unir al grupo formado por Lubna y Hania, que se habían acercado a la madre de la fallecida, *amma* Sharfa, para darle el pésame.

—*Addham Allah ajrakum wa ahsan aza'akum wa ghafar li faqeedikum* —dijo Hania a *amma* Sharfa.

Hessa, Lubna y Rawda repitieron esta misma frase dirigiéndose una por una a las demás mujeres de la familia reunidas en aquella sala de la villa.

La casa, la mansión principal de la finca, tenía dos plantas y estaba exquisitamente decorada. El dinero, el buen gusto y la clase presidían todas las estancias. El suelo de la habitación donde estaban era de mármol blanco italiano y parte de algunas paredes también se habían recubierto con ese material. Todo brillaba. La sensación era de luminosidad y frescor. Del techo, revestido con yesería grabada a mano con motivos vegetales y geométricos, colgaban, alineadas, dos inmensas lámparas de araña con lágrimas de cristal de Swarovski. Varias piezas de arte islámico se exhibían en algunas de las paredes y dos pequeños muebles antiguos persas se situaban de forma estratégica entre los sofás y sillones ocupados ahora por las mujeres de la *hamula* y por algunas amigas. La modernidad y el diseño de formas rectas y sin adornos de los sofás contrastaba con el estilo claramente árabe de los artesonados, dando a la estancia un ambiente ecléctico muy sofisticado. A Hessa la sorprendió gratamente la decoración del salón, pues no lo recordaba tan elegante, aunque había pasado bastante tiempo desde la última vez que había estado allí. La mayoría de las casas de sus familiares y conocidos también exhibían muebles y objetos decorativos de gran valor, pero, en general, los ambientes resultaban demasiado recargados y ostentosos. Compartían un estilo lujoso pero estándar: tapicerías de seda y brocados, columnas de mármol, objetos dorados por doquier, sofás de tamaño XXXL... Eso solía ser consecuencia de la única indicación que en muchos de los casos se daba a los diseñadores de interiores: había que utilizar en la decoración los objetos más caros del mercado, eso era lo más importante.

La sirvienta filipina que les había abierto la puerta entró silenciosamente y trajo una bandeja con varias tazas pequeñas sin asas y una cafetera con *kahwa*, el café árabe preparado con cardamomo que todo el mundo tomaba a todas horas y que no podía faltar en los acontecimientos importantes, como bodas, el fin del Ramadán o, como ese día sucedía, en un funeral. Dejó la bandeja sobre una mesa baja y aprovechó para retirar otra cafetera en la que apenas quedaba nada y algunas tazas ya utilizadas. Al momento, otra criada entró con otra bandeja con té, dátiles y dulces árabes a base de pistachos, almendras y miel. Aunque no era muy habitual servir alimentos en un duelo, era una concesión que hacían los familiares de la fallecida en consideración a las amistades y conocidos occidentales que se acercaban a la casa para expresarles sus condolencias.

Amma Sharfa, con lágrimas en los ojos, les agradeció la visita y les presentó a algunas amigas de la familia a las que no conocían. Ella no era tía directa de Hessa y Lubna, sino la mujer de Khwaja, un primo segundo del padre de las jóvenes. Era una rama de la familia muy bien situada. El abuelo y el padre de Khwaja habían sido pescadores y propietarios de un par de *dhows*, los barcos tradicionales del país. Khwaja, que era muy emprendedor y no le temía al riesgo, había hecho crecer este negocio y en la actualidad tenía una flota de barcos con los que comerciaba con otros países del Golfo, principalmente con Irán. Además, era un hombre con *wasta*, y sus influencias y contactos le habían facilitado ampliar sus inversiones a otras áreas y conseguir algunas concesiones importantes del Gobierno.

Los padres de Hessa disfrutaban también de una vida acomodada, pero su nivel económico era muy inferior al de esa otra rama de su *hamula*. Su padre tenía dos tiendas muy bien situadas en el Zoco del Oro, una de las cuales había pertenecido ya a su abuelo. Las tiendas daban para mantener un buen nivel de vida, pero nada comparable al que se podían permitir la familia de *amm* Khwaja.

La prima Jalila, que estaba hablando con las mujeres occidentales, hizo un gesto sutil con la cabeza, como de reconocimiento y saludo, hacia el grupo formado por sus primas y su tía, mientras acompañaba a las extranjeras que ya se marchaban.

Hessa se quedó mirando cómo se alejaba su prima. Unos años mayor que ella, no tenía muy buen aspecto. Sus párpados estaban muy hinchados y unas grandes ojeras de tonalidad lilácea enmarcaban la parte inferior de sus ojos, señal inequívoca de los llantos y la falta de sueño de los últimos dos días. La ausencia total de maquillaje contribuía a su mala apariencia.

A los pocos minutos Jalila regresó a la sala con una niña de unos siete años y se dirigió al grupo formado por Hessa, Lubna y Rawda. La madre de las jóvenes se había separado de sus hijas y ahora charlaba con las tías y un grupo de mujeres de más edad. Intentaba consolar a Sharfa diciéndole que su hija había tenido una buena muerte. Había muerto un viernes, el día festivo para los musulmanes, el más importante de la semana. Eso es lo que querría cualquiera, morir en viernes o durante el Ramadán, el mes santo. Aunque se cuidó mucho de no decir nada sobre la duda que la atormentaba acerca del *shahada*, las palabras de declaración de fe que debían hacer los moribundos o, si estos no podían por su estado, sus familiares. En caso de muerte súbita, ¿cómo se podía cumplir ese precepto? ¿Alguien habría recitado las palabras mientras intentaban reanimar a Ameera? ¿Servía eso si la joven ya estaba muerta? Se moría de ganas de saberlo, pero no estaba bien que se lo preguntara a la mujer del primo de su marido, esas dudas la podrían entristecer aún más. Mucho mejor recordarle la suerte de fallecer en viernes, mucho mejor.

—Muchas gracias por venir, queridas primas. De verdad que os agradezco muchísimo que hayáis venido. Son unos momentos tan duros... —dijo Jalila con un cierto temblor de voz mientras se abrazaba a ellas emocionada—. Disculpad que no os haya saludado antes pero tenía que atender a las esposas de unos americanos que tienen negocios con mi marido. Han sido tan amables al venir a darme el pésame...

—Jalila, no te preocupes, no pasa nada. Nosotras tampoco te queríamos molestar mientras hablabas con esas señoras. Sentimos tanto lo que ha sucedido... —Rawda rompió a llorar.

Las dos mujeres permanecieron un rato abrazadas llorando hasta que Jalila se separó e intentó esbozar una sonrisa mientras se enjugaba las lágrimas con un pañuelo y se sonaba con discreción.

—¿Os acordáis de mi sobrina Aisha, la hija de Ahmed? —preguntó un poco más serena.

—Claro, pero no te hubiera reconocido —dijo en tono maternal Lubna acariciando cariñosamente la mejilla de la niña—. Estás muy crecida, ya eres toda una mujercita, Aisha.

Estaba claro que Lubna sabía tratar a los niños y decirles lo que a ellos les gustaba oír. Aisha esbozó una media sonrisa que dejó entrever la falta de algunos dientes que, por su edad, estaba cambiando. Era una niña esbelta de ojos soñadores de color miel y melena ensortijada. Vestía unos pantalones vaqueros y una camiseta blanca de manga larga, ambos de buenas marcas. El color de su piel ligeramente bronceado destacaba sobre la blancura de la camiseta.

—¿Han vuelto de Estados Unidos para el duelo? —preguntó Hessa.

—No, de hecho volvieron hace un mes —explicó su prima bajando mucho la voz para que la niña no lo oyera—. Los negocios de mi padre... Aisha, ¿por qué no vas a coger unos dulces?

La niña, obediente, se alejó en dirección a la mesa donde estaban las bandejas.

—Como os decía..., los negocios de mi padre requieren mucha energía y dedicación y él está cada día más viejo. Ha llegado el momento en que necesita a su hijo mayor a su lado. Mis otros dos hermanos están aún estudiando en Inglaterra, y es Ahmed el que tiene que ir asumiendo la dirección de sus negocios. Claro, desde Estados Unidos eso no era posible... Además, Aisha va a cumplir ocho años y necesita crecer con una mujer de referencia. ¡Esa mujer no puede ser una criada! Y en Estados Unidos, ¿con quién estaba? ¿Americanas? La niña tiene que crecer con una mujer de la familia, conocer nuestras costumbres y aprender bien a hablar nuestra lengua. —La prima de las jóvenes hizo una pausa que aprovechó para comprobar si Aisha seguía entretenida con la bandeja de dulces—. Mi padre insistió e insistió hasta que Ahmed accedió a regresar a Dubái. Mi hermano ayudaría a mi padre en sus negocios y volvería a vivir aquí, en esta misma finca, en la casa de al lado, y Aisha se criaría junto con Ameera... —Jalila se detuvo al darse cuenta de que eso ya nunca podría ser así. La voz se le quebró y empezó a llorar.

—*Inna lillahi wa inna ilaihi raji'un*. Todos somos de Alá y a Él volveremos —dijo Lubna para consolarla.

La prima se limpió con un pañuelo y prosiguió hablando:

—Aunque mi hermano tenía sus dudas, vio que era lo mejor para toda la familia. Le ha costado mucho la decisión de abandonar Estados Unidos después de lo que pasó, pero la vida sigue. Tiene que afrontarlo y continuar con sus responsabilidades.

La mujer de Ahmed había enfermado de cáncer hacía unos años. Aunque en un principio se pensó que la enfermedad había remitido con los tratamientos seguidos, en uno de los controles se detectó que el tumor había vuelto a aparecer y que progresaba muy rápidamente. Tras consultar en los mejores centros del país, Ahmed, que había estudiado en Estados Unidos y tenía buenos contactos allí, se trasladó a América con su mujer buscando una solución que no existía. El resultado de ese viaje no fue como se esperaba y ya no pudieron volver a Dubái debido a su empeoramiento repentino. La mujer de Ahmed falleció en Estados Unidos y allí fue enterrada, ya que los ritos islámicos no hubieran permitido el embalsamamiento del cuerpo, necesario para su traslado. A Ahmed se le hundió el mundo y se quedó en América con su hija buscando excusas poco creíbles para no volver. Ahora, finalmente, su sentido del deber se había impuesto a sus sentimientos.

Una de las puertas se abrió y sigilosamente entró una de las sirvientas, se dirigió hacia *amma* Sharfa y le dijo algo. La tía, después de escucharla, se levantó y salió de la sala con ella.

Al poco rato la misma sirvienta volvió a entrar y se acercó con timidez al grupo formado por Hessa, Lubna, Rawda y su prima.

—*Sayyida* Jalila, su madre le pide que vaya a su habitación. Parece que se encuentra indispuesta.

—Sí, claro —respondió ella. Y dirigiéndose a sus primas les preguntó—: ¿Os podéis encargar de Aisha? Voy a ver qué pasa y vuelvo en un momento.

Una media hora después volvió a aparecer la prima con aspecto consternado y los ojos más enrojecidos incluso que antes.

—¿Está bien *amma* Sharfa? —preguntó angustiada Rawda al ver en ese estado a su prima.

—Ha pasado una cosa terrible. Aquí no podemos hablar. Venid a mi antigua habitación.

Las tres mujeres siguieron a su prima hasta una estancia situada en el primer piso de la casa. Las jóvenes estaban muy preocupadas al ver a su prima tan abatida.

—¿Qué ha pasado? ¿Es la tía? ¿Le ha sucedido algo? —preguntó Hessa muy nerviosa.

—Mi padre ha recibido una llamada de la Policía... —Se quedó unos instantes dubitativa, como si no estuviera segura de poder seguir contándoles las terribles noticias que acababa de conocer. Finalmente respiró profundamente y continuó—: Ameera tenía claustrofobia desde hacía muchos años. Solo os tengo que decir que era la primera vez que subía al Burj Khalifa... Pero había venido una prima de una amiga que no conocía la ciudad y se debió sentir un poco obligada a acompañarlas. Mi hermana era una persona muy amable y no le gustaba decepcionar a la gente que quería. —La voz le empezó a temblar, se estaba emocionando al recordarla, e intentó contenerse—. Siempre evitaba subir en ascensores, algo muy difícil en Dubái, y también lo pasaba mal en los aviones. No porque tuviera miedo al vuelo en sí, sino por la sensación de estar encerrada en un sitio del que no había escapatoria. Hace ya tiempo una doctora le tuvo que recetar un tranquilizante para que estuviera más relajada cuando inevitablemente tenía que viajar y en la actualidad estaba tomando otro medicamento porque seguía teniendo bastantes problemas, aunque ahora no recuerdo muy bien qué era. Al... morir, los médicos barajaron la posibilidad de un ataque al corazón por los nervios pasados en el ascensor. Bueno, lo que quería decir es que es posible que ya tuviera algún problema de corazón que no se hubiera manifestado y que el agobio tan intenso le hubiera desencadenado ese ataque fulminante. Pero, al parecer, sus amigas contaron a los médicos que la atendieron que no la habían notado nerviosa, más bien un poco callada y mareada al llegar al mirador, después de la subida. Quizá había tomado la medicación, a lo mejor demasiada... No le hicieron autopsia, pero sí unas pruebas y también le extrajeron unas muestras de sangre. Parece ser que es bastante habitual. Lo hacen para analizar medicamentos, tóxicos, venenos... Dijeron que era puro formalismo. Mi hermana era una mujer joven sin ninguna enfermedad y había que seguir el protocolo. Además, la punción se hace inmediatamente, no hay que esperar y no se lesiona el cuerpo. No infringe nuestras leyes.

—Sé de lo que hablas. —Hessa estaba reviviendo los duros momentos que pasó tras la muerte de su marido—. A Mohamed también le hicieron esos análisis *post mortem*.

—Hessa, siento recordarte todo esto. Quizá no tendría que contároslo pero tenía que hablar con alguien... Mis padres están destrozados.

—Pero entonces, ¿qué es lo que ha dicho la Policía? —Hessa era la única que se atrevió a preguntarlo, mientras Lubna y Rawda permanecían calladas y asustadas ante la incertidumbre de la noticia que les iba a dar su prima.

—Drogas. Han encontrado drogas en su sangre.

El día estaba siendo muy largo para Baasir, el padre de Lubna y Hessa. Pero aún quedaba mucho que hacer. Había dejado a las jóvenes y a su esposa en la casa de su primo consolando a las otras mujeres; ellas sabían cómo hacerlo. Les salía de forma natural consolarse unas a otras, se apoyaban y sabían lo que debían decir ante situaciones como esas. Bueno, eso es lo que él pensaba. Tenía tres mujeres en casa, cuatro contando a su nuera. Y ahora también estaban las pequeñas Mona y Laila. Y su anciana madre. Se podía decir que conocía bastante bien a las mujeres, teniendo en cuenta que un hombre nunca llega a conocerlas totalmente. Ni un esposo ni un padre.

Su hijo Fawaz, aunque ya había estado en el entierro de su joven prima, pasaría más tarde a unirse al duelo de los hombres y después acompañaría a las mujeres a su casa. Ahora Baasir tenía cosas que hacer. Todos creían que los negocios marchaban solos, pero no era así. Aunque los empleados que se ocupaban de las tiendas, la mayoría indios, eran competentes y conocían bien su oficio, él venía de una familia de comerciantes y sabía de sobra que no había que perder de vista ni el negocio ni a los empleados. Hoy tenía una cita con un representante de una firma de joyería y se tenía que apresurar para atenderlo personalmente. Nadie como él sabía negociar los precios con los proveedores y los tiempos no estaban para no dar importancia a este hecho. Tenía que ocuparse personalmente si quería que el negocio saliera adelante. Aunque no era una persona muy ambiciosa, ni mucho menos, en ese negocio, como en tantos otros, a los peces pequeños se los comían los grandes, así que era muy difícil sobrevivir sin un poco de ambición.

Él la había tenido en el pasado, o eso había creído cuando montó su propia tienda, cuando se independizó del negocio de su padre, pero de eso ya hacía mucho tiempo. Era al comienzo de su matrimonio y todos, su mujer incluida, tenían muchas esperanzas puestas en él, así que seguramente los había defraudado, qué se le iba a hacer, pero le tenía miedo al riesgo, a jugárselo todo y perderlo, y así uno no podía hacerse rico. Sabía que su mujer, aunque nunca se había quejado, había tenido más aspiraciones, le hubiera gustado tener más vida social y ciertos lujos, pero se conformó con dedicarse a criar a sus hijos, y había que reconocer que lo había hecho a la perfección, los tres se habían licenciado en la universidad. Había hecho un buen trabajo. Y ahora se encargaba de su suegra, sin reproches, con una actitud admirable pues su madre cada vez tenía el carácter más difícil. Y él..., él era feliz al regresar a su casa por la noche, entonces se fumaba una *shisha*, luego una buena cena en familia, después las oraciones y se iba tranquilo a dormir, en paz con el mundo. En el Zoco del Oro se habían dado casos de familias que habían empezado con una pequeña tienda, mucho menor que la suya, y ahora eran dueños de grandes refinerías de oro. Unos negocios inmensos de esos en los que las cifras de dírhams que se ganaban no se podían ver en una calculadora porque se bloqueaba la pantalla... Pero había que ser diferente a como era él. Y eso que también tuvo su segunda oportunidad cuando heredó la tienda de su padre, pero la desaprovechó porque solo pudo hacer lo que sabía, mantener las tiendas, dar trabajo a unas cuantas personas y sacar lo suficiente para vivir. No supo ni sabía hacer más, no pudo dar el salto o, como mucho, se quedó corto.

Al salir de la casa de su primo, después de pasar una hora en un ambiente tan frío, sintió el aire cálido del anochecer como un golpe en la cara. Notó que le faltaba el aire, que no podía respirar bien. No era por falta de costumbre a las altas temperaturas, sino que se estaba haciendo viejo. Estaba, además, muy afectado. Como buen musulmán se resignaba ante los designios del Más Grande, pero una chica tan joven…, era difícil de asimilar. Baasir pensó en sus hijas, en lo que las quería. ¡Que Alá nunca le pusiera una prueba tan dura!

Sus hijas le preocupaban, era cierto. La mayor, con el problema de los embarazos y sin haber dado un hijo varón a su marido. La pequeña, viuda y defendiendo a unas mujeres exaltadas que se querían divorciar sin devolver la dote. Pero en esos momentos nada de eso era importante porque, por lo menos, las tenía. Unas lágrimas empezaban a aflorar y Baasir se las enjugó antes que alguien le viera llorar. No sería adecuada tal muestra de debilidad en un hombre árabe.

El tráfico estaba imposible. Era hora punta, el momento que todos elegían para volver a casa. En Dubái todo el mundo se trasladaba en coche de un sitio a otro y Baasir se armó de paciencia cuando se quedó atrapado en un atasco en una de las avenidas principales de la ciudad. A lo lejos, majestuosa, dominando la línea del horizonte, se veía la silueta del Burj Khalifa. En sus entrañas, dos días antes había tenido lugar una terrible tragedia, pero la gran torre seguía demostrando al mundo su poder, un poder sin lugar para los sentimientos.

Estaba cansado y en momentos así también se planteaba si valía la pena tanto esfuerzo. Sus tiendas… ¿Quién se encargaría de ellas el día que él faltara?

Su hijo Fawaz no demostraba ningún interés por el negocio. Había estudiado ingeniería civil y en la actualidad trabajaba como jefe de proyectos en una empresa constructora en Abu Dabi, en la cual *amm* Khwaja, gracias a sus contactos, también le había conseguido una participación. Teniendo en cuenta la velocidad a la que se construían rascacielos, hoteles y centros comerciales en la ciudad, trabajo no le faltaría. Se dedicaba a lo que le gustaba y para lo que se había preparado en la universidad y además, no le iba mal. Había formado una bonita familia con Rawda y se podían permitir todos los caprichos que quisieran. Rawda le parecía un poco frívola, pero era una buena nuera. Baasir recordaba cómo estuvo día y noche al lado de la cama de su esposa cuando esta cayó muy enferma. Habían pasado ya unos tres años de aquello. Hessa estaba en el extranjero con su marido y Lubna ya esperaba a Mona, un embarazo de alto riesgo, dijeron. Rawda se desvivió por ellos, demostrando ser una joven muy cariñosa.

Baasir dejó el coche en el aparcamiento y se dirigió por las calles del Zoco hacia la más grande de sus tiendas, donde había quedado con un representante comercial.

La zona estaba muy animada. Los turistas se fotografiaban frente a los escaparates más llamativos por las inmensas piezas de oro que allí se exponían. En una de ellas, incluso hacían cola para poder inmortalizarse al lado del anillo más grande del mundo. Pero no solo había turistas. Abundaban familias y mujeres indias que se dedicaban a curiosear por las tiendas y de vez en cuando entraban para interesarse por los precios, y también algunos emiratíes, aunque pocos.

Las tiendas de Baasir no eran especialmente ostentosas. Tampoco se había querido encasillar en un tipo de artículo concreto. Comerciaba con piezas de oro muy grandes, al gusto indio, pero también con piezas clásicas más discretas para la población emiratí; y, desde hacía un tiempo, tenía joyas más modernas y modestas para los extranjeros que las compraban como recuerdo. Esto último fue idea de Hessa, quien también le convenció para que dejara de trabajar los lingotes de oro que se compraban como inversión, ya que los precios de una joyería no podían competir con los precios de las tiendas especializadas. Su hija también le aconsejó que se centrara en las monedas de oro conmemorativas, que eran una inversión mucho más asequible y también cumplían con el objetivo de ser un cotizado *souvenir*. Su pequeña era muy lista y conocía mucho mundo. Había acertado de pleno, ya que conseguía muchas ventas entre los turistas que paseaban por el Zoco. Aunque los consejos de su hija también le complicaban en ocasiones la vida…, como eso del oro sucio. «*Baba*, no tienes que comprar a proveedores que no te informen claramente de la procedencia del oro, pues en ocasiones se obtiene de lugares donde utilizan a niños para extraer el metal de las minas, como pasa en el Congo». Eso le dijo su hija, que las Naciones Unidas lo habían prohibido, y también la ONG Testigo Global. Ella y los derechos de los demás… Los derechos de los niños del Congo, los derechos de las mujeres que se querían divorciar… Lo complicaba todo esa chica. ¿Las Naciones Unidas? ¿Testigo Global? Sí, estaba bien lo que defendían, la teoría estaba bien en el papel, pero luego complicaba mucho la vida a los demás. ¿Tenían las Naciones Unidas o Testigo Global unas tiendas en el Zoco del Oro de Dubái que había que sacar a flote como fuera para alimentar a una familia? No, ellos tenían las oficinas en Nueva York, Londres y Washington. Y además, ¿cómo podía estar seguro de si lo que compraba era oro sucio? ¿Cómo podía enterarse de si el oro de sus proveedores lo habían extraído de las minas unos niños o se había sacado ilegalmente de Marruecos en lingotes cubiertos con una capa de plata? Pero él intentaba hacer caso a su hija, porque era verdad, había que cumplir con la ley y mirar por los más desfavorecidos, aunque luego estaban los que no la cumplían y se iban enriqueciendo cada vez más. Pero así era la vida. Así era.

Al final, Baasir, cansado, llegó a su tienda y comprobó que, en efecto, estaba más llena de occidentales que las tiendas de alrededor. Hessa, realmente, era muy lista. Si solo supiera ser un poco más feliz...

Una hora más tarde las mujeres habían abandonado también la casa de *amm* Khwaja acompañadas por Fawaz y ahora iban ya de regreso en el Porsche Cayenne negro del joven. Fawaz y Rawda tenían que volver a Abu Dabi, pero de camino dejarían a su madre y a sus hermanas en su casa.

El ambiente en el coche era de consternación y excitación al mismo tiempo.

La tía no había podido volver a la sala del duelo. Una muerte era un golpe muy fuerte y más la de una persona tan joven, pero había que conformarse ya que era designio de Alá. Otra cosa era lo de las drogas.

«¿Cómo puede ser?», se preguntaba sin cesar Hania. «No lo puedo entender». Y mientras se hacía esta pregunta, meditaba ante la posibilidad de llamar a su marido para confirmar si ya sabía la noticia. Se reprimió porque estaban las chicas delante y podrían pensar, sobre todo Hessa, que era una chismosa. Pero no era así, era su marido, el tío de Ameera, y tenía derecho a saberlo. Bueno, mejor sería no llamarle. Ya hablaría con él cuando llegara a casa, decidió a la vez que puso más atención en lo que estaba contando su hija mayor.

—La Policía quiere averiguar cómo conseguía las drogas. Quieren investigar su círculo más cercano. Pero el tío les ha pedido que todo se lleve de la manera más discreta, que no trascienda. Es un escándalo y una tragedia para toda la familia.

—Sí, un asunto así hay que tratarlo con la máxima delicadeza. Afecta al buen nombre de Ameera pero también al de toda la *hamula* —intervino Fawaz para sorpresa de todas las mujeres, ya que habitualmente cuando ellas estaban de charla, él aprovechaba para pensar en sus cosas y no solía participar, sobre todo si eran asuntos domésticos o cotilleos. Pero hoy sí tomaba parte en la conversación. El tema era muy importante.

—Era estudiante de Medicina. Quizá conseguía las drogas en el hospital donde estudiaba y hacía prácticas —opinó Rawda, animada a dar su opinión al ver que su marido participaba en la conversación.

Hessa, por el contrario, permanecía callada.

—Hessa, hija, tú siempre tan habladora y hoy… ¿no dices nada? —le preguntó su madre girando la cara desde el asiento delantero para mirar a su hija, como queriendo comprobar que todo iba bien a pesar de lo callada que estaba.

—Es que no me parece bien lo que estáis diciendo. Todos dais por hecho que se drogaba y ella está muerta y no se puede defender.

—Pero hija, ¿qué dices? Le han encontrado drogas en la sangre. ¡Eso no nos lo hemos inventado nosotros! —dijo la madre un poco molesta.

—A lo mejor hay alguna explicación… Tenía el problema de la claustrofobia. Pudo haber tomado los tranquilizantes que le recetaron para los viajes en avión y eso ha producido una confusión. No sabemos nada, pero todos ya la habéis condenado sin posibilidad de defensa. Si estuviera viva, yo la defendería.

El resto del trayecto Hessa lo hizo en silencio.

Capítulo 4

29 de junio

*H*abía reservado varios servicios para hoy: manicura, pedicura, depilación y posiblemente aplicación de extensiones en las pestañas. A lo mejor, incluso se animaba y se hacía unos reflejos en el cabello como los que llevaba su cuñada. ¡A ella le quedaban tan bien!

Hessa se sentía un poco culpable de dedicar toda la mañana a cuidados estéticos en el centro de belleza, pero tenía cita reservada desde hacía tiempo y era mejor no cancelarla. Por otra parte, esa misma noche empezaría el Ramadán, y entonces no sería muy correcto dedicarse a cosas tan mundanas.

Además, verse bien y arreglada la animaría. Se encontraba triste y pensativa. La muerte de su prima le había tocado muy a fondo y le había removido algunos sentimientos que creía algo más dormidos.

Hakima, la dulce joven marroquí que la solía atender, la acabó de convencer sobre los cambios y tratamientos que harían ese día y Hessa se había puesto ya en sus manos, no sin cierto temor sobre los resultados.

Habían empezado por la depilación de las cejas.

—Solo un poquito más finas que otras veces pero manteniendo la forma que tienen. O sea, que queden gruesas. Es lo que mejor va con mis facciones, ¿verdad?

—Sí, *sayyida* Hessa, no se preocupe. Lo he entendido perfectamente. Quedarán muy bien. Le van a gustar mucho —le respondió suavemente pero con seguridad la esteticista—. Ahora relájese y déjeme hacer a mí.

La joven cogió con habilidad el hilo de algodón y con destreza empezó a atrapar los pelitos que sobraban para lucir unas cejas formidables.

—¿Qué le parece, *sayyida* Hessa?

Hessa se miró en el espejo con atención y sonrió aprobando el resultado.

—Tenías razón, Hakima, me encantan.

—Ahora vamos con las extensiones de pestañas. Tenemos nueve tipos que se diferencian en... —La esteticista no pudo acabar la frase ya que Hessa la interrumpió ante las serias dudas que le estaban asaltando sobre el origen de esas pestañas.

—¿De qué están hechas? No serán de pelo de personas...

—No, *sayyida* Hessa —respondió Hakima, que tuvo que reprimir una carcajada para no ofender a su clienta—. Son de seda. Se diferencian en la longitud y el grosor, pero todas son de seda, seda asiática naturalmente. ¿Usted qué preferirá: un acabado dramático, gatuno...?

—Dramático —respondió Hessa casi sin pensar, «dramático» sonaba muy adecuado, sería como la vida misma—. Sí, sí, acabado dramático.

El proceso fue lento. Había que pegar cada pestaña de seda a una de las naturales, pero no podía ser una cualquiera. Era necesario elegir una pestaña que no fuera ni demasiado madura, para que la extensión no se cayera enseguida, ni demasiado joven, porque no sería lo suficientemente fuerte como para aguantar la extensión y el adhesivo que había que utilizar para su fijación. Y esa elección y su posterior realización se debía hacer, como mínimo, unas cincuenta veces en cada ojo.

El móvil de Hessa empezó a sonar. Como estaba con los ojos cerrados no podía ver quién llamaba. El teléfono sonaba insistentemente. Hessa se estaba poniendo nerviosa.

—*Sayyida* Hessa, ya hemos acabado con un ojo. Mire el resultado y si quiere atienda sus llamadas. Luego, si le parece, continuaremos con el otro.

—Sí, gracias. Me encanta. Buen trabajo —respondió la joven abogada, comprobando con una rápida mirada hacia el espejo lo bien que había quedado su ojo derecho. El resultado era espectacular, ahora sus pestañas tenían un volumen extraordinario a pesar de que no llevaban máscara. De haber sabido lo bien que le quedaban se lo habría hecho antes.

—Gracias, *sayyida* Hessa. Entonces la dejo sola unos momentos para que haga sus llamadas. ¿Le apetece un té?

—Sí, por favor, me iría muy bien.

—¿Al estilo marroquí?

—Sí, sí, con hierbabuena y azúcar, pero no mucha.

Nada más salir Hakima de la cabina, Hessa vio el número de su madre en la pantalla de su móvil. Había cuatro llamadas perdidas y un sms: ¿Qué le podía pasar? Consultó el sms: «Hija, ¿por qué no coges el teléfono? *Amm* Khwaja va a ir a tu despacho. Quiere hablar contigo».

A Hessa le dio un vuelco el corazón. *Amm* Khwaja, el padre de su prima Ameera, quería hablar con ella. ¿Por qué? Y, peor aún, iba a ir a su despacho y ella estaba en el centro de estética casi a tres cuartos de hora en coche del bufete. Además, por si eso fuera poco, en esos momentos lucía el ojo derecho cual araña del desierto y el izquierdo, a su lado, parecía haber sido arrasado por una tiña galopante.

No sabía si llamar a su madre, a su tío, al despacho o a la esteticista. Se estaba poniendo muy nerviosa, así que intentó serenarse y pensar con un poco más de calma. Hablaría primero con su madre. Sí, eso sería lo mejor. Mientras la llamaba no podía evitar verse reflejada en el espejo que había frente al sillón donde estaba sentada. Por una parte estaba contenta con el resultado, pero quedaba tanto por hacer…

—*Mama*, soy Hessa. He oído tu mensaje. Es que, verás..., hoy aún no he ido al despacho.

—Hija, ¿cómo que no has ido al despacho? Pero ¿cómo es posible? Hoy no es fiesta, es día de trabajo. ¿Estás enferma?

Era increíble, pensó Hessa, frunciendo el entrecejo en señal de disgusto. Todos le decían que trabajara menos, la primera su madre, y para un día que se tomaba la mañana libre la censuraban.

—No, estoy bien. Tenía que hacer unos encargos —le dio vergüenza decirle que estaba en plena metamorfosis porque no quería ser invisible y que en estos momentos tenía un ojo de la presumida Rawda y el otro de la piadosa Lubna.

—Hija, escucha bien, ¿me oyes?

—Sí, claro, *mama* —respondió Hessa—. «¿Por qué creía ahora su madre que se había vuelto sorda?», pensó la joven.

—*Amm* Khwaja quiere hablar contigo.

—Pero... ¿sobre qué? ¿Sabes de qué va esto?

—No del todo, pero podría estar relacionado con la conversación que tuve ayer con la tía. Cuando Fawaz me dejó en casa, yo estaba muy triste y pensando en la tía y en todo lo que había pasado. Así que, aunque era un poco tarde, me decidí a llamarla para preguntarle cómo estaba. La tía, ya sabes lo amable que es, se puso al teléfono y agradeció mi interés. En un intento de consolarla, me acordé de tu comentario. Que quizás había alguna explicación y que no podíamos asumir ya las cosas con esa seguridad. Y le expliqué lo que tu habías dicho: que si estuviera con vida la defenderías. Pues bueno, esta mañana tu padre ha recibido una llamada de tu tío. Han estado un rato hablando y tu padre me ha dicho que *amm* Khwaja iba a ir a tu despacho para hablar contigo. No sé muy bien qué quiere.

—Entonces voy a llamar a *baba* por si puede decirme algo más. Tengo que colgar.

Hessa marcó apresuradamente el teléfono de su padre. Lo encontró en una de sus tiendas. Ahora no podía hablar, tenía clientes, ya la llamaría más tarde. Su hija se sintió contrariada. Se moría de ganas por saber la razón por la cual su tío quería reunirse con ella.

Tras finalizar la breve llamada a su padre, aprovechó para advertir a la esteticista que aún tenía que hacer unas cuantas llamadas más en privado y que, además, era posible que tuviera que marcharse y volver más tarde. Le había surgido un asunto urgente. Cosas del trabajo.

—Pero podremos acabar el otro ojo... ¿No es así, *sayyida* Hessa?

—No lo sé, a lo mejor hay que esperar a esta tarde.

—*Sayyida* Hessa, si le ha surgido una urgencia, le puedo poner una pestaña postiza durante unas horas en el ojo que aún no tiene extensiones y más tarde lo acabaremos de arreglar todo.

—Me parece una idea formidable.

—Tómese el té, haga las llamadas y luego le pongo la pestaña postiza y le busco un hueco para esta tarde.

—Hakima, eres la mejor y te lo agradezco muchísimo.

La esteticista volvió a salir de la cabina complacida por los comentarios de su clienta y Hessa volvió a llamar a su padre. Estaba muy nerviosa y no podía esperar a que le devolviera la llamada.

—Hija, no quería comentar este asunto delante de nadie. Ahora sí que podemos hablar, estoy solo en mi despacho. Te lo ha contado tu madre, ¿verdad? El tío me llamó hace un rato. Quiere hablar contigo. Es por el problema de su hija, lo de las drogas. Me ha pedido la dirección de tu despacho.

—Pero, *baba*, ¿no te ha dicho por qué quiere hablar conmigo?

—No, Hessa, no me ha dicho nada más.

—Está bien, voy para allá. No me gustaría hacer esperar al tío Khwaja.

Tan pronto como la esteticista arregló lo mejor que pudo la apariencia de Hessa, la joven cogió el coche y se fue corriendo hacia su bufete.

Media hora larga después, la recibía su secretaria, Naafiah, que no necesitó más de unos segundos para comprobar que Hessa no había tenido tiempo de finalizar sus «gestiones».

—Hessa, no le he avisado de que venía su familia porque su madre llamó y dijo que se encargaría ella misma de darle el mensaje. Siento que no haya podido acabar lo que tenía pendiente. —Naafiah miraba sonriente y con atención los ojos de la abogada.

Hessa se dio cuenta de que su secretaria, que le había reservado la cita en el centro de estética, había descubierto sin ningún esfuerzo la asimetría de sus pestañas. A esa desvergonzada no se le escapaba nada, pensó un poco irritada.

—La están esperando en su despacho.

—Les has ofrec... —Hessa no pudo acabar la frase por la interrupción de Naafiah.

—Sí, Hessa. Les he llevado un café.

Era muy eficiente. Algo descarada, pero muy eficiente. ¿Qué sería del bufete sin Naafiah? El archivo, las citas, todo estaba al día, pero llevaba tantos años en su puesto que a veces se tomaba demasiadas confianzas. Mientras pensaba esto a Hessa la asaltó una pregunta, ¿por qué había utilizado Naafiah el plural? ¿Con quién había venido *amm* Khwaja?

La duda se despejó rápidamente en cuanto Hessa entró en su despacho. Allí estaban su tío y su primo Ahmed. Hacía tiempo que no se veían.

Los hombres se levantaron con deferencia al verla entrar.

—*Amm* Khwaja, primo Ahmed, me siento muy honrada por vuestra visita. *Addham Allah ajrakum wa ah-*

san aza'akum wa ghafar li faqeedikum. —Aprovechó para mostrarles sus condolencias por el fallecimiento de Ameera y, mientras lo hacía, la sorprendió favorablemente el aspecto de su primo.

Estaba más delgado que como lo recordaba, con una barba incipiente y muy arreglada. Le gustó su olor a colonia, muy masculina, con aromas de madera, cuero e incienso. ¿Qué marca podría ser? Ella tenía muy buen olfato, pero ahora mismo no conseguía identificar ese olor… También se fijó en un último detalle que le encantó: Ahmed lucía en su muñeca izquierda el último modelo de Hublot Big Bang, un Big Bang Ferrari rojo. Hessa sintió el contacto de su propio Hublot Big Bang negro, el reloj de su marido, el que llevaba cuando lo conoció y que, desde su muerte, llevaba ella siempre, aunque su madre decía que le quedaba muy mal. ¡Un reloj tan grande y masculino en una muñeca tan delgada!

Hessa recordó cómo Naafiah había detectado la asimetría de sus pestañas y se tapó con el velo el ojo izquierdo. Este movimiento rápido del *shaila* para cubrir parte de su cara fue interpretado por el tío como un toque de timidez y recato por parte de su sobrina, algo que fue muy bien recibido por *amm* Khwaja.

—Querida Hessa —empezó este en tono cariñoso, pero también con la decisión de un hombre que estaba acostumbrado a mandar y a que no le contradijeran—, ya conoces las últimas noticias sobre el fallecimiento de Ameera. Tu tía está destrozada. Ha sido un golpe muy duro. La muerte de nuestra hija ha sido una desgracia inesperada, sin duda, pero la llamada de ayer de la Policía nos ha sumido en un pozo más profundo de tristeza y preocupación. El nombre de nuestra hija y de toda nuestra gran familia, nuestra *hamula*, está en juego. Nosotros queremos entender, queremos saber la verdad, pero no podemos dejar en manos de un extraño toda esta investigación. La Policía es muy eficaz y respetuosa, de eso no tenemos ninguna duda, pero mi hija era una mujer joven y no queremos que nadie ajeno a la familia vaya preguntando cosas en su entorno más cercano. No sabemos qué van a descubrir, o quizás sería mejor decir que tememos lo que pueden encontrar. Tomar drogas es... —A *amm* Khwaja le tembló la voz pero se controló rápidamente—. Lo que quiero decir es que deseamos y debemos conocer la verdad. Si hay que aplicar un castigo a alguien, se deberá hacer conforme dicta la ley, pero pensamos que una persona de la familia, y más aún una mujer, es la más indicada para investigar en su círculo qué es lo que pasó. Tú, Hessa, querida sobrina, estás acostumbrada por tu trabajo a hacer preguntas y a defender a mujeres. Creemos que puedes ayudarnos a descubrir quién le facilitaba las drogas y llevar todo el asunto de la forma más discreta, velando por los intereses de nuestra *hamula*.

Hessa se había quedado sin palabras ¿Lo había entendido bien? ¿Su tío le estaba pidiendo que investigara el asunto de las drogas? ¿Le estaba pasando la responsabilidad de defender el nombre de su prima y, con él, el de toda la familia?

—*Amm* Khwaja, me siento tremendamente honrada con tu propuesta, pero no sé si debería ser yo... Espero no defraudarte. —Mientras Hessa contestaba era consciente de que su voz había adquirido vida propia.

No se sentía capaz de hacer esa investigación. ¿Qué sabía ella de drogas? ¿Por dónde tendría que empezar? ¿Y si encontraba algo que aún pudiera manchar más el nombre de la familia? Pero en vez de rechazar con agradecimiento y pesar la oferta, su voz seguía hablando y hablando, sin que su voluntad la pudiera controlar.

—Llevaré toda la investigación con discreción y haré todo lo que esté en mi mano para descubrir qué pasó. Si necesitara alguna información de la Policía, ¿puedo dirigirme a ellos?

—Naturalmente, hija mía. Ya sabes que tengo muchos contactos. Eso no será ningún problema. Vamos a hablar con la Policía. Les diremos que la familia también quiere hacer sus averiguaciones y que contribuirá a sus hallazgos con una investigación independiente. Lo entenderán. Posteriormente ya compartiremos la información con ellos si de la misma se derivara la necesidad de alguna acción judicial. Les advertiremos también que la persona responsable de la investigación de la familia, tú, Hessa, podría necesitar alguna información de su parte. No pondrán problemas, de eso me encargo yo.

—Pues tío, hoy mismo me pondré a trabajar en este asunto.

—Sí, hija mía, deja todo lo demás. Esto es prioritario. —Su voz destilaba decisión, autoridad. Estaba claro que nunca había aceptado un no como respuesta.

—Sí, claro, *amm* Khwaja, te mantendré informado de mis hallazgos.

—Prima Hessa. —Por primera vez Ahmed tomó la palabra. Hablaba con voz profunda y en tono bajo mientras la miraba con ojos soñadores que recordaban a los de su hija Aisha, pero los de Ahmed eran negros y su mirada tenía un halo de tristeza—. Puedes contactar conmigo para cualquier cuestión en relación a esta investigación.

Ella notó con sorpresa que se ruborizaba al oír la voz de su primo, tan grave, tan masculina.

—Si necesitas algo, llámame. Mi padre está muy cansado y tiene muchas cosas en que pensar. Cuando tengamos todos los datos ya nos reuniremos para ver cómo proceder, pero de momento para cualquier cosa estoy a tu disposición. Te dejo aquí anotado mi teléfono. En este estoy localizable las veinticuatro horas del día, puedes llamarme en cualquier momento.

Hessa miró a su primo con más atención pero evitando cruzarse con su mirada porque le daba un poco de vergüenza. No pudo evitar sentirse conmovida: había perdido a su mujer, al igual que ella había perdido a su esposo, y ahora, cuando había decidido rehacer su vida, pasaba lo de su hermana. Además estaba su preciosa hija, Aisha, a la que tenía que criar solo.

—Entendido, primo. No molestaré a tu padre. Iremos hablando —contestó con voz neutra, intentando que no se notara el azoramiento que sentía.

Les acompañó a la puerta y todos se dieron recuerdos para los otros miembros de la familia.

Lo primero que hizo en cuanto se despidió fue hablar con su socio. Debía advertirle que en los próximos días se tendría que ocupar de un asunto de la familia, por lo que no estaría disponible para encargarse de temas del bufete. El socio no hizo preguntas. Rashid era un hombre emiratí de unos cincuenta años que pertenecía a otra *hamula* y que conocía bien los códigos de las mismas. Los asuntos de una familia eran de la incumbencia de la *hamula* y nadie que no perteneciera a la misma tenía por qué inmiscuirse.

—No te preocupes, Hessa. ¿Tienes entre manos algún caso urgente?

—Nada que no pueda esperar unos días, Rashid. Si el tema de mi familia no se resolviera tan rápidamente como es de desear, te avisaré.

De regreso al centro de estética, Hessa llamó a su madre para tranquilizarla.

—*Mama*, ya me he reunido con *amm* Khwaja y su hijo, luego te cuento lo que querían, ahora tengo qué hacer —dijo mientras estaba esperando en la cabina a Hakima que lo estaba preparando todo para seguir con sus arreglos.

—Muy bien, hija, nos lo explicas esta noche en la cena. Porque vendrás a casa a cenar, ¿no es así? Supongo que ya te debes haber enterado que han confirmado el final del *shabán*. Vendrán a celebrar el inicio del Ramadán tu hermano con su familia y los padres de Rawda.

—De acuerdo, *mama*. Entonces os lo cuento esta noche en la cena.

Ahora iba a intentar relajarse. Aprovecharía mientras la esteticista hacía su trabajo para pensar en todo lo que le había dicho *amm* Khwaja y cómo enfocarlo. Estaba un poco preocupada, nunca le habían encargado una cosa similar. ¿Sabría hacerlo?

Cuando el ojo izquierdo de Hessa tuvo el mismo aspecto que el derecho, respiró aliviada. Le gustó su nueva imagen, más sensual, más atractiva. Ahora bien, tendría que seguir al pie de la letra los consejos para el mantenimiento de las extensiones de pestañas que le había indicado la esteticista.

A continuación era el momento de la depilación de las piernas. Se la harían con *halaua*, la depilación al caramelo, mucho mejor que con cera, ese método que habían empezado a practicar en algunos centros comerciales siguiendo las costumbres occidentales.

Hessa iba pensando mientras la depilaban. Cuando tenía que defender a las clientas del bufete, lo primero que hacía era escucharlas, ellas le daban la información, por lo menos la información de salida. Solo tenía que escucharlas. Su prima estaba muerta, ¿cómo la guiaría Ameera? Bueno..., empezaría con la información del análisis de la muestra de su sangre. Tendría que hablar con el forense o con la Policía. Debía averiguar qué era con exactitud lo que habían encontrado en la sangre de su prima. Quizá mejor hablar con el forense directamente. Allí, en el departamento médico forense, conocía a la doctora Habiba, una mujer amable y una gran profesional. La trató por primera vez con motivo del accidente de su marido y después le fue de mucha ayuda en un caso de divorcio en el que había acusaciones de malos tratos. Seguramente podría darle más detalles que la Policía. No sabía qué buscaba pero tenía que empezar por algún sitio.

La pedicura y la manicura estaban siendo bastante

rápidas gracias a que ahora Hakima tenía la ayuda de otra compañera. Hessa no paraba de pensar mientras tanto. Tendría que aclarar pronto lo de su prima ya que su tío querría resultados cuanto antes... Y ah, sí..., las uñas solo con brillo. No, no, no me pongáis laca de color... Iría mañana a ver a la doctora Habiba. Mejor por la mañana, ya que con el Ramadán la tarde era bastante dura y había gente que no trabajaba. Algunos servicios en el país reducían su jornada laboral para sobrellevar mejor el ayuno, y sobre todo, la prohibición de ingerir líquidos hasta la puesta de sol. Ni siquiera tonos pastel de porcelana. Sí, eso, solo brillo. ¡Ah! Y que sea de aquella marca de lacas permeables, las que dejan pasar el agua, que si no, no podré cumplir con las abluciones correctamente. Sí, esa, esa marca, muy bien... La investigación no se podía demorar, si no la Policía se le adelantaría en sus investigaciones.

—*Salam aleikum. Ramadan mubarak* —Hessa deseó un buen Ramadán a su familia al entrar esa noche en el salón de la casa de sus padres.

—*Aleikum salam. Ramadan mubarak* —le contestaron su cuñada y su tía, que estaban jugando con Nasser mientras la madre de Hessa se aseguraba de que se hubiera dispuesto todo para la cena de acuerdo con sus instrucciones.

—Hija, has tardado un poco. Ya han llegado todos y estábamos esperándote. ¿Estás bien? —preguntó su madre mientras besaba varias veces en las mejillas a su hija pequeña. Había empezado a preocuparse ante su retraso.

—Es que fui al *mall* a comprar una cosa...

Su cuñada también se acercó a ella para besarla y le sonrió. Había comprendido, con solo verla, la razón de su tardanza. Cejas afinadas, pestañas nuevas...

—Cada día estás más guapa, Hessa —le dijo cariñosamente su tía Latifah mientras la abrazaba—. Antes de que llegaras lo hablábamos con tu madre. Una mujer tan guapa no puede estar sin marido, así que tu madre y yo nos vamos a tomar este asunto muy en serio.

Hessa empezó a ruborizarse y a sentirse incómoda por momentos. Afortunadamente la atención de las mujeres se desvió hacia su sobrino Nasser *bin* Fawaz cuando fue corriendo a abrazarla.

—Hola, Nasser. ¡Qué ganas tenía de verte! ¿Quieres ver lo que te he traído?

—Pero Hessa..., hoy no se celebra el *Eid al-Fitr*. Los regalos se hacen cuando acaba el Ramadán —se apresuró a puntualizar Rawda, regañando cariñosamente a su cuñada por mimar excesivamente a sus sobrinos.

—Ya lo sé. Es solo una tontería, un detalle. No es el regalo del *Eid*. Hacía muchos días que no veía a los niños.

Nasser cogió rápidamente el regalo.

—*Maa shaa Allah, mama* —exclamó el pequeño mirando a su madre.

¿Era lo que Alá había querido? Las mujeres se sorprendieron gratamente y rieron ante la ocurrencia. Vaya con el niño...

—¿Y Laila? —preguntó Hessa mientras ayudaba a su sobrino a abrir el paquete.

—La pequeña está ya durmiendo en tu habitación.

—Pues también hay una cosita para ella. Si no la veo despierta, le dais esto más tarde.

—Se lo daré en cuanto se despierte, pero ahora iré a avisar a los hombres que ya vamos a cenar, se han ido a fumar una *shisha* al *majlis* —dijo Rawda tras recoger el paquete y antes de dirigirse a la habitación donde los hombres recibían a sus invitados.

Allí los encontró instalados entre cojines, con la televisión encendida, aunque no le prestaban mucha atención. Tampoco se la prestaron a Rawda cuando entró en la sala. Fawaz estaba concentrado consultando el correo en su móvil, mientras su padre y su tío Muhazaab se ponían al día de sus respectivos negocios disfrutando de una buena pipa de agua. Pero la cosa cambió cuando oyeron que Hessa había llegado. ¡Al final iban a cenar! Ya era hora, se morían de hambre. Los tres siguieron a Rawda para reunirse con el resto de la familia en el salón comedor de la casa.

—¿Y la abuela? ¿Está levantada? —preguntó Hessa temerosa de la respuesta.

Últimamente era más frecuente que la abuela tuviera un mal día que uno bueno y no era raro que lo pasara enteramente en la cama.

—Hoy está bastante bien. Ha pasado todo el día descansando para poder cenar con todos nosotros. ¡Le hace tanta ilusión! Mary Joy la está ayudando a arreglarse, ahora saldrá.

A los pocos minutos apareció la abuela andando con dificultad. *Umm* Baasir, como era conocida por la mayoría de su *hamula* desde que tuvo a su primer hijo, arrastraba los pies y se apoyaba con un brazo en la criada y con el otro en un bastón de madera clara, torneada, con incrustaciones de plata. Era una mujer gruesa y vestía una *abaya* sin adornos, un *shaila* totalmente negro que le tapaba toda la cabeza y un *burka* dorado que le cubría, como si fuera una máscara, parte de la frente, el puente de la nariz y los labios, dónde la máscara adquiría el aspecto de un gran bigote dorado.

—La bisabuela parece una maga —dijo el pequeño Nasser mientras se iluminaban sus pícaros ojos negros al ver aparecer la impresionante figura de la anciana apoyada en el bastón.

Rawda traspasó con la mirada a su hijo para que callara y no siguiera haciendo ese tipo de comentarios graciosos a los que el niño era muy propenso. La bisabuela era una mujer de gran carácter y su genio se había agudizado con la edad. Era mejor no contrariarla. Además, llamarla maga era una gran ofensa, ya que su religión prohibía la práctica de la magia.

Afortunadamente, el oído ya no le funcionaba muy bien y la mujer no reaccionó al comentario de su biznieto; por el contrario, los ojos de la maga brillaron de alegría al ver a su familia reunida. Todos se dirigieron hacia la anciana señora para saludarla.

—¡Si están aquí mis niñas! —dijo emocionada al ver a sus nietas mientras observaba con atención a los diferentes miembros de su familia comprobando quién había asistido—. ¡Mis queridas niñas! Dadle un abrazo a vuestra abuela. Rawda, has venido con tu marido Fawaz, y Hessa, mi querida Hessa... —Se quedó titubeante—. ¿Y tu marido? ¿No ha venido tu marido?

Hessa a veces no sabía qué pensar. A su abuela se le iba la cabeza, era evidente, pero en ocasiones no estaba claro si decía algunas cosas porque había perdido la memoria o porque nadie quería contarle cosas tristes que la podían deprimir y abrumar. Pero lo de su marido sí que se lo habían contado. ¿Lo había olvidado?

—*Yaddati*, yo... —La nieta se quedó dubitativa. ¿Era conveniente recordarle unos hechos tan tristes? ¿Le tenía que explicar que se había quedado viuda hacía más de dos años?

El pequeño Nasser acabó empeorando las cosas.

—*Am-ma* He-ssa no tie-ne ma-ri-do, *am-ma* He-ssa no tie-ne ma-ri-do, *am-ma* He-ssa no tie-ne ma-ri-do —repetía el niño sin parar con voz cantarina.

A Fawaz le hizo mucha gracia la salida de su hijo y se tuvo que contener para no echarse a reír. Rawda, en cambio, estaba muy avergonzada ante la cancioncita de Nasser, pues se ponía en la piel de su cuñada e imaginaba lo incómoda que se debía sentir.

—Como no te portes bien, no cenarás con los mayores. Te irás a la cama como ya ha hecho tu hermana pequeña —le reprendió Rawda enfadada—. Y además —añadió sin pensar—, si vas a portarte así estas vacaciones, te apuntaré a un curso de recitación del Corán en la Gran Mezquita Sheikh Zayed.

Las madres de las jóvenes intercambiaron una mirada de preocupación. Rawda se acababa de meter en un buen lío.

—¡No, no! ¡Al curso de recitación, no! —chillaba Nasser a punto de llorar—. Yo quiero quedarme en la piscina de casa. Al curso de recitación solo van los niños que no tienen piscina. ¡Yo no quiero ir, no quiero ir!

La bisabuela hizo un gesto como si quisiera darle un cachete, pero, debido a que se tenía que apoyar en el bastón y en la criada para mantenerse en pie, la intención se quedó en eso. Mary Joy agarró con más fuerza a la anciana para que no se cayera sin que su cara demostrara la más mínima emoción ante la disputa familiar.

Fawaz ya no sonreía. Con semblante serio tragó saliva, pero cuando parecía que iba a intervenir para reñir al pequeño, sucedió lo que habían temido Latifah y su cuñada.

—¿Qué acabas de decir, Rawda? —preguntó la abuela encolerizada mirando a su nieta con severidad—. ¿Estás amenazando a tu hijo con ir a la mezquita a aprender a recitar el Corán? ¿Es eso una amenaza? ¿Es esa la manera en que lo estáis educando? —Ahora la anciana se dirigía a su nieto Fawaz.

—Abuela, disculpa a Rawda. Era solo una frase de una madre enfadada. —Como siempre, Fawaz salió en defensa de su bella esposa—. No lo decía en serio. En realidad, esos cursos se imparten en verano para niños mayores de siete años, por lo que Nasser no podría asistir aún, pero en cuanto tenga la edad le apuntaremos a algún curso de ese tipo.

Esas palabras tranquilizaron ligeramente a la abuela, pero aún no había dado por finalizada la discusión. Parecía que en esa familia nadie se ocupaba de enseñar las lecciones de moral y el comportamiento que se esperaba de un buen musulmán. Solo se pensaba en comprar y gastar. Bueno, no todos. Su querida nieta Lubna era diferente, pero hoy no había venido. Por lo tanto, tendría que ser ella la que pusiera orden en esa familia algo descarriada.

—¿La piscina? ¿No quieres ir a la mezquita porque prefieres bañarte en la piscina de tu casa? —Ahora su amonestación se dirigía a Nasser—. Sabes..., yo a tu edad no tenía piscina. No teníamos agua casi ni para beber. ¡Esto era un desierto! El agua que conocíamos en aquella época era el agua del mar, ese mar donde iba tu tatarabuelo a buscar perlas arriesgando, en muchas ocasiones, su vida. ¡Así era entonces! Tienes demasiados caprichos y si sigues por este camino no te harás un hombre, un buen hombre musulmán. Y... dime Nasser —continuó la anciana en un tono muy serio—, supongo que este año ya empezarás a hacer el ayuno, ¿o no? Puedo ver un ligero bigote en tu cara, así que ya tienes edad de ayunar —le dijo su bisabuela inventando una nueva norma que no estaba escrita en ningún sitio. Luego dirigió una mirada interrogante a su nieta Rawda, que sin saber qué responder miró a su vez a su marido Fawaz.

Finalmente, Baasir intercedió por su nieto y su nuera, molesto por la situación. ¿Es que no podían disfrutar de una velada tranquila? ¿Ni siquiera la noche que empezaba el Ramadán? Él era como Lubna, no soportaba las discusiones y hacía todo lo posible para evitarlas.

—Cosas de niños. Y lo del ayuno... empezará a hacerlo un poco este año —dijo improvisando la respuesta—. Lo hará progresivamente hasta que sea mayor. Y, *ummi*, aquí los niños nacen ya con bigote... —le aclaró el abuelo paterno de Nasser a su anciana madre, que cada vez más decía lo que le parecía y daba lecciones a todo el mundo—. Y ahora vamos, vamos a cenar que se hace tarde y Hania se ha pasado todo el día en la cocina con la criada preparando un festín.

Hessa se quitó la *abaya* y el *shaila*, ya que era una cena en familia, y se sentó cerca de su cuñada. La abuela, al ver cómo iba vestida, hizo un mohín de desagrado, aunque nadie lo percibió debido al *burka* que le cubría prácticamente toda la cara. *Umm* Baasir estaba enfadada pues su nieta llevaba pantalones ajustados. ¿Era esa una forma correcta de celebrar el comienzo del Ramadán? No quería reñirla por temor a que su primogénito se disgustara otra vez con ella, pero no pudo evitar decirle algo a su nieta, pero en voz baja para que no lo oyera su hijo:

—Pareces una libanesa, ¡qué vergüenza!

No obstante, Hessa ya sabía que había cometido un error, se había dado cuenta al llegar y ver a Rawda, pero ya era demasiado tarde para solucionarlo. Las jóvenes de la familia, aunque habitualmente iban vestidas con ropa a la última debajo de sus *abayas,* en presencia de la abuela, y principalmente durante el Ramadán, tendían a utilizar prendas más modestas y tradicionales. Rawda, a pesar de que era muy presumida, controlaba muy bien todos esos detalles, y esa noche llevaba un *serwal,* un amplio pantalón bombacho ajustado en los tobillos, y sobre el mismo una *jalabiya,* una túnica de colores de manga larga, el tipo de prendas que solían utilizar las mujeres emiratíes en el pasado.

La cena, al ser la celebración del inicio del Ramadán, se había dispuesto de acuerdo a sus tradiciones. Esa noche no utilizarían la enorme mesa alta que presidía el comedor, sino que habían cubierto con un mantel la alfombra más grande del salón y cenarían sentados en el suelo, apoyados en mullidos cojines. A la abuela la ayudaron a colocarse en un sitio preferente, y aunque le costó agacharse para sentarse sobre la alfombra, una vez alcanzado el suelo se sentó muy erguida pues toda su vida se había sentado de esa manera. En la cabecera se situó Baasir, el jefe de la familia. Todos los comensales, ante la visión y el sabroso aroma de los alimentos presentados en grandes bandejas sobre el mantel, elogiaron a Hania por su elección y preparación, aunque en realidad era Mary Joy la que los había cocinado. La mayoría eran platos que tradicionalmente se preparaban en esas fechas: *tharid*, el estofado de cordero del que se decía había sido el plato preferido del profeta Mahoma, que la paz y las bendiciones sean con Él, servido sobre unas piezas de *regag*, un pan tostado muy fino que absorbía los jugos del estofado y que era sencillamente delicioso; *al harees*, una mezcla de trigo y carne con *ghee*, la mantequilla clarificada habitual en muchas recetas, que necesitaba varias horas de cocción, y arroz *machbuss* con pollo. De postre, *batheetha*, un dulce a base de harina, pasta de dátiles y *ghee*, que aunque se consideraba más adecuado para el invierno, la madre de Hessa lo había preparado porque era el preferido de su nieto Nasser. Tampoco faltaban los dátiles y los típicos *baklava*, unos hojaldres con miel, nueces y pistachos. Para beber habían dispuesto grandes jarras con limonada fría con menta. Todos empezaron a comer cogiendo directamente con su mano derecha la comida de las bandejas. Siempre lo hacían así, según sus costumbres, a no ser que tuvieran invitados occidentales, lo que, en esa época, era muy poco frecuente.

Como siempre que se juntaba la familia, había grandes cantidades de comida, para el doble o triple de comensales. Pero teniendo en cuenta que dentro de unas horas empezaría el ayuno del Ramadán, todos hicieron un esfuerzo extra y comieron hasta no poder más las exquisiteces que había preparado Mary Joe bajo la supervisión de Hania. A medida que iban disfrutando de los manjares, el ambiente se fue relajando para alivio de todos.

Cuando el pequeño Nasser cayó dormido en el sofá y *Umm* Baasir se retiró a descansar a su habitación, la atención se centró en Hessa. Todos estaban deseando conocer la razón por la cual *amm* Khwaja había ido a visitarla. Mientras disfrutaban de unas buenas tazas de té y de *kahwa*, la joven abogada les relató con solemnidad la misión que se le había encomendado. Nadie osó interrumpirla. Solo al final se oyó la voz preocupada de la madre de Hessa:

—Pero, hija, ¿y ahora qué? ¿Qué vas a hacer?

Aquella noche Hessa se acostó en cuanto llegó a casa de su hermana. Allí ya todos habían regresado de la cena con la familia de su cuñado y no se oía ningún ruido, debían de estar durmiendo. Excepto la niña, el resto de la familia tendría que levantarse muy temprano, antes del alba, para poder tomar el *sahur* antes de que saliera el sol, y de la primera oración del día. A partir de ese momento habría que ayunar hasta que el sol se pusiera.

En la cama dio muchas vueltas antes de dormirse. La voz de su madre diciendo «Pero, hija, ¿y ahora qué? ¿Qué vas a hacer?», y la vocecita de su sobrino cantando «Am-to He-ssa no tie-ne ma-ri-do» resonaban sin cesar en el interior de su cabeza. Al final, el cansancio venció a la preocupación y a la tristeza y se durmió.

Capítulo 5

30 de junio

Las cosas no sucedieron según lo previsto. El teléfono móvil de Hessa se quedó sin batería y no sonó la alarma que la joven había programado para despertarse. Por la misma razón tampoco se activó el aviso de la aplicación Muslim Pro que se había bajado en su *smartphone* y que la hubiera alertado de que era la hora del *sahur*, la última comida permitida antes de que con el alba empezara el ayuno. Hessa se despertó con el canto del muecín de la mezquita más próxima a su casa. Era la llamada del *salat* del *fajr*, la primera plegaria del día, la que se debía hacer cuando empezaba a salir el sol. Hessa se asomó por la ventana y lo vio todo muy oscuro. No sabía qué hacer. ¿Podía aún tomar algo? Era la llamada a la oración pero el alba aún no había comenzado...

Tomar el *sahur* no solo era muy recomendable para aguantar mejor las horas de ayuno, sino que además era una *sunna* del profeta Mahoma, que la paz y las bendiciones sean con Él. No estaba segura de si ya estaba prohibido beber o comer algo en esos momentos. ¿Se había dormido y nadie la había avisado? ¿Su hermana no se había dado cuenta de que no había bajado a tomar el *sahur*? Claro, recordó al momento, Lubna debía de seguir con la menstruación y no tenía que hacer el ayuno, estaría aún durmiendo. Pues entonces tampoco se lo podría preguntar a ella y prefería no bajar para consultárselo a su cuñado, aunque él seguramente tenía la respuesta. Decidió beber solo un sorbo de agua sin demorarse más para cumplir con la *sunna*. Se encontraba un poco cansada y malhumorada. No era la mejor manera de empezar la jornada y todo apuntaba a que sería larga y difícil.

Ya no podría tomar un tazón de *harira*, la sopa de lentejas que tanto le gustaba y que acostumbraba a comer durante el Ramadán y, lo que era aún peor, no podría tomar ya más líquidos hasta que el sol se pusiera. Además, no estaba segura de si el sorbo de agua le invalidaría el ayuno de ese día. Pero sobre eso ya no podía hacer nada. Tendría que seguir con las actividades que había programado y si acaso ya llamaría más tarde al *call center* de la *fatwa* y les preguntaría si tenía que recuperar el ayuno. Las mujeres que lo atendían eran muy amables y ayudaban a otras mujeres a resolver las numerosas dudas que surgían en el cumplimiento del islam. Aconsejaban desde el tipo de lacas de uñas que había que llevar para hacer el *wudu*, las abluciones previas a los rezos, hasta qué hacer en caso de no haber podido ayunar por un embarazo o estar amamantando a un bebé.

Se duchó, se secó el cabello, lo alisó con la plancha y se preparó para rezar sus dos *rakats* en voz alta. Cuando finalizó sus oraciones, mientras elegía la *abaya* que se iba a poner para salir de casa, se acordó de enchufar el móvil para cargar, aunque fuera un poco, la batería. Estuvo dudando durante un rato qué túnica ponerse y al final se decidió por una *abaya* de las que más le gustaban, una negra con una cenefa plateada, muy fina, que remataba el bajo de la túnica y también los extremos de las mangas y, para completar el conjunto, se puso un velo a juego. Esa *abaya* tenía una apariencia sencilla, pero la excelente calidad del tejido le proporcionaba una caída muy elegante y favorecedora, que se acentuaba con el detalle mínimo de la línea plateada. Era de una diseñadora emiratí, una de sus preferidas, una mujer muy joven que estaba triunfando en el mundo del diseño de *abayas* y caftanes. Se miró al espejo y acabó de dar unos retoques al suave maquillaje que llevaba. Con sus nuevas pestañas, con un solo toque de máscara el resultado era estupendo. Se sintió complacida e intentó olvidarse de que había empezado con mal pie la jornada.

El primer día del Ramadán era un poco más duro pero luego una se acostumbraba. Aunque al final del mes sagrado los días también se hacían un tanto pesados, pero nada que no pudiera superarse. No podía quejarse. Era una mujer joven, con buena salud, por lo que podía sobrellevar bien el ayuno. Además, era afortunada ya que tenía un trabajo que desarrollaba la mayor parte del tiempo en interiores con aire acondicionado, de modo que la falta de líquidos era mucho más soportable.

Pero hoy era un día diferente. No iría al despacho. Salió muy pronto hacia el departamento de Medicina Forense de Dubái. A esas horas tan tempranas había poca gente en la calle. Muchas tiendas, principalmente las tradicionales, como las del zoco, cerraban durante el día en el mes del Ramadán y no abrían hasta que el sol se ponía. Entonces la gente atestaba las calles, compraba dulces y se reunía con sus familias para celebrar el final del ayuno y cenar juntos el *iftar*.

Aunque lamentaba las razones por las que conocía el camino hacia el departamento forense, eso le facilitó ir directamente a la planta donde se encontraba el despacho de la doctora Habiba sin perder ni un minuto en preguntas ni en indicaciones.

Cerca de la puerta del despacho de la doctora había un pequeño mostrador de información al que se dirigió Hessa al salir del ascensor. Era muy pronto y no había ninguna cola. No había solicitado hora para entrevistarse con ella, por lo que desbordó simpatía para ganarse a la administrativa que se encontraba allí en esos momentos para atender al público.

—*Salam aleikum. Ramadan mubarak.*

—*Aleikum salam. Ramadan mubarak* —contestó con cierta somnolencia la funcionaria.

—Por favor, me gustaría ver a la doctora Habiba.

—¿Su nombre, por favor? —le preguntó mientras se tapaba la boca con una mano para ocultar sus bostezos.

—Hessa Al Falasi.

—¿Ha llamado para pedir hora?

Iba a responder que no cuando vio que la doctora Habiba salía de su despacho. Era una mujer de unos cuarenta años, bien parecida, con ojos grandes que destacaban muy maquillados tras unas gafas de pasta negra. Vestía una bata blanca, que la identificaba como médico, bajo la que asomaban los pantalones negros y el cuello de una camisa blanca. Un pañuelo le cubría el cabello.

La joven abogada corrió a su encuentro.

—Buenos días, doctora Habiba, disculpe que la moleste pero...

La doctora Habiba no le dejó acabar la frase.

—Hola, señora Hessa, sabía que vendría. Me advirtieron de que posiblemente tendría una visita suya.

Hessa se sintió un poco cohibida.

—¿Y le va bien que hablemos ahora o se iba a algún sitio? —preguntó con cierta timidez.

—Sí, podemos hablar. Simplemente iba a estirar un poco las piernas hasta donde está la cafetera. Cada día tomo un café a esta hora y hoy, por el Ramadán, no lo iba a tomar, claro, pero pensaba que me iría bien salir un rato del despacho y caminar un poco. Pero venga, pase ahora que disponemos de tiempo.

Hessa respiró aliviada y entró en el despacho.

—¿Cómo está su familia? —preguntó la doctora Habiba con amabilidad aunque con semblante serio.

No le debía hacer mucha gracia que la familia Al Falasi realizara una investigación independiente, aunque lo aceptaba de acuerdo con lo que le habían indicado sus superiores.

—Pues ya se puede imaginar, muy afectados, todo ha sido tan inesperado... Como le habrán dicho, la intención de la familia es esclarecer los hechos de la forma más discreta posible. Es muy importante para nosotros comprender lo que pasó.

—Lo entiendo, lo entiendo. Una mujer tan joven..., es una tragedia. —Se quedó callada durante unos instantes—. ¿Y qué desea conocer? ¿En qué la puedo ayudar?

—Necesitaría conocer el informe forense, los resultados del análisis de la muestra de sangre... En realidad, cualquier dato que me pueda facilitar. Le voy a ser sincera. Mi tío Khwaja Al Falasi me pidió que me encargara de aclarar este suceso pero en estos momentos carezco de cualquier tipo de información. Solo sé que en el análisis de sangre salió algo inesperado... —Omitió expresamente la palabra «droga», quería ser prudente y no adelantar ningún dato.

En eso era muy hábil gracias a su formación y experiencia como abogada. Esperaría a que fuera la doctora quien le contara primero la versión oficial de los hechos.

—Su prima murió en el Burj Khalifa —empezó a explicar esta con amabilidad pero también con la contundencia de quien está acostumbrada a lidiar con la muerte cada día—. Cuando el ascensor de bajada abrió las puertas, se desplomó. Así lo narraron los testigos. Inmediatamente el personal del edificio, formado en primeros auxilios, le tomó el pulso. No se lo encontraron ni tampoco respiraba. Es decir, que estaba en lo que denominamos parada cardiorrespiratoria. Dos empleadas empezaron a hacerle el masaje cardíaco y el boca a boca, a la espera de que trajeran el desfibrilador y que llegara la ambulancia. Pero el desfibrilador no se activó.

—¿Me está diciendo que el aparato no funcionó? —preguntó Hessa muy sorprendida con la información.
—No, no. Sí que funcionó, pero no se detectaron las arritmias que tiene que haber para que se active y emita una descarga eléctrica. Los desfibriladores no sirven para todos los problemas del corazón. En realidad, solo se activan para un par de ellos, aunque son los que con mayor frecuencia llevan a la muerte súbita. Pero su prima no tenía ni una taquicardia ventricular ni una fibrilación ventricular. Su prima estaba en asistolia.
—¿Asistolia?
—Es como se denomina cuando el corazón no late.
—Pero, doctora Habiba, usted ha dicho antes que los empleados no le encontraron el pulso, o sea, que ya sabían que el corazón no le latía.
—No, no, no es lo mismo. Se lo voy a explicar de manera sencilla para que lo entienda —dijo con un tono altivo y de superioridad—. El corazón es como una máquina. Esa máquina, gracias a su actividad eléctrica, bombea la sangre al resto del cuerpo, ¿me explico?

Hessa asintió con un ligero movimiento de cabeza. Hasta ahí podía llegar a entenderlo.

—El bombeo de la sangre al resto del cuerpo es lo que detectamos al tomar el pulso. Si no hay pulso es que la sangre no está llegando a los órganos y a los diferentes tejidos del cuerpo. Pero que no haya pulso no quiere decir necesariamente que el corazón no palpite, ya que en algunos casos lo que pasa es que, aunque haya actividad eléctrica, esta es desordenada, ineficiente. En estos casos no habría pulso, pero no sería una asistolia, porque el corazón late, aunque mal. Es lo que pasa, por ejemplo, en las arritmias que le he comentado antes y que pueden ser tratadas con el desfibrilador. Ese aparato entonces actúa como... —se quedó pensando por unos instantes qué ejemplo sería más fácil de entender por la abogada—, como un *reset*. Eso es, más o menos. Es como hacer un *reset* a uno de esos aparatos electrónicos que tenemos en casa cuando no funcionan correctamente. El corazón, al recibir esa descarga, si responde correctamente, inicia una actividad eléctrica adecuada. Pero, como le decía, en el caso de su prima no es que la actividad no fuera efectiva, sino que en su caso no había latido, estaba en asistolia. En esos casos, el desfibrilador no se activa. Volviendo al ejemplo de los aparatos electrónicos domésticos, no serviría de nada hacer un *reset* si no hay electricidad, porque ese es el problema.

—Y entonces, ¿no se pudo hacer nada?

—El pronóstico es peor, pero sí que hay cosas que se pueden hacer. Hay que seguir con las maniobras de reanimación manuales. O sea, se tiene que continuar haciendo masaje cardíaco para intentar que la sangre siga oxigenando los tejidos. El masaje cardíaco suple la falta de electricidad. Y eso es lo que siguieron haciendo las empleadas y luego el personal sanitario cuando llegó la ambulancia. Eso y también las maniobras necesarias para que entrara aire en sus pulmones, primero con el boca a boca y luego con los medios que disponen los servicios de urgencias. Pero, desafortunadamente, las maniobras de reanimación no tuvieron éxito. Su prima estaba muerta cuando el ascensor llegó abajo y no se pudo hacer nada por ella.

—Entonces, ¿la causa de la muerte fue la asistolia? ¿Eso se pudo confirmar?

—La asistolia se confirmó porque esa información quedó grabada en el archivo informático del desfibrilador. Es como la caja negra de un avión, ¿comprende?

Hessa asintió con un gesto.

—Pero no se puede decir que fuera la causa del fallecimiento. Bueno, podríamos decir que fue la causa última, pero al final, en todos los fallecidos es así, a todos deja de latirles el corazón. Por eso la llevaron directamente a la morgue del hospital Rashid, para que establecieran la causa de su muerte y emitieran el certificado de defunción. Pero al tratarse de una mujer joven, sin ninguna enfermedad conocida, y no poderse determinar a priori la causa de su repentino e inesperado fallecimiento, desde el hospital contactaron con nosotros para que colaboráramos en la investigación.

—¿Y cuál piensa usted que podría haber sido la causa de su muerte?

—Era una mujer joven con buen estado de salud, parece que nunca había tenido una enfermedad importante. Se les preguntó a las amigas que la acompañaban si en las horas anteriores habían notado algo raro o si ella misma se había quejado de alguna molestia, dolor... Pero nada, apenas un poco de cansancio al final de la tarde, antes de bajar de la torre. Fue una muerte súbita, pero ¿debida a qué? Posiblemente por la rotura de un aneurisma, un infarto o un problema de conducción cardíaca, pero nunca lo sabremos con seguridad. Ya me entiende, aquí difícilmente la familia autoriza una autopsia, a no ser que haya motivos bien fundados para realizarla, me refiero a que sea por orden judicial, o a que haya alguna sospecha de muerte violenta. Pero una autopsia solo para conocer la causa de una muerte natural, eso es muy difícil por los motivos que ya conocemos. Se le hizo lo que llamamos una autopsia virtual. Son unas pruebas radiológicas, scanner, resonancia..., pero no se detectó nada anormal. No obstante, estas pruebas pueden no revelar algunas alteraciones. Por ejemplo, los infartos recientes y las embolias pulmonares pueden no detectarse bien en este tipo de pruebas digitales.

—Ya... Quizás en otras circunstancias se podría haber llegado a conocer la causa de la muerte en un caso así. Me refiero a si se hubiera practicado otro tipo de autopsia.

—Bueno, quizá sí, pero no crea que siempre se llega a saber la causa de los fallecimientos inesperados de los jóvenes, incluso aunque se les haga una autopsia clásica, me refiero a abrir el cuerpo, ya que muchas de esas muertes se deben a problemas cardíacos que solo se podrían detectar si se hicieran las pruebas en el momento que están sucediendo, principalmente cuando se deben a alteraciones en la transmisión cardíaca. Y en el caso de un infarto es prácticamente imposible detectarlo en una autopsia a no ser que el fallecido haya sobrevivido varias horas al mismo.

—¿Y la muestra de sangre?

—Como sabe por su experiencia, también la tomamos y analizamos en algunos casos. Nos permite descartar envenenamientos, alcoholismo, tóxicos, drogadicción... ¿Sabía que su prima tomaba a veces ansiolíticos?

Hessa se puso a la defensiva, ya que en el país la posesión y uso de ciertos medicamentos podía estar también penada, a no ser que estuviera plenamente justificada. Una prohibición que provocaba problemas para algunos turistas en las aduanas, ya que incluso algunos medicamentos que en otros lugares se vendían sin receta, en los Emiratos Árabes tenían prohibida su entrada.

—Sufría de claustrofobia. Se los habían recetado por ese motivo. A lo mejor los tomó para que la visita al Burj Khalifa fuera más llevadera.

—No creo. No encontramos benzodiacepinas, o sea, ansiolíticos, en su sangre. Y además, según nos informó la familia, en la actualidad estaba tomando otro tratamiento para la claustrofobia y los ansiolíticos solo los tomaba si tenía que hacer algún viaje. Se estaba medicando con betabloqueantes.

—¿Betabloqueantes? —preguntó Hessa, que temía perderse entre tantas explicaciones técnicas.

—Sí, son fármacos que disminuyen los signos de nerviosismo, como la sudoración, el aumento de la frecuencia cardiaca, la ansiedad y el temblor, y se han demostrado beneficiosos en el tratamiento de la claustrofobia.

—¿Y eso es lo que han encontrado en su sangre?

—Como tomaba ese medicamento, también analizamos sus niveles en sangre, aunque no lo solemos hacer de forma habitual, por si hubiera habido una sobredosis, ya que pueden enlentecer el ritmo cardíaco, pero la concentración sérica que encontramos no era elevada. No es ese hallazgo el que nos ha dejado preocupados a nosotros y a su familia.

—¿No? —preguntó Hessa no sin cierto temor ante la impredecible respuesta.

—Ketamina. En la muestra de sangre había ketamina.

—¿Ha dicho ketamina? Creo que es la primera vez que oigo hablar de ella. —Se sentía una ignorante delante de la doctora forense.

—Sí, ketamina. Es un fármaco que se utiliza en los hospitales, principalmente como medicación anestésica en pediatría, pero también en algunos casos en adultos. Se utiliza también para drogarse y está bastante de moda, sobre todo en algunos círculos. Puede producir alucinaciones.

—¿Y eso pudo ser la causa de la muerte?

—No creo. Difícilmente. Aparte de las alucinaciones que puede provocar, es un medicamento bastante seguro. Claro que también depende de cada caso. Si su prima tenía una cardiopatía o un aneurisma, cualquier estímulo que para otras personas no significara nada, a ella le podría haber desencadenado un problema muy grave. Pero, sinceramente, las cantidades que encontramos eran muy bajas. Aunque, en este punto, me gustaría aclararle que no es lo mismo hacer un análisis en una muestra de sangre de una persona viva que en la de un cadáver. Las determinaciones *post mortem* son muy complicadas y tienen también limitaciones en cuanto a su interpretación. En el caso de las drogas hay que tener en cuenta que su distribución en un cuerpo muerto puede variar mucho respecto a lo que sucede en los vivos. Le digo esto para que pueda comprender que un nivel bajo de ketamina tampoco nos asegura que en otras partes del organismo no pudiera haber niveles más altos. Nosotros, en principio, cuando se trata de un fallecido musulmán, solemos tomar las muestras de una vía periférica, en concreto de la vena femoral, para que el daño al cadáver, por decirlo de alguna manera, sea el menor posible. Pero para según qué tipo de análisis es preferible acceder al corazón e incluso a ciertos tejidos del globo ocular.

Hessa empezaba a sentirse afectada por la descripción tan detallada de todo aquello.

—Lo que quiero decir —continuó la doctora impasible— es que, en ocasiones, para tener una determinación más fiable habría que acceder a analizar esas sustancias en otros fluidos o tejidos de más difícil acceso, pero por respeto a las creencias del fallecido no es posible hacerlo. Luego, como usted ha comentado, está la claustrofobia. Si tenía una enfermedad cardíaca o un aneurisma, una situación de estrés agudo, como es la subida y la bajada en el ascensor del Burj Khalifa, le podía haber provocado una rotura de la malformación arterial, o un infarto en caso de cardiopatía. Pero solo son supuestos. Además, según sus amigas, estaba tranquila. Pero, claro, no hay que olvidar que la medicación que tomaba, los betabloqueantes, disminuyen el nerviosismo, como le he dicho antes, y que la ketamina, dependiendo de la concentración real que tuviera en sangre, me refiero a cuando aún estaba con vida, también lo podría haber eliminado.

—Pero, doctora Habiba, si hay que ser tan cautelosos con la interpretación de esos análisis, ¿eso podría significar que, aunque apareciera ketamina en las muestras de sangre, existiría alguna posibilidad de que en realidad no la hubiera tomado?

—No, no, imposible. De lo que no podemos estar seguros es de la cantidad real que había en su cuerpo *ante mortem*, o sea, momentos antes de que falleciera. Pero lo que está claro es que había consumido esa droga, ya que el cuerpo no la fabrica naturalmente. Otro caso diferente, para que lo entienda, sería el del alcohol y me va a perdonar por utilizar este ejemplo.

Hessa intentó alejar las escenas del pasado y agradeció la disculpa de la doctora.

—Es posible encontrar alcohol en la sangre de un fallecido y que este no haya ingerido ni una gota. Esto se debe a que ciertas reacciones, que tienen lugar cuando un cuerpo fallece, dan lugar a la formación de alcohol. De hecho, en el caso del accidente de su marido, fue todo mucho más claro, porque el conductor que lo provocó sobrevivió unas horas y se le pudieron realizar los análisis antes de la muerte. Si hubiera sido de otra manera, una vez fallecido, la interpretación habría resultado más delicada porque, como le decía antes, el cadáver puede formar alcohol. Pero volviendo al caso de la ketamina, no, es completamente diferente.

—Y dice que este medicamento lo utilizan en los hospitales.

—Sí, lo suelen tener en las farmacias hospitalarias. Lo roban de allí para venderlo o consumirlo como droga. He oído que su prima estudiaba Medicina, ¿no es cierto? Pues ya sabe adónde tendría que ir a preguntar ahora.

La joven abogada, aunque no estaba nada contenta del giro que estaba tomando la conversación, tuvo que aceptar que al discurso de la doctora no le faltaba ni un ápice de lógica y que el próximo paso tendría que ser una visita al hospital donde estudiaba Ameera, tal como ya había sugerido su prima Rawda en el coche de su hermano.

—Bueno, no la quiero molestar más. Muchas gracias por su tiempo, doctora Habiba, ha sido usted muy amable.

—De nada, señora Hessa, y ya sabe, cualquier cosa o aclaración que necesite, aquí estoy a su disposición.

—*Shukran jazilan*, doctora Habiba. *Ma'as salama.*
—*Afwan. Ma'as salama.*

Nada más salir del despacho de la forense, Hessa conectó de inmediato el aire acondicionado de su coche a través de la aplicación de su móvil, para que se fuera refrescando su interior. A pesar de haberlo dejado en un aparcamiento cubierto, el calor en la ciudad empezaba a ser asfixiante y el vehículo sería un horno.

En unos diez minutos ya estaba en su Toyota Land Cruiser de cristales tintados, pero antes de arrancar, decidió hacer una llamada. Le contestó la voz profunda, varonil, de su primo. Hessa se sentía un poco avergonzada por tener que hacer aquella consulta. ¿Por qué no le había preguntado esos datos durante su reunión en el despacho? Su visita la había cogido tan de improviso que no había reaccionado con la serenidad y profesionalidad suficientes. Y un día después ya tenía que llamar pidiendo una información tan básica.

—¿Dónde estudiaba Ameera?

Ahmed contestó con educación, aunque parecía un poco parco en palabras.

—En la Gulf Medical University. ¿Sabes dónde está? En Ajmán. ¿Quieres la dirección exacta?

—No, gracias, pondré el GPS.

—Puedes preguntar por la doctora Saliha. Era su tutora.

—Gracias. Siento haberte molestado.

—No es molestia. ¿Necesitas algo más?

—No, nada, voy para allá. *Ma'as salama.*

—*Ma'as salama*, Hessa. —Y tras un corto silencio, le aconsejó que fuera con cuidado.

La joven tomó la carretera de Sharjah para ir hacia el pequeño emirato de Ajmán y no tardó mucho en llegar al centro universitario.

Nunca antes había estado allí y las instalaciones le

gustaron. El campus era inmenso y con muchas zonas de césped que debían requerir mucha agua para su mantenimiento en una zona tan desértica. No se veía a muchos estudiantes porque la mayoría de las clases ya debían de haber finalizado. Había algunos grupos de chicos y chicas que hablaban animadamente, quizás sobre los resultados de algún examen, en las pocas zonas sombreadas. La Gulf Medical University era una institución mixta e internacional, características que habían pesado a la hora de que Ameera la prefiriera por encima de la facultad de Medicina para mujeres de Dubái, aunque supusiera el traslado diario a otro emirato para asistir a clase.

Hessa aparcó su Toyota y empezó a caminar por el campus en dirección al edificio donde le habían dicho que podría encontrar a la doctora Saliha. La temperatura seguía aumentando conforme pasaban las horas y la joven comenzó a acusar la falta de ingesta de líquidos. Se sintió un poco inestable y, aunque estaba acostumbrada a llevar altísimos tacones y le encantaban, se arrepintió de haberse puesto sus sandalias Liu-Jo.

—Su prima era buena estudiante y una mujer muy agradable y educada. Todos hemos sentido mucho su pérdida y la echamos mucho en falta —la doctora Saliha hablaba entristecida—. Y ahora, dígame, ¿en qué la puedo ayudar?

—Muchas gracias por sus palabras, doctora Saliha —contestó Hessa con un tono de emoción contenida—. Verá, mi prima era una mujer muy joven con buena salud, bueno, por lo menos que se supiera hasta entonces... A la familia nos gustaría comprender mejor lo que pasó, entender la razón de su muerte. ¿Sabe si estaba sometida a algún estrés importante? ¿Usted la veía últimamente como siempre? ¿Quizá más nerviosa? ¿Sabe si había algo que la preocupara?

—No que yo recuerde. Claro que a los estudiantes siempre les agobian los exámenes, pero eso es normal.

—¿Los últimos exámenes los sacó bien, con buenas notas?

—Sí, sí, ella siempre había sacado buenas notas y continuaba sacándolas. Excelentes calificaciones, incluso mejores que antes. Aunque eso les pasa a muchos estudiantes. Cuando empiezan a hacer prácticas clínicas, en el hospital, se motivan mucho más. Ameera estaba entusiasmada con las prácticas en pediatría. Incluso me comentó que era la especialidad que quería hacer cuando acabara la carrera. Muchas estudiantes mujeres se deciden por la pediatría. Hubiera sido una buena pediatra, su tutor de prácticas estaba muy contento con ella porque, aparte de su interés y lo mucho que estudiaba, era muy dulce con los niños.

«Ketamina, un anestésico de uso principalmente pediátrico», a Hessa le vinieron a la mente las palabras de la doctora forense.

—¿Y dónde hacía esas prácticas?

—Aquí, en Ajmán. Todas las mañanas asistía a consultas externas o pasaba visita en la planta de los niños ingresados. Luego, una vez por semana participaba en una guardia. No el turno entero —puntualizó—. A los estudiantes solo se les exige su presencia en la guardia durante doce horas.

—¿Y en qué hospital hacía esas prácticas? ¿Es ese que hay aquí al lado? Me gustaría pasarme por allí.

—No, no se confunda, a mucha gente le pasa. No es el hospital que hay aquí al lado. Ese es el Khalifa Hospital. Ella las hacía en el GMC Hospital. Pero también está cerca. Mire, tiene que coger el coche y tomar la avenida Sheikh Zayed en dirección hacia Sharjah. El desvío hacia el GMC Hospital está indicado. No tiene pérdida. Pregunte por el doctor Scott.

Hessa tenía que llegar al servicio de pediatría antes de que, debido al horario del Ramadán, pudiera marcharse el doctor Scott. Se despidió de la doctora Saliha y se fue rápidamente hacia el aparcamiento. Aún no había salido del edificio cuando oyó el canto del muecín de la mezquita Sheikh Zayed de Ajmán, situada muy cerca del campus, llamando a la oración del *dhuhr*, el momento del día en que el sol, tras haber alcanzado el punto más alto, empezaba a declinar. Al mismo tiempo saltó la alarma de la aplicación Muslim Pro que también la avisaba de que era la hora del rezo. Debía encontrar la sala de oración. En un edificio como ese debería estar bien señalizada y si no, la buscaría en el Muslim Pro. Pero, tal y como imaginaba, las indicaciones estaban muy claras y la encontró enseguida. A los pocos minutos ya estaba haciendo las abluciones preparatorias en la sala destinada a las mujeres. Entró en la sala de oración, se colocó en una de las pequeñas alfombras que quedaban libres en la sala y en dirección a La Meca empezó a recitar el *Surat alfatiha*, el capítulo inicial del Corán, en silencio, solo moviendo los labios, tal y como correspondía a un *salat* que se realizaba cuando ya había salido el sol:

> En el nombre de Alá, el Todo Misericordioso, el Muy Misericordioso. Las alabanzas a Alá, Señor de los mundos, el Todo Misericordioso, el Muy Misericordioso; Rey del Día de la Retribución. Solo a Ti Te adoramos, solo en Ti buscamos ayuda. Guíanos por el camino recto, el camino de los que has favorecido, no el de los que son motivo de ira, ni el de los extraviados...

Cuando finalizó sus oraciones se dirigió sin pérdida de tiempo hasta el aparcamiento. Mientras atravesaba de nuevo a pie el campus, quiso conectar, como siempre, el aire acondicionado del coche pero no hubo manera de encontrar el móvil en su enorme bolso Gucci. Volvió deprisa a la sala de abluciones de mujeres, pero tampoco estaba allí. ¿Dónde estaría? En el bolsillo de la *abaya*, claro, allí estaba, lo había guardado en el bolsillo al ponerlo en silencio para orar. ¡Qué despistada! Volvió a atravesar el campus. ¡Qué calor hacía, ni una sombra en todo el camino! Entonces, al intentar conectar el aire acondicionado se llevó una desagradable sorpresa. El móvil se había quedado sin batería otra vez. «¿Por qué seré tan desastre?», pensó muy irritada consigo misma. «Lo tendría que haber cargado más».

El interior del Toyota ardía, pero no podía perder el tiempo esperando a que se refrescara, tenía muchísima prisa. Ese era uno de esos momentos en que odiaba la *abaya*. Bien era verdad que le estaba protegiendo el cuerpo del contacto con la piel del asiento, que quemaba como el puro fuego. La tapicería de piel no había sido muy buena idea. Todos se lo habían dicho, quemaría con las altas temperaturas de verano. Pero los asientos de piel eran tan bonitos... ¡Uf! La *abaya* tan negra la estaba asfixiando. Sintió que le faltaba el aire.

El doctor Scott no estaba en consultas externas.

—Vaya a la planta de los pacientes hospitalizados. Allí lo encontrará.

Había mucha gente esperando el ascensor que, según los marcadores luminosos de la pared, se estaba parando en todos los pisos. Apenas tenía que subir unas cuantas plantas, así que prefirió subir andando para no perder tiempo. Llegó arriba muy acalorada.

La primera escena que vio le destrozó el corazón. Un niño en brazos de su madre con la cabeza absolutamente sin cabello, señal bastante inequívoca de estar recibiendo un tratamiento muy fuerte, quizá quimioterapia. Hessa se quedó impactada. A su lado pasó un padre empujando una silla de ruedas con un niño de unos diez años. El pequeño llevaba una vía en un brazo conectada a un gotero y un tubito que salía por su pijama y que acababa en una bolsa. Por el tubito salía un líquido sanguinolento. Hessa estaba empezando a marearse. Entonces empezó a acordarse de los cadáveres que formaban alcohol y de la toma de muestras de los globos oculares de los fallecidos. El no haber comido nada desde la noche anterior empeoró la sensación de inestabilidad, aquel pasillo le daba vueltas, los niños se alejaban..., ya no había niños..., y al final ya no había nada. Oscuridad.

—¿Se encuentra bien? —le preguntó una enfermera.

—Ya vuelve en sí —dijo otra.

Hessa estaba avergonzada. Se había desmayado.

—Quizá debería beber un poco de agua —sugirió un médico pelirrojo, de ojos azules, mientras esperaba los resultados de la presión arterial que en esos momentos estaba tomándole una de las enfermeras.

—No, no, agua no, gracias. Ya me siento mejor.

—Podría tomarla, no se encuentra bien —habló otra vez el médico mientras la miraba con seriedad—. ¿Por qué se exigen más de lo que les exige su propia religión?

—No es eso, es que ya estoy bien y si rompo el ayuno lo tendría que recuperar más adelante.

—Mire, usted sabrá lo que hace, ya es adulta, pero tengo entendido que cuando alguien se siente mal... Fíjese, hoy hemos atendido en urgencias a varios niños que no se encontraban bien debido al ayuno. Y eso que no ha hecho más que empezar el Ramadán. No deberían hacerlo, son niños y el islam no los obliga a ello, pero ellos quieren y sus padres les dejan, orgullosos, y luego pasa lo que pasa.

Hessa se estaba recobrando por momentos. ¿Quién era ese hombre occidental, ese *expat*, para decirle a ella lo que tenía o no tenía que hacer? ¿Por qué insistía ese médico infiel, que parecía un león con su cabello y su barba pelirrojos, en que rompiera el ayuno? ¿Cómo se atrevía ese doctor...? Desde el suelo se fijó con más atención en la tarjeta identificativa que llevaba en su bata...

—¿Doctor Scott? Estaba buscándole.

—Pues ya me ha encontrado —contestó el pelirrojo amigablemente a aquella fanática emiratí—. Tiene la presión bien y no parece que haya nada alarmante. Si quiere puede venir a mi despacho y me cuenta por qué me buscaba. Allí, aunque se niegue a beber un poco de agua, lo cual no me parece inteligente por su parte, estará más cómoda y se recuperará mejor.

En el despacho del doctor Scott, Hessa se acomodó en un sillón junto a un sofá y una mesa baja. El aire acondicionado estaba muy fuerte y se empezó a encontrar cada vez mejor.

—Me llamo Hessa Al Falasi y soy prima de Ameera, una joven estudiante de Medicina que estaba haciendo prácticas en este servicio.

—Vaya, lo siento —dijo él mientras desaparecía la sonrisa de su rostro—. Me enteré de la noticia, pero demasiado tarde para poder asistir a su funeral.

—Gracias, no se preocupe. De hecho, es difícil enterarse a tiempo y más si uno no es de la familia. Nuestra religión nos obliga a enterrar a los fallecidos en el mismo día, si es posible, o en todo caso cuanto antes.

—Sí, conozco estas reglas por mi profesión, desafortunadamente.

Hessa pensó lo que eso significaba. El doctor Scott era pediatra y habría visto fallecer a niños a los que también había que enterrar deprisa si eran musulmanes. La visión de unos pequeños cuerpos enterrados con su pequeña carita puesta en dirección a La Meca, y a sus padres y familiares llorando llenos de dolor y sufrimiento, la empezó a marear y a provocar sudores otra vez.

—¿En qué la puedo ayudar? Está muy blanca ¿Se encuentra bien?

—No del todo, creo que me estoy mareando un poco otra vez. Es que... además..., estaba pensando en mi prima fallecida y también en sus pequeños pacientes...
—Rompió a llorar.

El doctor le acercó una caja de pañuelos de papel y Hessa se enjugó las lágrimas de los ojos avergonzada por la situación. En el pañuelo con el que se secaba las lágrimas aparecieron puntitos negros, muchos puntitos negros. Entonces se dio cuenta de lo que estaba pasando. Eran sus extensiones de pestañas. Se estaban cayendo. No se había acordado de que no podía utilizar la máscara de pestañas que usaba antes de ponerse las extensiones. La esteticista había sido muy clara y tajante. Nada del desmaquillante estándar, nada de la máscara habitual. Tenía que utilizar unos productos especiales que le había vendido allí mismo, pero Hessa no se había acordado. Se había puesto la misma máscara de siempre y ahora con los llantos se le estaban cayendo las pestañas. Esto hacía que estuviera aún más avergonzada, triste y deprimida y que llorara más y más y que las pestañas siguieran cayendo.

El doctor, que cuando se desmayó la había mirado como a una paciente, y luego como a una fanática cuando se negó a tomar un vaso de agua, pasó a mirarla conmovido y con compasión cuando ella le dijo quién era; ahora la estaba observando con un interés que rayaba en lo puramente científico: «¿Y a esta mujer qué es lo que le pasa ahora?».

Hessa intentó recuperar el control.

—Ya estoy bien, perdone, lamento la escena. Es verdad que han sido unos días de muchas emociones, y este calor, el ayuno... Pero, ya estoy bien, de verdad.

—Claro, y a veces llorar ayuda. Para eso están las lágrimas, para desahogarse —le contestó el doctor Scott amablemente—. Entonces, ¿para qué quería verme?

—Vengo en relación a la muerte totalmente inesperada de mi prima y voy a ser muy directa antes de que me vuelva a desmayar —dijo sonriendo para intentar compensar lo desagradable que había sido—. ¿Aquí utilizan ketamina?

—Sí, como medicación anestésica en algunos casos o como premedicación antes de algunas intervenciones quirúrgicas o pruebas médicas. Pero exactamente ¿por qué lo quiere saber?

Mientras Hessa estaba pensando cómo contestar, el doctor Scott recordó que la Policía ya había estado el día anterior haciéndole la misma pregunta y le ahorró las explicaciones.

—Sí, bueno..., no se preocupe... En el servicio disponemos de medicación, pero solo la que es de uso muy habitual o la que se requiere por si la tuviera que tomar un paciente en caso de necesidad. Por ejemplo, analgésicos, antieméticos, sueros... La ketamina la administran directamente en quirófano, o si la pautamos como premedicación para un caso concreto, se solicita al servicio de Farmacia Hospitalaria. No tenemos aquí reservas de ketamina. Por lo tanto, difícilmente se puede acceder a este medicamento en esta planta del hospital. No sé si esta información le resulta suficiente, si es lo que usted necesitaba saber.

—Sí, doctor Scott, es suficiente. Muchas gracias por la información y por atenderme.

—No se merecen, señora Al Falasi. Cuídese.

—Perdone, una última pregunta: ¿el servicio de Farmacia?

—Lo encontrará en la planta sótano. Está muy bien indicado. No tiene pérdida.

La visita a la farmacia del hospital fue de lo más decepcionante. La responsable ya se marchaba cuando llegó Hessa, pero contestó rápidamente y de mala gana a sus preguntas. De hecho, se sabía las respuestas de memoria porque también había atendido a la Policía la víspera. No. No había echado en falta dosis de ketamina. Todo estaba en orden.

Lubna entró en la habitación de Hessa llevando unos dátiles y un vaso de *laban*, una bebida muy refrescante y nutritiva a base de yogur, agua y sal, para que su hermana rompiera el ayuno antes de tomar el *iftar*, tal y como mandaba la tradición. Era una buena costumbre ya que de esta manera el cuerpo, tras las largas horas de ayuno, se iba acostumbrando a la ingesta de alimentos y se preparaba para la cena, que solía ser muy abundante.

—Hessa, ¿estás segura de que no quieres venir con nosotros a celebrar el *iftar*?

—Segura, Lubna. Vete tranquila, estaré bien. Tengo que trabajar.

—Pero romper el ayuno sola... no me parece bien. Eso es muy raro, nadie lo hace. Nos quedaremos contigo.

—No, no te preocupes por mí. Id a casa de la familia de Abdul-Khaliq, que os están esperando. Estoy sola porque quiero. —Se arrepintió inmediatamente de la forma en que se había expresado ante su hermana—. Quiero decir que podría ir con vosotros a cenar o a casa de nuestros padres. Pero, de verdad, estoy agotada y aún tengo que trabajar un poco. Cenaré algo y acabaré lo que tengo que hacer y me iré pronto a la cama.

—Vamos, Hessa, vamos, anímate y ven. Si no estaremos mucho rato, mujer... Abdul-Khaliq tiene que salir mañana de viaje.

—Que no, Lubna, que me quedo —dijo con resolución.

—Eres digna de admirar, Hessa. Celebrar sola el *iftar* para trabajar en el caso de Ameera...

Hessa se sintió un poco mal. Era cierto que tenía que trabajar y que estaba muy cansada, pero reconocía que le servía de justificación para no tener que ir a casa de la familia de Abdul-Khaliq, porque no le apetecía en absoluto.

—Está bien, pero prométeme que no cenarás cualquier cosa. Encontrarás arroz en la cocina. Creo que ha quedado muy bueno. ¡Ah! Y hay esos dulces que tanto te gustan. Cena bien, por favor —le pidió su hermana y se despidió con una abrazo.

En cuanto estuvo sola, Hessa se tomó tres dátiles y se bebió el vaso de *laban*. Tenía que hacer una *dua*, una súplica a Alá mientras rompía el ayuno. Le pediría... que le ayudara con la investigación. No, no, le pediría... que los niños que había visto en el hospital por la mañana se curaran. Sí, eso le pediría a Alá. Y tras hacer su súplica añadió:

> ¡Oh, Alá! Por Tu causa he ayunado y con Tu sustento he roto mi ayuno. La sed se ha ido, las arterias están húmedas, y la recompensa es segura, *Inshallah*.

Luego fue al baño y empezó su ritual diario. En primer lugar, desmaquillarse. Comenzó por las pestañas utilizando el producto especial que le había vendido Hakima. Ya había aprendido la lección. Menos mal que se habían caído pocas... Después se aplicó una espuma para retirar el maquillaje del resto de la cara. Finalmente se dio una ducha que acabó con un chorro de agua fría. Se sintió renacer, fresca, relajada y al mismo tiempo tonificada. Era como si el agua de la ducha se hubiera llevado todos los percances que habían surgido durante el día. Luego se cubrió y rezó el *salat* del *maghrib*, la oración que debía recitarse cuando el sol se ponía.

Ahora trabajaría un poco con el ordenador antes de tomarse el *iftar*. Lo encendió, fue directamente al buscador de Internet e introdujo la palabra «ketamina».

A los pocos instantes ya habían aparecido los resultados.

Hessa empezó a clicar con nerviosismo las páginas que contenían esa palabra.

Wikipedia

La ketamina (también conocida como Special K o Kit Kat) es una droga disociativa con potencial alucinógeno, derivada de la fenciclidina, utilizada original y actualmente en medicina por sus propiedades sedantes, analgésicas y sobre todo, anestésicas.

La ketamina fue sintetizada en 1962 por Calvin Stevens y usada por primera vez en la práctica clínica en 1965 por Corsen y Domino.

La ketamina es utilizada en humanos y también en medicina veterinaria.

—¿En medicina veterinaria? —se sorprendió Hessa, y siguió leyendo con atención.

En los últimos años se ha propagado su administración con fines recreativos, surgiendo fenómenos de desvío de la sustancia del circuito legal. Son crecientes los casos de abuso, con cuadros de toxicidad y muertes por sobredosis, atribuibles en parte a la subvaloración de riesgos por parte de estos usuarios.

La ketamina que se vende ilícitamente proviene de diversas fuentes, como por ejemplo el desvío desde suministros legales o semilegales y el robo en establecimientos legales (farmacias u hospitales).

La joven estuvo leyendo durante un buen rato. Estaba desconcertada. ¿Qué relación podía tener todo eso con su prima Ameera? Bueno, al menos había descubierto su uso en veterinaria, un aspecto de la droga que le permitiría abrir otra línea de investigación.

Estaba pensando en cómo continuar sus averiguaciones cuando su móvil sonó. Lo tenía lejos cargando la batería y contestó en el último momento, antes de que se cortara la llamada, sin tiempo de poder ver quién llamaba.

—Hessa, ¿va todo bien? —le respondió una voz profunda y grave en cuanto atendió la llamada.

Era su primo Ahmed. Solo había dicho una frase, pero su voz envolvió a Hessa como si de un abrazo se tratara. Se sintió turbada y notó cómo el corazón se le aceleraba.

—¿Ahmed? Sí, claro. Justo ahora pensaba llamarte.

—Es que verás..., me dijeron que hoy no te encontraste bien en el hospital de Ajmán.

—¡Vaya! —respondió Hessa un poco avergonzada y molesta—. Sí que corren las noticias...

—Me llamó el doctor Scott.

—¿Le conoces?

—Muy poco. Vino a darnos el pésame al día siguiente del funeral, en cuanto se enteró de la noticia. Me ha llamado esta tarde porque tras tu visita se acordó de que mi hermana tenía una taquilla con sus cosas personales en el vestuario del hospital. Quería saber si podríamos ir a recogerlas. Entonces me ha comentado tu indisposición de este mediodía. Solo quería saber cómo estabas.

—Bien, un simple mareo fruto del calor, el ayuno, esas cosas... —Se sintió estúpida, como una mujer desvalida que no sirviera para nada.

—Me alegro.

—¿Y qué vas a hacer?

—¿Yo? —preguntó Ahmed desconcertado.

—Con las cosas de Ameera.

—¡Ah, sí! Envié a una persona de confianza a recogerlas. Ya las tengo aquí. ¿Quieres echarles un vistazo? Te las puedo hacer llegar.

Hessa se quedó dubitativa. Las cosas personales de la fallecida... Un mal trago para todos.

—¿Las has revisado?

—Sí, por encima. No había muchas cosas. Su bata del hospital, el fonendoscopio, un calendario con la programación de las prácticas, un neceser con algo de maquillaje y... —Se quedó callado.

—¿Y? —le animó Hessa a seguir.

—Algo que parece un diario.

—¿Un diario? Eso parece muy interesante, nos podría dar información valiosa. ¿Lo has hojeado?

—Hessa..., no puedo leer el diario de mi hermana. Serán confesiones íntimas. De verdad, no me parece bien. —El sentido del pudor de Ahmed le impedía curiosear en la vida íntima de su hermana, incluso aunque esta ya hubiera fallecido.

Hessa se sintió conmovida.

—¿Y si se lo das a Jalila?

—También lo había pensado, pero no me gustaría que Jalila se disgustara más de lo que ya está. Esto está siendo muy duro para ella. Yo había pensado en ti. —La frase sonó rara y Ahmed la aclaró enseguida—: Quiero decir que he pensado que mejor que seas tú quién lo lea, como tú has dicho, puede ayudarte en la investigación.

—Naturalmente, Ahmed, tienes razón, lo revisaré. ¿Cuándo lo podría tener?

—Dentro de un rato, si te parece bien. Bueno, perdona, a lo mejor estás celebrando el *iftar* con tu familia, no querría molestarte.

—No, no será ninguna molestia. De hecho, mi familia se ha ido a cenar a casa de los padres de mi cuñado y yo me he quedado en casa sola. Puedes enviarme las cosas hoy mismo.

—Está bien, te las hago llegar dentro de un rato. Pensándolo bien, solo el diario, lo demás no creo que tenga ninguna relevancia para el caso.

—Ahmed...

—¿Sí?

—Estaba pensando antes... Vosotros tenéis una granja con establos de animales, ¿verdad?

—No es exactamente una granja, tenemos una casa fuera de la ciudad con establos.

Era muy común que la gente adinerada tuviera segundas residencias y que en algunas de ellas hubiera establos, principalmente con camellos, cabras y caballos. Los emiratíes adoraban a los animales y les gustaba recordar que descendían de beduinos, por lo que a pesar de tener muchos coches de las mejores marcas, disfrutaban con las excursiones por el desierto, ya fuera a lomo de sus camellos o de sus caballos.

—¿Y Ameera solía ir a esa casa con frecuencia?

—A Ameera le gustaban mucho los animales y cuando éramos pequeños disfrutaba yendo a los establos y montando a caballo, pero últimamente... —dudó por unos momentos—, no estoy tan seguro de que dispusiera de tiempo para eso. Sé que tenía mucho que estudiar y que no salía mucho de la ciudad, pero solo llevo un mes aquí. Mejor preguntaré a la familia.

—Está bien, ya me dirás algo, aunque de todos modos me acercaré a la casa. ¿Dónde está? ¡Ah! Y necesito también los teléfonos de sus amigas, sobre todo de las dos con las que había salido aquel día.

—Te lo envío todo por WhatsApp.

—*Shukran*, Ahmed. *Leila saida*.

—*Leila saida* —contestó su primo, y añadió, al igual que en su anterior conversación telefónica—: Ve con cuidado, Hessa.

Tras la llamada la joven bajó a la gran cocina de la casa de su hermana para cenar. Se llevó el móvil consigo aunque no estaba cargado del todo. A pesar de que no sentía hambre, seguramente debido al cansancio y a los nervios que había pasado durante el día, al ver las inmensas cazuelas con distintos tipos de arroces preparados, el hambre apareció de repente, de una forma muy aguda e imparable. No veía a la criada. Daba igual, ella misma se calentaría la cena en el microondas. Se sirvió un plato de *machbuss rubian*, un arroz con gambas y limas secas cocinado con *bezar*, la mezcla de especias típicas del país que incluía coriandro, cardamomo, comino, clavo, pimienta negra, chile, canela, nuez moscada, cúrcuma y jengibre, y no pudo evitar picar unos *igeimat* mientras el arroz se calentaba. Era uno de sus postres favoritos para el *iftar*, y en realidad de todo el país. Aunque Hessa no solía comer mucho, era muy golosa y esos buñuelos empapados en un jarabe con sabor a azafrán, cardamomo y canela le encantaban. Sí, definitivamente eran sus preferidos.

Muchos extranjeros no se lo podían creer, pero lo cierto era que los musulmanes engordaban durante el Ramadán. Por la noche se atiborraban de comida y tomaban muchos dulces, lo que suponía una suma de calorías muy importante antes de irse a dormir que no dejaba indiferente a su metabolismo. Además, el gasto energético durante el día solía disminuir mucho, ya que la gente tenía que reducir su actividad debido, sobre todo, a la falta de líquidos. El balance entre ingesta y gasto de calorías era desastroso durante ese mes y el resultado era la ganancia de unos kilos al final del ayuno.

Pero ella no tenía ningún problema de peso, así que como no la veía nadie, hizo lo que hacía desde que era pequeña cuando comía esos dulces. Se metió un buñuelo en la boca, y enseguida dos, tres y hasta cuatro, no, mejor cinco, todos juntos, casi no podía ni respirar, pero es que uno era tan poca cosa... ¡Si es que dentro del buñuelo solo había aire! Y así estaban mucho más buenos, con mucha más masa que masticar. Deliciosos.

Se sirvió un vaso de *laban* y le añadió hielo. Como estaba sola decidió sentarse a cenar en la cocina y puso la tele para distraerse un rato. Fue cambiando de canal hasta que dio con uno donde hacían un *musalsal*, un culebrón típico de Ramadán que solo se programaba durante el mes sagrado. Aunque no le gustaban mucho, en ocasiones le hacían reír de lo puro tontos que eran.

La criada filipina, vestida con su uniforme a rayas azules y blancas, entró en la cocina sigilosamente. Era menuda y delgada y le habían enseñado que debía ser silenciosa y pasar desapercibida en las casas donde trabajaba. Tenía que trabajar sin que nadie se diera cuenta de su presencia e incluso de su existencia. Esta forma de comportarse había provocado más de un susto a la familia de Lubna cuando no se percataban de que había entrado en una estancia. Ese fue uno de esos momentos. Hessa, que estaba tranquilamente cenando y distraída con la tele, sintió una presencia detrás de ella, se giró y allí estaba Ángela. ¿Cuánto tiempo llevaría allí?

—¡Ángela! *Wallah!*

—*Sayyida* Hessa, disculpe si la he asustado. La estaba buscando. Han traído un paquete para usted. ¿Quiere que se lo deje en su habitación? —preguntó la pequeña criada filipina educadamente.

—Sí, gracias, Ángela.

—*Sayyida* Hessa, ¿por qué no me ha avisado de que quería cenar? Le hubiera preparado la cena —preguntó la criada con respeto.

—No te preocupes, Ángela, solo he tenido que calentarla.

—Es que *sayyida* Lubna me dijo que, ya que salían con la niña, aprovechara para arreglar unas cosas de la habitación de la pequeña.

—Pues si ya has acabado, vete a la cama, Ángela. Yo no necesito nada. Buenas noches.

—Gracias, *sayyida* Hessa, pero primero recogeré los restos de su cena.

Ángela no tuvo que esperar mucho ya que Hessa acabó deprisa. Estaba muy intrigada por el asunto del diario de Ameera y deseaba abrir cuanto antes el paquete que le había enviado su primo. Subió a su habitación y allí lo encontró. Ángela lo había dejado encima de la mesa que utilizaba como escritorio. Lo desenvolvió con ansia a la vez que con preocupación. Al retirar el papel apareció una pequeña caja de cartón. En su interior había un cuaderno con tapas de piel negra. Lo cogió y se quedó dudando, con aprensión, sin decidirse a abrirlo. Acarició unos caballitos al trote, repujados en el borde inferior de las tapas. ¿Qué secretos podía albergar ese diario? ¿Qué descubriría cuando lo abriera?

> Infecciones de vías respiratorias altas – Pautas de tratamiento:
> De causa vírica:
> –Analgésico / antipirético: paracetamol o ibuprofeno. Posología según peso del niño (ver más adelante).

«¿Qué es esto?», se preguntó sorprendida a la vez que empezaba a pasar las hojas del cuaderno con rapidez.

> Gastroenteritis vírica – Pautas de tratamiento:
> –Dieta astringente.
> –Rehidratación oral.

En pocos minutos ya le había dado un vistazo rápido y ya se había percatado de la confusión: lo que su primo había creído que era un diario que recogía los secretos íntimos de Ameera, contenía anotaciones a modo de recordatorio propias de una estudiante de Medicina que empieza a hacer prácticas en un hospital. El supuesto diario de Ameera era un «chuletario» de tratamientos y dosis de medicamentos para las enfermedades más comunes de pediatría.

Hessa respiró aliviada. Lo prefería así. Era cierto que no había conseguido nada en su primer día de investigación, pero en esos momentos estaba más animada, quizá a eso contribuía también la ducha y la buena cena que se había tomado. No había ningún indicio de que su prima se drogara, excepto, claro, la presencia de la dichosa ketamina en sangre. Mañana seguiría con las indagaciones, pero antes tranquilizaría a su primo.

Tuvo que bajar a la cocina, donde se había dejado el móvil con poca carga de batería. Había recibido el WhatsApp de Ahmed con el nombre y teléfono de la amiga con la que subió al Burj Khalifa, la otra era una prima de esa amiga que vivía fuera, por lo que desconocía sus datos de contacto. También le adjuntó la dirección de la segunda residencia de *amm* Khwaja, donde estaban los establos. Hessa aprovechó y le contestó con otro WhatsApp: «Era un cuaderno recordatorio de temas médicos. Nada personal».

Recibió respuesta al instante: «Disculpa. He sido un estúpido».

Hessa le habría querido decir que no era estúpido sino un hombre sensible y que su intención había sido muy loable ya que había querido proteger a su hermana, incluso de su propio juicio, pero no contestó nada. Entonces rezó la oración de cuando ya era noche cerrada y, cuando finalizó, apagó la luz y esta vez sí le pidió a Alá que, por favor, la ayudara a descubrir la verdad.

Capítulo 6

1 de julio

Esa madrugada se encontraron las dos hermanas en la cocina. Abdul-Khaliq ya se había marchado hacia Arabia Saudí a controlar las obras del hotel de Yeda.

Ambas vestían sencillos y favorecedores *jalabiyas* de algodón con estampados de colores, como habitualmente hacían cuando estaban en casa. Para Hessa era la mejor alternativa a la *abaya*, ya que cubría también las formas del cuerpo, pero era más alegre y ligero. Vivía en casa de su cuñado, y un cuñado no se consideraba *mahram*, por lo que según las leyes islámicas debía ir cubierta en su presencia. No en todas las casas se respetaba esa norma, pero Abdul-Khaliq era muy estricto y Hessa no podía vestir ropa occidental en su casa, por lo menos en su presencia.

—Anoche la cena estaba buenísima, Lubna.

—¿Sí? ¿Cenaste bien? Ayudé a Ángela a prepararla —respondió su hermana contenta por el comentario de Hessa.

—¿Te has levantado a tomar el *sahur*? ¿Ya no tienes la regla?

—No, ¡qué va!, aún la tengo, pero muy poca cosa... Creo que mañana podré empezar el ayuno. Me he levantado a la misma hora que Abdul-Khaliq para despedirme de él y comprobar que llevaba todo lo necesario en la maleta. El vuelo a Yeda salía tan temprano...

¿Cómo va la investigación? —se atrevió a preguntar.

—Aún no he encontrado nada que explique la presencia de drogas en la sangre de nuestra prima —dijo Hessa mientras se servía un tazón de *harira*—. Depende de cómo se mire eso podría ser bueno, quiero decir que no hay nada que confirme que fuera drogadicta.

—Sí, claro, pero si la muestra de sangre tenía droga será por algo...

—Elemental, querida Watson —contestó Hessa sonriendo—. Y ese es el problema. No he encontrado nada. No tengo nada aún.

—Acabas de empezar, Hessa. Date tiempo. ¿Qué vas a hacer hoy?

—Tengo planeado ir a una de las segundas residencias de *amm* Khwaja.

—¿Está muy lejos?

—No, afortunadamente. Está a las afueras de Dubái, hacia Al Ain. Luego tendría que hablar con la amiga que la acompañaba el día de su muerte. Y después, ya veré, depende del tiempo que me quede.

—Hessa, recuerda que pasado mañana tenemos que ir a la Gran Mezquita de Abu Dabi para el *salat del juma*, como todos los años. Ya he quedado con Rawda.

—¿Pasado mañana ya es viernes?

La oración del *juma* era la oración que se recitaba los viernes en las mezquitas, el día festivo de los musulmanes y sustituía al *salat* del *dhuhr*, la oración del mediodía de los demás días de la semana.

—Cómo pasa el tiempo... Lubna, no sé si este año podré ir, tengo que adelantar esto de la investigación...

—Pero, Hessa, solo será una mañana, no puedes faltar, de ninguna manera —dijo Lubna con una determinación y autoridad tan desconocidas en ella que cogieron a Hessa por sorpresa.

—Está bien, haré lo que pueda —accedió.

A Hessa se le fueron por unos momentos los ojos hacia la televisión, que estaba encendida, y se quedó como hipnotizada con algo que se veía en esos momentos en la pantalla.

—Lubna, ¿tu harías una cosa por mí?

—Pues claro, Hessa. Lo que quieras.

—¿Te acuerdas cuando de pequeñas jugábamos a peluqueras?

Su hermana sonrió.

—Me acuerdo. Lo pasábamos muy bien.

—Es que tienes tan buenas manos... Ángela, en cambio, para eso no sirve.

Lubna seguía sonriendo.

—¿Quieres que te peine? ¿Es eso?

—Un moño. Un moño alto. Una joroba de camello.

—¿Un *gamboo'a*?

—¿Esos altos pero inclinados para atrás, como el que llevaba Rawda en casa de *amm* Khwaja? No, no me refiero a ese tipo de moño. Es bonito, pero querría una joroba de camello tipo colmena. Mira. —Llamó la atención de Lubna hacia la tele—. Como el de la presentadora del Dubai One TV.

Por unos instantes Lubna se quedó callada observando a la bella presentadora de las noticias que lucía un moño muy alto cubierto por el *shaila*, de modo que el moño no se veía pero hacía que la mujer pareciera extraordinariamente esbelta. El velo tapaba la parte alta de la cabeza y también la parte posterior, pero no cubría la anterior, así que el cabello de esta zona, que llevaba ahuecado hacia atrás y con mucho volumen, quedaba al descubierto. El resultado era muy sofisticado y elegante. Hessa pensó que su hermana se iba a negar. Mucha gente criticaba ese *look* que se estaba poniendo de moda entre las mujeres más jóvenes. Decían que era estrafalario. Pero, sorprendentemente, Lubna rompió su silencio con una carcajada.

—Sí. Como cuando éramos pequeñas. Te haré el moño, pero no podrá ser hoy. Tendré que comprar espuma para rellenarlo y darle volumen. Por mucha melena que tengas… Creo que la presentadora de la tele lleva un tetrabrick de leche debajo del velo —dijo Lubna mientras se le caían las lágrimas de risa—. Hessa, ¿eso no estará mal durante el Ramadán? —añadió dudando sobre la aprobación demasiado precipitada que había dado al asunto del moño.

—Imposible. Lo lleva la presentadora mientras habla de las obras de caridad que se están realizando en el mes sagrado.

—¡Anda, es verdad! Pues compraré la espuma y te lo haré aprovechando que Abdul-Khaliq no regresará hasta dentro de unos días.

Las hermanas se fundieron en un abrazo, contentas y riendo. Diferentes pero cómplices. Como cuando eran niñas.

La autovía que salía de Dubái hacia Al Ain estaba muy despejada. Era muy temprano y, además, se notaba que mucha gente ya había dejado la ciudad huyendo del calor. Hessa conducía su Toyota en dirección a la casa de *amm* Khwaja. Los rascacielos que bordeaban la autovía y el metro que circulaba por su raíl elevado fueron quedando atrás. En su lugar empezaron a aparecer granjas de camellos. Allá, al fondo, en el horizonte, se podía ver un paisaje cada vez más deshabitado y árido.

Hessa consultó de un vistazo rápido su GPS. Estaba llegando a su destino.

La finca estaba vallada y tenía un guarda de seguridad uniformado en el acceso. Hessa le dio su nombre y el hombre la miró con semblante serio, para desaparecer al momento en el interior de la caseta de vigilancia. Salió a los pocos minutos.

—Ya puede pasar. La están esperando.

Hessa condujo el coche hacia una inmensa mansión de dos plantas, de líneas rectas y de un color que recordaba la arena del desierto. A medida que se acercaba a la casa pudo identificar una figura que salía a su encuentro.

—Hessa, ¡qué grata sorpresa! *Ahlan wa sahlan*, seas bienvenida —dijo amablemente una sonriente Jalila.

La joven abogada bajó la ventanilla del coche y notó el golpe del calor sofocante del exterior.

—¡Querida Jalila! —dijo Hessa con alegría—. ¡También es una sorpresa para mí encontrarte aquí!

—Deja el coche aquí mismo, que ya vendrán a aparcarlo. Vamos al interior de la casa, que el calor hoy es insufrible —la apremió su prima, que vestía pantalones blancos de algodón y una camisa larga y entallada de color rosa.

Hessa pensó que su aspecto había mejorado desde el día que la vio en el duelo de su hermana. Ahora se la veía más descansada y el maquillaje la favorecía mucho. Le sorprendió que llevara las cejas como tatuadas, una moda que se estaba imponiendo en los últimos tiempos, pero como el islam no permitía los tatuajes, se quedó muy intrigada de cómo había conseguido dar esa apariencia a sus cejas. En otras circunstancias no habría tenido ningún problema en preguntárselo, pero en esos momentos no le pareció adecuado. Quizás más adelante…, esperaría otra ocasión.

Pasaron a una sala y Hessa, tras confirmarle su prima que no entraría nadie no *mahram*, se quitó la *abaya*. Llevaba debajo unos pantalones vaqueros de aspecto desgastado, a la última moda, y una *kurta* blanca de estilo indio. También se desprendió del velo que cubría su cabeza y su larga melena negra cayó sobre su espalda, contrastando con el blanco de la blusa. Las dos mujeres se acomodaron en un sofá de grandes dimensiones de un blanco roto que añadía luminosidad a la estancia, ya de por sí muy soleada. Jalila se sentó muy cerca de su prima para charlar sin necesidad de alzar la voz y de esta manera dar más intimidad al encuentro. Luego se entretuvo unos instantes en ponerse uno de los cojines con arabescos detrás de la espalda. En cuanto encontró una postura que le agradó, cogió una de las manos de Hessa y la miró a los ojos.

—¿Sabes quién me ha hablado muy bien de ti? —le dijo en voz baja, como quien hace una confesión o cuenta un secreto.

Hessa se sintió desconcertada por la manera en que había empezado la conversación y, después de pensar la respuesta unos instantes, contestó despistada:

—¿Mi madre?

Jalila soltó una carcajada.

—¡Qué graciosa eres! Frío, frío... No es tu madre.

—Pues no sé...

—Mi hermano Ahmed —dijo mirando sin pestañear a Hessa.

La joven se ruborizó hasta las orejas, que ahora ya no estaban cubiertas por el *shaila*.

—Jalila, no digas eso, no me tomes el pelo.

—Es cierto. Me lo dijo el día que fue con mi padre a tu despacho. Se quedó muy impresionado por tu belleza, tu independencia, tu despacho de abogados...

—Lo habrá dicho por amabilidad. —Hessa sonrió tímidamente e intentó dar por cerrado ese tema, ya que aunque se había sentido muy halagada, el asunto le parecía un poco embarazoso—. Esta casa es muy bonita —continuó, dando un giro a la conversación.

—¿Te gusta? La decoré yo. No sé si recordarás que estudié interiorismo...

—Sí, es verdad, lo recuerdo.

—Monté un estudio y lo primero que hice fue redecorar las casas de mis padres, que estaban un poco anticuadas.

Hessa al final había entendido por qué la casa de sus tíos en Dubái era tan elegante y exhibía detalles únicos y personales, como las antigüedades que se habían utilizado en su decoración.

—Pues ha quedado preciosa y la de la ciudad también. Jalila, me alegro mucho de verte, no me esperaba encontrarte aquí. Hablé con Ahmed sobre mi interés por venir pero no me dijo en ningún momento que estarías.

—Es que mi hermano no lo sabía. Fue una decisión de última hora. Mi hija mayor asiste a un curso de saltos en un centro ecuestre que no está lejos y hoy es el último día de clase, así que ayer, al acabar los tres días de duelo, mi marido y yo decidimos alejarnos de la ciudad y pasar un par de días aquí. Han sido unos días terribles y agotadores y pensamos que el cambio de aires sería bueno para los niños y para nosotros.

—¿Y dónde están todos ahora?

—Se han ido a primerísima hora a montar a caballo al centro. He quedado en que me reuniría con ellos dentro de un rato. Mi hija quiere que vea lo que ha avanzado ya. Me recuerda a Ameera. ¡Cómo le gustaba montar a caballo!... —Se calló por unos instantes e inspiró profundamente para contenerse y no llorar. El duelo por su hermana ya había finalizado y no era correcto seguir lamentándose por su muerte—. ¿Te puedo ayudar en algo? ¿A qué has venido?

—Me gustaría saber si Ameera venía mucho a visitar los establos. Y también, si no tienes inconveniente, me gustaría hablar con el encargado de los animales.

—No, últimamente no venía mucho. Tenía muchas prácticas, clases, exámenes... Quizá ya hacía unos meses que no venía por aquí —respondió Jalila pensativa—. Hacía muchas guardias en pediatría. Dos o tres guardias a la semana, imagínate. Mi madre se quejaba de que casi no la veía...Ven, te acompañaré a los establos.

Jalila cogió del brazo a Hessa, y esta, aunque se quedó extrañada ante el comentario de su prima, no dijo nada. Si no recordaba mal, la doctora Saliha le había dicho que los estudiantes hacían una sola guardia a la semana. Podía confirmarlo si le pedía a su primo el calendario del que le habló, el de las prácticas que Ameera guardaba en la taquilla. Era posible que los estudiantes hicieran más guardias que las estrictamente necesarias. Esa podría ser una explicación. Ameera parecía una estudiante muy comprometida y motivada y pudo haber planificado guardias extras.

Se detuvo un momento y tras soltarse del brazo de su prima, con un movimiento rápido y experto se puso la *abaya* antes de salir de la mansión. El cabello se lo dejó al descubierto pero, en cambio, y al igual que su prima, no olvidó ponerse sus grandes gafas de sol.

Caminaron cogidas, apresurándose para evitar el calor, por un sendero de la finca que conducía hacia los establos, que estaban un poco apartados de la casa familiar.

—Hessa, ¿cómo van las cosas? ¿Has encontrado algo? —preguntó Jalila en voz baja.

Hessa temía la pregunta pero la estaba esperando.

—Lo siento, Jalila, pero de momento no he encontrado nada anormal ni ninguna explicación —contestó un poco ruborizada.

—Lo entiendo. No te preocupes, todo requiere su tiempo —le dijo su prima soltando su brazo para poder empujar la puerta de acceso a los establos.

El lugar olía bien, a hierba y ligeramente a caballo. A Hessa le gustó ese olor.

En el interior encontraron al encargado, un hombre de Omán curtido por el sol que vestía una túnica marrón grisácea y un *kumma*, un gorro blanco en forma de casquete con unos pequeños dibujos geométricos grises, típico de su país de origen. Estaba limpiando las caballerizas aprovechando que algunos de los caballos habían salido esa mañana con la familia de Jalila. Al ver entrar a las mujeres paró de limpiar y se las quedó mirando.

—Hessa, este es Tarik. Lleva trabajando para nosotros toda la vida. ¿No es así, Tarik?

—Sí, *sayyida* Jalila —contestó el hombre, que por su

apariencia debería tener más de sesenta años—. Podría decir que casi ya no recuerdo una vida anterior a la que he vivido en esta casa.

—Tarik, ella es mi prima Hessa. Quiere hacerte algunas preguntas —dijo Jalila con una sonrisa y hablando rápidamente—. Por favor, ayúdala en todo lo que puedas. Es referente a Ameera, por lo que es muy importante. Yo os tengo que dejar. La futura campeona de saltos de Emiratos me reclama. Hessa, si no fuera por el ayuno, te invitaría a comer. Por favor, queda pendiente para cuando finalice el Ramadán.

Las dos primas se fundieron en un abrazo y Jalila desapareció corriendo.

—Usted dirá, *sayyida* Hessa —dijo el hombre mirando con seriedad a la joven.

—Dice Jalila que llevas muchos años en la casa... ¿Cuántos años hace que conocías a Ameera?

—¿Años? La vi nacer, *sayyida* Hessa —contestó emocionado el hombre. Los ojos se le empañaron por unos momentos.

—Dicen que le gustaban mucho los caballos.

—Era muy buena amazona. Venga, venga —la animó a que lo siguiera hasta donde yacía un magnífico ejemplar negro—. Mire, su yegua Stella, su querida yegua. De momento nadie la ha querido montar por respeto a Ameera. Y ya veremos... Solo la montaba ella. —La acarició con sus manos encallecidas por tantos años de trabajo, con ternura y con la habilidad de quien conoce bien a los animales y sabe cómo tratarlos.

—¿Venía mucho por aquí?

—No —contestó rápidamente.

—¿Cuánto tiempo hacía que no venía?

—Vino hace unos meses —contestó vacilante—. Stella se puso muy enferma y hubo que trasladarla al centro veterinario. La yegua estuvo ingresada un tiempo allí. Dijeron que tenía una piroplasmosis aguda.

Hessa se sintió muy sorprendida al oír a aquel hombre de aspecto sencillo utilizar esa terminología tan técnica para referirse a la enfermedad del animal.

—Eso es muy grave para un caballo, ¿sabe? Podría haber muerto. —Y mientras decía esto iba acariciando con cariño a la yegua, que recibía con gusto las caricias.

—Y Ameera vino entonces.

—Sí, eso le quería decir. Vino cuando la yegua se puso enferma.

—¿Cuántos meses hará de eso?

—Unos seis meses, más o menos.

—¿Y después? ¿Vino alguna otra vez?

—Una vez que la yegua se restableció, no, que yo recuerde —contestó con voz débil—. *Sayyida* Hessa, ¿le puedo hacer una pregunta?

—Claro, Tarik.

—¿Usted sabe qué le pasó a Ameera? ¡Era tan joven! —exclamó el hombre muy afectado—. Prácticamente aún no había empezado a vivir...

—No, Tarik. Es lo que trato de averiguar. La apreciabas mucho, ¿no es cierto?

—Mucho, *sayyida* Hessa, mucho. Como a una hija. Hubiera hecho cualquier cosa por ella.

—Claro. Estoy segura —dijo Hessa mirando con tristeza al hombre.

Durante unos instantes permanecieron en silencio. En el establo solo se oían algunos ruidos de los caballos.

—Ahora necesitaré que me digas a qué centro veterinario trasladaron a la yegua. Porque... ¿aquí se guarda alguna medicación para los caballos?

—No, solo desinfectantes para limpiar pequeñas heridas y ese tipo de cosas. Ante cualquier problema de verdad avisamos al veterinario y les damos el tratamiento que nos receta mientras dura la enfermedad, pero no nos quedamos con los medicamentos. Y si es más grave, se llevan el caballo al hospital.

—De acuerdo, Tarik. ¿Me podrías decir adónde llevaron a Stella?

—Al mejor centro para tratar un caballo enfermo, *sayyida*. Al hospital Equino de Dubái —contestó con orgullo.

Hessa conocía la reputación del centro y sabía dónde estaba, aunque como su familia no tenía caballos nunca había estado allí. Le hubiera gustado tener caballos. Quizá algún día...

—Gracias por tu ayuda, Tarik. —Hessa se dio cuenta de que el hombre estaba sumido en sus pensamientos y volvió a repetirle el agradecimiento—. Gracias, Tarik. ¿Te encuentras bien?

El hombre reaccionó.

—Sí, *sayyida* Hessa, espero que aclare lo que le pasó a la pequeña, *inshallah*.

Hessa se sintió conmovida por cómo se había referido a Ameera el encargado del establo. Se despidió del hombre y se fue hacia el coche.

Estaba conduciendo ya hacia la verja cuando se percató de que el viejo omaní la perseguía corriendo. Frenó y bajó la ventanilla cuando el hombre llegó a la altura del Toyota, pero no antes para evitar que entrara el calor del exterior.

—¡*Sayyida* Hessa!, ¡*sayyida* Hessa!, ¡espere, espere! Hay algo que no le he dicho, pero debe saber. Le prometí que no se lo diría a nadie pero a lo mejor está relacionado con su muerte.

—Dime, Tarik. Te escucho. ¿Qué tienes que decirme? —pregunto muy sorprendida.

—Vino más veces. Me pidió que no dijera nada —añadió con voz vacilante.

—¿Cómo dices? ¿Que vino más veces...?

Tarik bajó los ojos avergonzado y no dijo nada.

—Has mentido, Tarik. Eso no está bien —le reprendió la abogada muy enfadada—. ¡Quizá con tus mentiras pusiste su vida en peligro! ¿Y tú no debes estar ayunando, verdad? Un mentiroso como tú no hace falta que haga el ayuno del Ramadán, a los mentirosos ayunar no les sirve de nada —añadió duramente.

—Lo sé, lo sé. Por eso quiero que lo sepa, quiero que averigüe lo que le pasó a la señorita —dijo Tarik compungido.

—¿Y por qué venía? ¿Por qué era un secreto? ¿Qué hacía cuando venía? ¿Se veía con alguien? —Hessa iba haciendo preguntas atropelladamente, sin esperar sus respuestas.

—Eso no lo sé, de verdad que no lo sé. Por Alá que no lo sé. —Por un momento se calló, arrepentido de haber jurado en nombre de Alá—. Venía y me hizo prometer que no se lo contaría a nadie. Al principio se quedaba en la casa y en los establos. Luego, cuando Stella se recuperó, salía a montarla. Y eso es todo. No podía ser nada malo..., nunca entendí por qué no se lo podía explicar a su familia pero ella me lo hizo prometer.

—¿Y los de seguridad? ¿No lo sabían?

—No son fijos, son de una compañía externa y van cambiando. Tienen muy poco contacto con la familia.

—Parece mentira que un empleado de toda la vida haya tenido esa actitud tan irresponsable —dijo Hessa con dureza.

—Yo la quería mucho, ella era muy buena y una persona así no podía estar haciendo nada malo, ¿comprende? Yo confiaba en ella plenamente. Hubiera dado mi vida por ella —dijo triste y emocionado—. Ya sé que no está bien esconder secretos a su familia, pero nada malo podía estar haciendo, estoy seguro. Además, yo se lo debía —añadió con temor.

El hombre se estaba asfixiando de calor y Hessa también. Lo invitó con un ademán a subir al coche y sentarse a su lado. Cuando cerró la puerta, el olor de los establos mezclado con el del sudor agrio del hombre impregnó el interior del Toyota.

—¿Por qué dices que se lo debías? —preguntó Hessa

cada vez más extrañada ante la información que le estaba dando el omaní.

—Ella me ayudó, me ayudó mucho. Era muy buena persona.

—¿En qué te ayudó? —preguntó intrigada.

—Hace más de un año empecé a beber —dijo evitando mirarla a los ojos—. Ella se enteró y mantuvo el secreto y me ayudó a dejarlo.

Hessa estaba escandalizada. Ese capataz, ese hombre en el que la familia había depositado su confianza durante años era un mentiroso ¡y un alcohólico!

—Ya no bebo, no bebo nada. Incluso ahora, con la muerte de Ameera y la tristeza que tengo, no he probado ni una sola gota. Se lo debo al recuerdo de ella. —Unas lágrimas resbalaron por los grandes surcos de arrugas debidas a tantos años de exposición al sol.

Hessa, que siempre se había mostrado totalmente intolerante con el tema del alcohol, y más aún desde que su marido perdió la vida a consecuencia de la embriaguez de un conductor, sintió lástima por aquel hombre. No es que lo justificara, pero quién era ella para juzgarlo. Y la devoción que demostraba por su prima la había conmovido.

—*Sayyida* Hessa, ¿se lo contará a la familia?

Hessa se quedó dubitativa y tardó en dar la respuesta. A Tarik ese rato se le hizo interminable.

—No, no de momento. —Se sintió sorprendida de sus propios sentimientos y su tolerancia—. Pero me tienes que contar toda la verdad. ¿Hay algo más?

—Nada que yo sepa, *Sayyida* Hessa, se lo prometo.

—¿Y seguro que ya no bebes?

—Seguro, *Sayyida* Hessa.

—Está bien. Si necesito algo más, te lo haré saber.

—Gracias, *Sayyida* Hessa. Es usted tan buena como Ameera. Debe ser cosa de familia.

¿Ella era buena? Bueno, era una persona con carácter, eso le decían desde que era niña, pero no tenía malos sentimientos contra nadie. La información que le había dado el hombre era muy valiosa y con el compromiso adquirido de no beber más pensaba que era suficiente de momento. No tenía por qué alarmar más a la familia. Lo que tenía que descubrir cuanto antes era qué secreto escondía Ameera.

La hicieron esperar en la recepción, acomodada en un sofá algo pasado de moda. El hospital, fundado por el jeque que gobernaba en Dubái, no solo era el mejor centro veterinario equino en todo el emirato, sino que había conseguido ser un centro de referencia internacional. Las instalaciones incluían varios edificios con quirófanos, salas para los cuidados postoperatorios, salas de diagnóstico, establos, salas de enfermería donde a través de monitores se controlaba las veinticuatro horas del día a los animales ingresados e, incluso, piscinas para que los caballos pudieran hacer fisioterapia. No obstante, comparado con la modernidad de las instalaciones dedicadas a los animales, a Hessa la recepción le pareció algo anticuada, con un mobiliario que podría estar perfectamente en el salón de la casa de sus padres. No debía haberse renovado desde su inauguración, pensó la joven, aunque, naturalmente, lo importante eran sus instalaciones. Había oído que no había centro que se le pudiera comparar en excelencia.

Aprovechó la espera para consultar sus WhatsApp. Les había advertido a sus amigas que estaría muy ocupada durante unos días y que no contaran con ella para sus salidas a los centros comerciales, pero ellas le enviaban fotos y más fotos de sus compras y de las excelentes oportunidades que estaban encontrando en las rebajas. Sus amigas, sus queridas amigas... A pesar de los datos de las encuestas sobre el porcentaje de mujeres solteras, todas sus amigas estaban casadas y tenían hijos. Todas menos ella. Intentó no pensar en ello y concentró su atención en los modelos que habían adquirido y que podía observar con detalle en las fotos que le habían enviado.

Finalmente, la recepcionista volvió a la sala y Hessa tuvo que dar por finalizada su sesión privada de pases de moda.

—Señora Al Falasi, acompáñeme, por favor. El doctor González la está esperando.

El veterinario era un hombre de mediana edad, moreno y de piel bronceada. Estaba sentado detrás de su mesa vestido con un pijama de color verde de los que se utilizan en los quirófanos. Se incorporó ligeramente para saludar a la joven que acababa de entrar en su despacho. Esperó unos segundos para comprobar si podía estrecharle la mano. Como Hessa se la tendió, entonces, de acuerdo con las costumbres del país, el doctor González le dio un apretón de manos. Luego se disculpó por la larga espera y Hessa le expresó su agradecimiento por recibirla sin cita previa teniendo en cuenta lo ocupado que debía estar.

—Sí, ocupados estamos siempre, pero la espera no ha sido debida a eso. Hemos tenido que contactar con el señor Khwaja Al Falasi, al final hemos hablado con uno de sus hijos. Teníamos que confirmar que podíamos darle a usted la información que solicitara. Un caballo, y usted que es de aquí lo sabrá muy bien, no es cualquier cosa. En muchas ocasiones hay un montón de intereses relacionados con ese animal. Por eso no nos es posible dar información a otros que no sean sus dueños o apoderados. La información sobre sus enfermedades, tratamientos, etcétera, es estrictamente confidencial. Yo diría —añadió con tono irónico— que esta información está más protegida en este país que el historial de las enfermedades de las personas.

—Claro, doctor González, lo entiendo perfectamente y me gusta oír eso. Estoy de acuerdo en que esta es la forma correcta de actuar.

—Pues usted dirá, ¿en qué la puedo ayudar?

—Como comenté en recepción, necesito información sobre el caso de Stella, la yegua propiedad de la hija de mi tío Khwaja Al Falasi que, según se me ha dicho, estuvo ingresada en este centro.

—Disculpe, antes de que sigamos con esta conversación quería aclararle que no había caído en que usted es familia de esa chica. Solo quería decirle que lo siento sinceramente.

—Gracias, es usted muy amable.

—Bueno, pues lo recuerdo perfectamente porque lo que le pasó a la yegua no es muy habitual. Nos llamaron porque no la veían bien y acudió un veterinario a la casa de su tío. El animal estaba muy débil. Ante la gravedad de la sintomatología, el veterinario solicitó una ambulancia y la trasladaron aquí. Se le diagnosticó una piroplasmosis aguda.

«Tal y como había dicho el viejo Tarik», pensó Hessa, reconociendo el mérito del encargado de los establos de su tío, al utilizar un término que para la joven era difícil de recordar.

—¿En qué consiste esa enfermedad, doctor González? ¿Por qué ha dicho que su caso no era habitual?

—Verá, es una parasitosis que se transmite a través de la picadura de una garrapata. Es una enfermedad endémica en este país, al igual que en otros de clima cálido. Le decía que su caso no era muy habitual porque, al ser endémico, los animales suelen tener algún grado de inmunización y la enfermedad no se suele presentar de esta forma tan aguda, con los síntomas tan graves. El parásito invade las células sanguíneas y aparece anemia, fiebre, ictericia, y puede acabar con el fallecimiento del animal si no se trata a tiempo.

—Vaya... ¿y cuál es su tratamiento? —preguntó con mucho interés.

—Lo primero que hay que hacer es transfundirle sangre al caballo. La anemia suele ser muy grave y, al aparecer de forma tan aguda, el animal no la puede compensar de ninguna manera. Hay un riesgo vital muy importante. Hay que hacerle una transfusión de sangre y también pasarle líquidos a través de una vía endovenosa. Lo que la gente llama poner un suero o un gota a gota. Eso es lo primero. Luego hay que hacer el tratamiento específico para acabar con el parásito. Se suele utilizar un fármaco llamado Imidocarb. Es muy importante erradicar el parásito porque aunque el animal ya no tenga síntomas, si no se elimina puede convertirse en portador de por vida y ser fuente de contagio para otros caballos. Afortunadamente, en el caso de la yegua Stella, a pesar de lo grave de la enfermedad y el estado que presentaba a su ingreso, se recuperó bien y a los diez días se le pudo dar el alta hospitalaria.

Se oyeron dos pequeños golpes en la puerta y al momento un doctor joven entró en el despacho del doctor González. Era un hombre apuesto, de estatura media y cabello negro, pero su piel era blanca y sus ojos azules, de un azul grisáceo que recordaba al color del mar en los momentos previos a una tormenta. Su espalda era ancha y se intuía un cuerpo atlético bajo la bata blanca que vestía sobre el pijama de quirófano.

—Siento interrumpir —se disculpó en un inglés perfecto, a diferencia del utilizado por el doctor González, que tenía un fuerte acento hispano.

—No te preocupes. Dime, ¿pasa algo?

—Tenemos algún problema con el potro que acaba de ingresar. El de los cólicos. No ha respondido ni a los espasmolíticos, ni a los antiinflamatorios. Estamos discutiendo entre darle un alfa 2-agonista o butorfanol. Tiene mucho dolor, pero está un poco hipotenso y nos preocupa que se altere más la tensión arterial con estos fármacos.

—Dadle una combinación de ambos, pero a dosis más bajas. Se potencia la acción analgésica y se reduce la aparición de posibles efectos secundarios —contestó con autoridad el doctor González.

—Sí, buena idea. ¿Qué dosis le pautamos, entonces? —preguntó el más joven mientras sacaba un cuaderno con tapas de piel negra para apuntar la recomendación del doctor González.

—Butorfanol 0,01-0,02 mg/kg y xilacina 0,3-0,4 mg/kg. En caso de que no le desaparezca el dolor, me avisáis. Podríamos pasar a una infusión continua de butorfanol.

—Esperemos que se le pase, da lástima verlo en ese estado. —El joven estaba sufriendo por el caballo.

—Le quitaremos el dolor, no te preocupes. Incluso si no respondiera a la infusión continua de butorfanol, podríamos intentar otras pautas... —El doctor González se quedó unos instantes en silencio pensando—. Podríamos probar con una infusión continua de lidocaína o, si mucho me apuras, incluso le podríamos pautar una infusión de ketamina, aunque este tratamiento aún está en estudio para el cólico.

Hessa tragó saliva. ¿Había dicho ketamina?

—Señora Al Falasi, perdone nuestros modales —se excusó el doctor González cuando finalizó el repaso a todos los protocolos de analgesia en el caso de cólicos en equinos—. No le he presentado al doctor Wilson. El doctor Wilson es un veterinario inglés que está haciendo un internado con nosotros este año. Arthur, te presento a la señora Hessa Al Falasi.

Hessa le tendió la mano, que el doctor Wilson estrechó enérgicamente.

—Por cierto, ahora que pienso..., Arthur, ¿no fuiste tú quién atendiste a Stella? La yegua de la hija de Khwaja Al Falasi. La señora Hessa Al Falasi es de su familia y justamente ahora hablábamos de la enfermedad de Stella.

A pesar de la blancura de la tez del doctor Wilson, a Hessa le pareció que su cara palidecía.

—Sí, bueno, estuve en el equipo que la trató —dijo queriendo restar protagonismo a su implicación.

—Arthur, no seas tan modesto. La yegua estaba muy grave y llevaste muy bien el caso. De hecho, fuiste tú el primero en acudir a la finca de los Al Falasi y el que tras el alta del animal hizo el seguimiento, ¿no es así? Señora Al Falasi —puntualizó dirigiéndose a la joven—, él se tomó la molestia de visitar al caballo durante un tiempo cuando ya se le había dado el alta para confirmar que su recuperación era completa.

Hessa ya no podía tragar más saliva, la garganta le empezaba a doler. Por su parte, el doctor Wilson cada vez estaba más blanco.

—¿Quiere hacer alguna pregunta más, señora Al Falasi? Aproveche que está aquí el doctor Wilson.

—Sí, claro..., si necesita algo de mí... Pero entienda que no dispongo de mucho tiempo. Tengo a un paciente con grandes dolores —se disculpó de forma atropellada el joven inglés.

—Claro, doctor Wilson, no le quiero entretener. Solo una pregunta, ¿recibió alguna medicación la yegua una vez en su casa?

Parecía que la pregunta tranquilizaba al joven veterinario, que contestó rápidamente:

—Vitamina B12, solo vitamina B12, para ayudarla a recuperarse de la anemia. Y ahora me disculpará. Encantado, señora Al Falasi, ha sido un placer —dijo a modo de despedida y desapareció rápidamente por la puerta.

—Es una persona muy compasiva y un muy buen veterinario. Es una lástima que tenga que volver pronto a su país. Pero después del período de formación en este hospital, tendrá muchas y muy buenas ofertas cuando regrese a Inglaterra, seguro. La acompaño a la salida, señora Hessa —añadió el doctor González a modo de despedida.

Estaba maniobrando cuando estuvo a punto de rayar el Toyota con una ambulancia que estaba bien aparcada. Hessa solo podía pensar en la conversación que había mantenido con los veterinarios. Algo no cuadraba. La ketamina la utilizaban en el centro, eso estaba claro, aunque, al parecer, en el caso concreto de Stella, no había sido parte del tratamiento. Por otra parte, el doctor Wilson había estado en casa de Ameera, él mismo lo había reconocido y posiblemente habría coincidido con su prima. Además, Tarik lo había dicho, Ameera había estado yendo a la finca cuando Stella estaba en tratamiento. ¿Cómo era posible entonces que ese veterinario que era tan tan sensible no le hubiera dado el pésame en el despacho? ¿O quizá era de aquellas personas que solo eran sensibles con los animales? Además, lo había encontrado muy escurridizo, como si escondiera algo, y en eso Hessa era muy intuitiva y raramente se equivocaba.

De repente, recordó algo. ¡Naturalmente que había conocido a Ameera! Tenía que volver y hablar con él. Aparcó sin pensar en lo que hacía y esta vez sí que rayó el coche ligeramente con la ambulancia. Salió sin mirar el desperfecto y se fue corriendo al hospital. No había tiempo que perder.

La recepcionista se sorprendió de volver a verla y le preguntó si se había dejado alguna cosa o si es que necesitaba hablar otra vez con el doctor González, aunque tenía que advertirla que el doctor había entrado en quirófano y tendría para un buen rato.

—No, ahora tengo que hablar con el doctor Wilson. Por favor, avísele que estoy aquí.

El doctor Wilson apareció al cabo de un rato en recepción.

—Siento molestarle, ya sé que está muy ocupado con el potro.

—No se preocupe, ya le hemos puesto la nueva medicación y está respondiendo muy bien. ¿Quería preguntarme algo? —Intentó aparentar tranquilidad—. Pero mejor vamos a un despacho. Por favor, venga conmigo.

En cuanto se sentaron, Hessa fue directa, sin preámbulos.

—Usted conoció a Ameera, ¿cierto?

—Sí, la conocí. Tal y como le dijo el doctor González, traté a su yegua —contestó el veterinario rápidamente con voz débil.

—Sí, pero las mujeres emiratíes no aceptan regalos de hombres que no sean de su familia o de sus prometidos oficiales.

—No sé de qué está hablando. —El hombre se frotaba las manos de manera nerviosa y el tono de su voz sonaba poco convincente.

—El cuaderno de notas para sus prácticas. Usted se lo regaló, ¿no es cierto? Uno exactamente igual que el suyo. Ese que ha sacado para apuntar los medicamentos que le indicó el doctor González en su despacho. Ese con las tapas de piel negra con unos caballitos al trote. ¿Y qué me dice de la ketamina?

El doctor Wilson permaneció por unos instantes callado. Luego empezó a hablar con semblante abatido.

—Nos conocimos debido a la enfermedad de la yegua y nos enamoramos. Fue un flechazo, un amor sin ninguna posibilidad. —Hablaba con tristeza y con la mirada perdida en algún lugar lejano.

—Pero usted ya sabía que eso era imposible. Una mujer musulmana no se puede casar con un hombre no musulmán —dijo Hessa muy sorprendida por la repentina confesión del joven.

—Ya le he dicho que no teníamos ninguna posibilidad. Pero ¿usted nunca se ha enamorado? El amor no se controla, no decides cuándo ni con quién, surge y ya está. Por lo menos en mi cultura.

—Aquí también tenemos sentimientos, doctor Wilson, pero hay normas, hay cosas que no se pueden saltar aunque duelan —replicó Hessa ofendida, aunque por unos instantes pensó en eso del amor, en las palpitaciones, en el nudo en el estómago. ¿Valía la pena echarlo todo a perder por esas sensaciones?

El doctor Wilson seguía en silencio.

—Así que se veían y ella lo justificaba ante su familia con las guardias en pediatría, ¿me equivoco?

—No se equivoca. Es cierto.

—Les mentía a todos por su culpa. A lo mejor murió en pecado. —Hessa estaba escandalizada.

—No sé de qué pecado habla, pero si se refiere a practicar sexo, no hacíamos nada. Ella era muy estricta y decidimos esperar.

La respuesta tan directa la escandalizó aún más.

—¿Esperar? ¿Esperar a qué?

—A escapar de aquí. Habíamos decidido marcharnos cuando yo acabara el internado.

Hessa no daba crédito a sus palabras.

—Pero ¿adónde? ¿A Inglaterra?

—No, habíamos pensado en huir a Estados Unidos, donde vivía su hermano. Ameera confiaba mucho en él y pensaba que nos ayudaría, que ella podría vivir en su casa un tiempo y estudiar la carrera allí. El hermano me iría conociendo y así quizá las cosas serían más fáciles. Ameera siempre decía que su hermano era de mente muy abierta, que había pasado muchos años en el extranjero y que la comprendería y la ayudaría. Decía que él encontraría la manera.

—No sé cómo podría haberles ayudado —dijo Hessa pensativa—. Las normas son las que son y no se pueden variar. Bueno, pero da igual, todo cambió al volver su hermano hace un mes, ¿no es así?

—Sí, su hermano volvió y nuestros planes se hundieron. Ameera dijo que ya no había posibilidades para nosotros y que teníamos que dejar de vernos, que solo nos íbamos a hacer más daño. Que no había solución. Hacía más de un mes que no nos veíamos.

Hessa se quedó muy pensativa y entristecida. Ameera no tendría que haber iniciado una relación como esa porque estaba abocada al fracaso, como así se había demostrado. Sintió mucha pena por su prima. Había sido muy infeliz el último mes previo a su muerte y luego ya está, se acabó todo.

—¿Piensa que la ruptura de su relación podría haberla llevado a tomar... malas decisiones?

—¿A qué se está refiriendo? ¿A quitarse la vida? Usted no la conocía bien, está claro que no la conocía. Ella era una mujer extraordinaria y fuerte como hay pocas. Ella luchó por nuestro amor con valentía, pero cuando ya no le vio ninguna posibilidad fue capaz de tomar la decisión de dejar de vernos. Así era ella.

Hessa se sintió mal consigo misma. ¿No era ella la que tenía que encontrar pruebas en su defensa? ¿Qué estaba haciendo poniendo sombras de sospecha sobre si había decidido quitarse la vida?

—Lo siento. La verdad es que yo no lo acabo de entender —reconoció en tono humilde—. Yo también he sufrido por amor. —Porque el amor no necesariamente tenía que significar pasión ciega, pensó Hessa mientras replicaba al veterinario—. Soy viuda, lo he pasado muy mal, pero por eso mismo no entiendo que alguien se meta en algo conscientemente cuando sabe de antemano que va a salir malparado. Tiene razón, no hay que pensar en que se quitara la vida. —Se quedó un rato en silencio, pensando en sus próximas palabras. Al final se decidió y continuó hablando—: Ahora le voy a ser sincera, porque usted la amaba y sé que no dirá nada de esto. Estoy investigando cuál podría ser la razón por la cual Ameera cuando falleció tuviera restos de ketamina en sangre.

El doctor Wilson se quedó perplejo ante lo que acababa de oír.

—¿Ketamina? No puedo entenderlo. Ketamina... Es sorprendente. Muy sorprendente. No sabía nada de esto. Ahora entiendo por qué me preguntaba usted sobre la ketamina. Es muy extraño. ¿Por qué iba Ameera a tomar ketamina? A no ser que la hubieran intervenido de algo... Porque de drogarse, nada de nada. Ella no se drogaba, ni yo tampoco, se lo aseguro. Y aquí los controles que se hacen con los fármacos son muy estrictos. Justamente hace una semana se hizo el inventario en la farmacia del hospital, se hace dos veces al año, y todo estaba en orden. Si quiere, puede hablar con el responsable de los *stocks* de fármacos. Además, si alguien estuviera deprimido por una ruptura no tomaría ketamina, ¿para qué querría tener alucinaciones? Tomaría un antidepresivo, que es lo que estoy tomando yo. —Fue lo último que dijo. A partir de entonces se quedó en silencio con la mirada fija en algún punto del suelo.

Hessa sintió compasión por el chico. Estaba afectada por lo que había descubierto en el hospital equino. Pero allí no había nada más que investigar. Lo que allí se inició, las normas, la tradición y la muerte se habían encargado de finalizarlo.

Al salir del edificio donde estaban los despachos del hospital veterinario, Hessa vio, a lo lejos, la figura majestuosa del Burj Khalifa, dominante sobre la ciudad, desafiante. Estaba tan acostumbrada a la torre gigantesca que se imponía siempre sobre los demás edificios que a veces ya ni la veía. Pero esta vez se quedó como petrificada observándola y entonces se le ocurrió. Quizá la clave no estaba en Ameera, sino en la torre. Y en cuestión de segundos decidió que allí sería donde continuaría con su investigación. Así que al día siguiente se las vería con ella.

De repente el *shaila* de la joven se levantó empujado por un viento inesperado. No tuvo tiempo de sujetarlo porque la intensidad de aquella racha aumentó rápidamente y el velo voló arrastrado por una ráfage cálida, un viento cargado de arena del desierto. Una tormenta de arena imprevista empezó a azotar la ciudad y Hessa corrió a refugiarse en el coche. Se estaba acercando la hora del *iftar* y todo el mundo que en aquel momento se dirigía hacia los restaurantes, los centros comerciales o a orar en las mezquitas, regresó, al igual que Hessa, a su casa precipitadamente.

Alguien podría haber pensado que el Burj Khalifa se había asustado ante la amenaza de la visita de la abogada, porque esa noche la gran torre desapareció. No obstante, su desaparición del paisaje de Dubái no fue muy duradera y cuando la tormenta de arena, que sumió en el caos a la ciudad momentos antes del *iftar*, amainó, el edificio surgió de su escondite y volvió a dominar el horizonte.

Por la noche, Lubna y Hessa vieron en las noticias de la televisión un vídeo fascinante, grabado por un conocido emiratí cazador de tormentas de arena, en el que se mostraba la abrupta desaparición de la gran torre, símbolo de la ciudad, engullida por la tormenta. Aunque tenían previsto ir a cenar a casa de sus padres con la pequeña Mona, aprovechando la ausencia de Abdul-Khaliq, tuvieron que cambiar de planes y quedarse en casa. No obstante, Hessa se sintió aliviada de no ver a su madre. Le habría hecho muchas preguntas, preguntas para las que no tenía respuestas o a las que no podía contestar.

Ahora entendía mejor a su tío cuando le encargó a ella la investigación para que nadie ajeno a la familia husmeara en la vida de su hija. El alcoholismo de Tarik, el noviazgo prohibido de Ameera, las mentiras de todos..., y ahora, también, su propio silencio. No estaba segura de si estaba actuando bien pero decidió continuar así. De momento, no contaría nada sobre sus hallazgos a nadie, ni siquiera s su tío ni a su primo Ahmed, siempre y cuando lo que descubriera no estuviera relacionado con la investigación que le habían encargado.

Había aprovechado la velada en casa para contactar con la amiga de Ameera que la acompañaba la noche de su muerte. La encontró en Londres. Su familia se la había llevado de compras a Harrods para que se distrajera y se olvidara un poco del terrible suceso. No le contó nada diferente a lo que le explicó la doctora Habiba. Estaba muy afectada. No habían hecho nada especial, excepto subir al Burj Khalifa. Se sentía muy culpable ya que sabía que Ameera sufría claustrofobia y aun así había insistido en subir porque su prima estaba ilusionada con la visita al edificio. Habían paseado por el centro comercial, su prima había hecho algunas compras y se habían tomado unos batidos de yogur helado mientras hacían tiempo hasta la hora a la que habían reservado la visita a través de la página web de la torre. Luego subieron y estuvieron un rato en el mirador, quizá una hora o más, y al final bajaron porque Ameera parecía muy cansada y no paraba de bostezar. Lo demás era lo que conocía ya Hessa. Los gritos, las maniobras de reanimación, el desfibrilador, la ambulancia…

Tras la llamada a la amiga de Ameera, Hessa volvió a reunirse con su hermana y su sobrina para cenar. Estaban las tres solas y decidieron tomar el *iftar* en la cocina y en pijama. Encendieron la televisión para que Mona viera los dibujos y encontraron en un canal una reposición de las aventuras de Modhesh, la mascota amarilla, símbolo del verano de Dubái, un personaje muy popular entre los niños del país.

—Me encantan estos dibujos, siempre acaban con una buena moraleja; realmente los niños aprenden a la vez que pasan un rato divertido —dijo Lubna observando a Mona, que estaba encantada viendo la televisión.

—Oye, ¿y por qué no la llevas una tarde al Modhesh World?

—Es verdad, qué buena idea. Creo que ya tiene edad suficiente para disfrutar de la visita. ¿Dónde lo han montado? ¿En el World Trade Centre?

—Sí, creo que sí, pero luego lo miro en Internet y te lo confirmo. Qué bien estamos, ¿verdad?

Era un gran momento de armonía familiar: la niña distraída y las tres disfrutando de una buena cena en su casa, bien protegidas de las últimas ráfagas de la tormenta de arena que aún soplaba amenazante en algunas zonas de la ciudad.

—Parece una fiesta de pijamas, como en las películas americanas. ¿Cuándo vuelve tu marido?

—Pues no lo sé con certeza. Parece ser que las obras están un poco retrasadas y es posible que se retrasen aún más con el Ramadán. No parecía muy contento cuando me llamó. Posiblemente tenga que estar fuera más días de lo previsto.

—Por mí, cuanto más tarde en volver mejor —dijo Hessa sarcásticamente sin pensar muy bien en el impacto de lo que acababa de decir.

La armonía familiar había finalizado. Lubna miró a su hermana con semblante muy serio.

—No te pases —dijo en voz baja—. ¿Qué pretendes? Y delante de la niña. Eso no está bien, nada bien. ¿Qué pasaría si Mona le cuenta a su padre lo que dice su tía sobre él? —Y añadió, en voz alta y dirigiéndose a la pequeña—: ¿Verdad que tenemos muchas ganas de que vuelva *baba*, Mona?

—Sí —contestó la pequeña—. Quiero que vuelva *baba* para que me traiga un regalo.

Hessa no pudo evitar reír a carcajadas.

—Pero Mona, a la gente no se la quiere porque nos haga regalos. Hay otras cosas más importantes que las cosas materiales: el cariño, la compañía…

—Lubna, por favor. —Hessa seguía riendo pero intentó controlar su risa para poder hablar con su hermana—. Mona solo tiene tres años, no le des esos sermones.

—Hay que educarla desde pequeña, tiene que ser así. No me gusta que quiera a la gente por los regalos que le puedan dar.

—No te preocupes, en cuanto Abdul-Khaliq le traiga como regalo un *niqab* de Arabia Saudí, dejará de quererlo por sus regalos. —Hessa seguía muriéndose de risa ante sus propios comentarios.

—¿Quieres dejarlo ya?, ¡por Alá! —Lubna se estaba enfadando de verdad, muy raro en ella—. Te has pasado, de verdad que te has pasado. Él nunca ha traído ningún *niqab* a nadie y tú lo deberías saber, ¿no? ¿No te trae de sus viajes bonitos bolsos de esos que tanto te gustan?

Hessa empezó a arrepentirse de haber disgustado a su hermana. Y tenía razón, su cuñado siempre traía bonitos y caros regalos para todas.

—Está bien, perdóname, me he pasado, es verdad. Solo quería que nos riéramos un poco y… bueno…, la verdad es que se está muy bien cenando en pijama sin él. —Empezó a reírse otra vez.

—Pero ¿quieres callarte de una vez? ¿No ves que me estás poniendo en un compromiso? ¿Y si Mona se lo cuenta a su padre? Ya empieza a ser mayor y los niños cuentan las cosas más inconvenientes.

Ángela, la criada, también había asistido a la conversación mientras recogía el desorden en la cocina. Sin embargo, Lubna en ningún momento se preocupó de que ella pudiera oírlas. Con las criadas, una cosa era que se las tratara bien, de forma justa, e incluso con afecto, pero otra cosa era que ellas escucharan las conversaciones. Eso no era posible, aunque las oyeran no las escucharían y, en último caso, las borrarían de su mente. Nunca irían a contar lo que decían unos y otros miembros de las familias para las que trabajaban ya que, de ser así, nadie las contrataría.

—Está bien, Lubna. Lo siento. Dejémoslo ya. No nos enfademos. Mira, vamos a poner el *musalsal* que empecé a ver ayer, seguro que nos reímos un rato.

—No, me voy a acostar a la niña.

—Anda, deja que lo haga Ángela, por favor —le suplicó con tono plañidero.

Lubna accedió y se quedaron las dos hermanas solas viendo la tele, pero Lubna no se rio con el culebrón.

Hessa probó con otra serie muy divertida, esta vez de animación, que era líder de audiencia durante el Rramadán. Quería conseguir que a su hermana se le pasara el enfado.

—Creo que en otro canal dan capítulos nuevos de *Freej*. Esa serie te gusta mucho, ¿verdad? Es que las protagonistas son la monda y recuerdan mucho a nuestra abuela.

Freej mostraba la vida diaria de un pequeño barrio tradicional que había quedado rodeado y prácticamente engullido por los rascacielos. En el mismo, cuatro ancianas amigas emiratíes se enfrentaban en cada episodio a la extraña vida moderna de la ciudad, tan alejada de sus costumbres.

—Me voy a la cama, Hessa.

—¿Ya?¿Sin verlo?

—Sí, *leila saida*.

—*Leila saida*, Lubna. Mañana, si quieres, te puedo acompañar a la mezquita para hacer las donaciones del Ramadán —añadió gritando antes de que su hermana saliera de la cocina.

—No, gracias, estás muy ocupada. Iré yo sola, como siempre.

Capítulo 7

2 de julio

Cuando la joven abogada llegó al Burj Khalifa se veía ya mucha actividad en el exterior del edificio a pesar de la hora tan temprana. No estaba aún abierto a los visitantes, pero había una larga lista de tareas de mantenimiento que atender. El sistema de limpieza de la fachada que se encargaba de que los cristales de las más de 24.000 ventanas lucieran impolutos, ya estaba en marcha, intentando acelerar el proceso para eliminar los restos de arena de la tormenta cuanto antes.

Siempre estaban trabajando en el icónico rascacielos. Hacían cuatro ciclos de limpieza al año y cada uno requería unos tres meses para finalizar un lavado completo de los cristales de toda la fachada. Hasta el piso 127 se utilizaban máquinas que se desplazaban por unos raíles horizontales situados en algunas plantas de la torre. Estas máquinas también estaban diseñadas para moverse en vertical y así poder realizar la limpieza de los pisos superiores e inferiores más próximos que carecían de ellas. A diferencia de los anteriores, los cristales de las plantas superiores del rascacielos los limpiaba manualmente un servicio de operarios que se colgaban con cuerdas por la fachada. Aunque pareciera increíble, limpiaban los cristales sirviéndose de pequeños cubos de agua y unos mangos limpiacristales mientras permanecían colgados a centenares de metros del suelo. A

Hessa le parecía un sistema muy tradicional que chocaba con la sofisticación de la torre. Y un trabajo muy duro. Esos empleados, la mayoría de ellos pakistaníes, tenían que vestir unos trajes diseñados para protegerse del sol ardiente del país y del reflejo del mismo en los cristales, y beber líquidos especiales para no deshidratarse. Y eso a pesar de que los ciclos de limpieza se planificaban para que la mayor parte del tiempo los trabajadores actuaran en las zonas del edificio que estaban en ese momento a la sombra. Pero todo era poco para que el símbolo de Dubái mostrara su cara reluciente.

Ese día, la cuadrilla de operarios había empezado ya de madrugada para acelerar el proceso.

Hessa entró en el vestíbulo de la torre con decisión, aunque una vez dentro se quedó paralizada al ver que en el interior también había una gran actividad a esas horas: el pulido de los suelos, los técnicos que comprobaban los vídeos que se exhibían, la revisión de los sistemas de seguridad de los ascensores, la llegada de las mercancías de los proveedores... Tropezó y estuvo a punto de caer por culpa de una caja de *chocodates*, los dátiles recubiertos de chocolate con que eran agasajados los visitantes que acudían a la torre a la hora del *iftar*.

—Señora, ¿está bien?

—Sí, sí, no ha sido nada. Pero tendrían que tener más cuidado con las cosas, no se pueden dejar por ahí, de cualquier manera, alguien se podría hacer daño.

—Señora, quizá es usted la que debería ir con más cuidado —le dijo de forma muy grosera aquel hombre espectacularmente alto y corpulento, de piel muy oscura, que vestía un traje negro y llevaba un pinganillo en uno de sus oídos—. ¿Se puede saber qué hace usted aquí? No lleva ninguna tarjeta acreditativa. ¿Quién es usted?

—No se ponga así. —A Hessa ya le estaba empezando a salir su genio ante las malas maneras de aquel gigante—. Me llamo Hessa Al Falasi y quiero hablar con el responsable de seguridad del Burj Khalifa.

—Yo soy el de seguridad —aclaró con sorna—. Vamos, vamos, señora, no me haga perder más el tiempo.

Hessa intentó explicarle a ese patán cuál era el motivo de que estuviera allí, pero no había forma de hacerle entrar en razón. Cada vez estaba más acalorada discutiendo con ese hombre que le ponía trabas, a ella, una Al Falasi, en la consecución de su objetivo. ¿Qué se había creído?

En el vestíbulo había tres emiratíes vestidos con sus *kandoras y guthras* blancos que observaban la escena desde lejos. No podían oír de qué hablaban aquella joven y el empleado de seguridad, pero veían cómo la mujer gesticulaba y accionaba las manos sin parar ante la impasibilidad del hombre.

Al final, uno de ellos se acercó.

—*Salam aleikum. Ramadan karim.* ¿Puedo ayudarla en algo? —le preguntó a Hessa con deferencia.

—*Aleikum salam. Ramadan karim* —contestó Hessa aliviada al ver al emiratí. Con él, un *national* como ella, seguramente las cosas irían mejor—. Me llamo Hessa Al Falasi. Soy familiar de Ameera Al Falasi, la joven que falleció en el ascensor hace unos días

—¿Al Falasi? ¿Familiar de Ameera Al Falasi? ¿Ameera *bint* Khwaja? ¿Es usted, entonces, familia de Khwaja Al Falasi?

—Sí, es mi tío. Es primo de mi padre.

—Encantado de conocerla, señora —dijo efusivamente el hombre de la *kandora* blanca—. El tío de mi esposa es muy amigo de su tío. Ya puedes irte —añadió dirigiéndose al empleado de seguridad con autoridad—. Yo me ocupo de atender a la señora Hessa.

El mentecato vestido con el traje negro hizo un pequeño movimiento de hombros y desapareció de allí rápidamente. Cuando los emiratíes empezaban a nombrar a diferentes miembros de su familia, que si *bin*, que si *bint*, que si *amm*, que si *abu*..., y a descubrir las relaciones que había entre ellos, no había nada que hacer para alguien que no fuera emiratí, que no fuera un *national*, o un *local*, como decían ellos. Era otro mundo, un mundo aparte al que no se podía acceder, los demás no estaban invitados. Ellos y sus rollos...

— *Sayyida* Hessa, antes que nada quiero darle mi más sentido pésame, el mío personal, naturalmente, y también el de la compañía que gestiona el Burj Khalifa, de la cual soy director de Comunicación. Me llamo Maajid, Maajid Al Numairy.

—Muchas gracias, *sayyid* Maajid, es usted muy amable.

—¿Y a qué debemos su visita? ¿Qué era lo que le estaba explicando al empleado de seguridad?

—Bueno, como ya sabe, mi prima era una mujer muy joven y su muerte fue tan repentina, tan inesperada...

—Sí, sí, lo entiendo. Pero aquí nada falló. —El hombre, aunque seguía hablando con amabilidad, se había puesto a la defensiva—. Se siguió a la perfección el protocolo establecido para estos casos, se lo puedo asegurar. Desgraciadamente, nada se pudo hacer por la joven. Una gran tragedia —añadió para reforzar que entendía la magnitud de lo ocurrido, y que era un hombre sensible, que no solo se preocupaba del impacto que este acontecimiento pudiera suponer para su compañía.

—Claro, claro, no obstante me gustaría ver las grabaciones de las cámaras de seguridad. Supongo que esto es posible, ¿no?

La solicitud de Hessa no fue muy bien recibida por el director de Comunicación del emblemático edificio. ¿Cuál sería la intención de esa joven? ¿Qué pretendía? ¿La familia Al Falasi quería poner una demanda al Burj Khalifa? Estaba realmente muy preocupado. Sinceramente, no creía que hubiera habido fallo alguno en ningún momento. Los empleados estaban formados en primeros auxilios y tenían, incluso, sus certificados de aptitud para ello. Todo estaba bien archivado y lo podrían demostrar si alguien lo solicitaba. Además, la grabación de las cámaras de seguridad la habían revisado en una reunión de crisis convocada urgentemente por el comité ejecutivo de la compañía gestora y no se había detectado ninguna incorrección: los empleados habían actuado según los procedimientos establecidos y habían usado bien el desfibrilador; se había llamado a la ambulancia de inmediato y esta había llegado en un tiempo récord. Todo perfecto, pero así y todo, no podía evitar sentirse intranquilo. La familia Al Falasi era muy influyente. Si este suceso llegaba a los medios y dejaba caer una sombra de duda, tan solo una, acerca de la seguridad del Burj Khalifa sería terrible, tanto para la compañía gestora de la torre como para él mismo, Maajid Al Numairy, y para su carrera.

—Sí, bueno, claro... Las grabaciones... —El director de Comunicación, que también era un miembro importante del gabinete de crisis de la compañía, en esos momentos hablaba atropelladamente.

Hessa salió en su ayuda. Si Maajid estaba tan a la defensiva no le iba a servir de mucho.

—Lo que es muy importante —dijo ella bajando la voz— es que este asunto no trascienda, ¿comprende? Es muy importante para nuestra familia llevar esto de una forma estrictamente confidencial. Nada de filtrar ningún detalle a los medios.

Maajid respiró tranquilo. Gracias, Alá, gracias. Ya veía otra vez despuntar su carrera profesional. Llegaría alto, muy alto, más alto incluso que el Burj Khalifa. Pero ahora tendría que acompañar a la señora Hessa a la sala del control de seguridad de la torre y facilitarle todo lo que necesitara. Debía quedar contenta con la información que se le diera. Mejor a ella que a los medios. Sin lugar a dudas.

ϓ

—Esta es la sala. Impresionante, ¿no le parece? Como le decía, disponemos de la última tecnología en materia de seguridad. Desde aquí se centralizan y coordinan todos los sistemas de control del edificio: los detectores antiincendios, las cámaras de grabación, el funcionamiento de los ascensores, la temperatura, la presión, el grado de humedad, el impacto de los vientos... Y ahora, por favor, siéntese aquí un momento mientras voy a solicitar el acceso a las grabaciones de aquel día.

Hessa se quedó impresionada ante aquel despliegue tecnológico. Realmente parecía una de esas salas que aparecían en las películas americanas de catástrofes que tenían tanto éxito. Estaba llena de monitores y pantallas que exhibían, en su mayoría, imágenes del interior y exterior del edificio, pero también había otros en los que se podían observar series y series de datos y gráficas incomprensibles. Aprovechó que el director de Comunicación se demoraba para dar un vistazo a su WhatsApp. Su hermana no daba señales de vida. Nada. Debía de estar muy enfadada, teniendo en cuenta que Lubna no era rencorosa y eso no iba con su forma de ser. Qué raro. Pero no importaba. Se prometió que sería ella quien diera el primer paso para reconciliarse. Le enviaría un WhatsApp y le pediría perdón.

No le dio tiempo, se oyó un silbido que anunciaba la llegada de un WhatsApp. Era de Lubna: «No nos enfademos. Es Ramadán y no está bien. Olvidado. Un beso».

Hessa se sintió mal al ver que su hermana se le había adelantado, pero se le ocurrió una idea que supo que le gustaría y le contestó con otro WhatsApp: «Lo siento también. Propuesta: Celebrar *iftar* con Mona esta noche en hamburguesería, menú de Ramadán. Y compras: vestidos para vuelta de AK y *Eid*».

Su hermana contestó enseguida. La propuesta de

Hessa, teniendo en cuenta que tenía mucho trabajo, había sido muy bien valorada y acogida con entusiasmo. Además, aunque Lubna no era una fanática de las compras y la moda, como buena esposa que era la ilusionaba sorprender a su marido con un vestido nuevo a su regreso. Había que agradar a los maridos y sorprenderlos de vez en cuando, si no estos se aburrían de sus mujeres y querrían cambiarlas por otras. Además, era buena idea llevar a la pequeña a una de esas hamburgueserías de cadenas occidentales que regalaban muñequitos con el menú. A los niños les gustaba mucho eso. Y también, claro que sí, comprarían vestidos a Mona: uno para el regreso de Abdul-Khaliq y otro para la celebración del *Eid* en la casa de sus suegros. Era muy buena idea. Y Hessa la ayudaría a elegir la ropa porque, aunque tenían estilos diferentes, Hessa entendía mucho de moda. Tenía muy buen gusto y la ayudaría a escoger lo que le quedara mejor. Era una buena hermana.

A Hessa le llegó enseguida otro WhatsApp, este de Rashid, del bufete. Sentía molestarla, pero una mujer había llamado muy nerviosa, tenía un problema con un contrato prematrimonial, era muy urgente, pero solo hablaría con Hessa.

Se estaba empezando a complicar el día. Le había prometido a su tío que la investigación sería prioritaria, pero la vida continuaba y Hessa no lo podía evitar. No dejaría a una de sus clientas sola en la estacada.

«Dadle cita para esta misma mañana, a última hora. Pasaré un momento por el despacho.»

Rashid le envió el OK en otro WhatsApp. La secretaria tendría ya preparada toda la documentación del caso para cuando llegara Hessa. Intentarían robarle el mínimo tiempo posible. Hessa estaba leyendo el mensaje cuando el director de Comunicación del Burj Khalifa se dirigió, ya de vuelta, hacia ella.

—Venga, venga, señora Hessa. Por aquí —le dijo con toda la amabilidad de la que era capaz.

Estaba muy preocupado. Durante el rato que se había ausentado, además de localizar las grabaciones, había investigado quién era esa Hessa Al Falasi. Nada menos que... ¡una abogada! Bueno, ¡una abogada de mujeres! Eso no sabía si era mejor o peor, pero el asunto pintaba mal, muy mal. Quizá tendría que hablar con el departamento jurídico por si las moscas, aunque él, como experto en relaciones públicas y con sus dotes tendría que ser capaz de manejar ese asunto y conseguir que no fuera más allá.

La acompañó a una de las mesas de los controladores. Un joven indio con gafas metálicas estaba observando un monitor en el que aparecían simultáneamente varias imágenes del interior del edificio.

—¿Ve este monitor? Aquí es donde llegan las imágenes del ascensor donde ocurrió el suceso. —Maajid Al Numairy había optado por omitir la palabra «muerte». Mucho mejor y más suave llamarlo suceso a partir de ahora—. ¿Ve? En esta imagen, en esta. Estamos viendo a tiempo real cómo unos empleados de la compañía están bajando en el ascensor ahora, en este preciso momento. Desde aquí, el empleado que estaba a cargo del control de esta pantalla la tarde del suceso dio la voz de alarma al ver que un ocupante del ascensor caía al suelo. Pero, por favor, venga, venga por aquí, vamos a mi despacho, allí veremos tranquilamente y con total privacidad la grabación del 26 de junio, la del momento del suceso.

A Hessa le gustó cómo estaba atendiéndola el señor Maajid. Ahora sí que parecía un profesional de la comunicación y de las relaciones públicas.

La invitó a sentarse en una silla encarada hacia una mesa sobre la que había un ordenador. El despacho era muy moderno, todo decorado en maderas oscuras combinadas con tapicerías negras, de estilo minimalista, muy lejos del gusto tradicional árabe. En las paredes se exhibían grandes fotografías del proceso de construcción de la torre y también de su inauguración, en las que aparecían los jeques reinantes de Dubái y de Abu Dabi, así como otras de visitantes destacados del mundo de la política, la cultura y el deporte a nivel internacional.

Maajid introdujo unas claves y entonces giró el monitor para que Hessa pudiera ver también la pantalla. Tras unos instantes el vídeo se abrió. La grabación empezaba con un grupo de gente entrando en el ascensor. Allí estaba también su prima y sus amigas. Hessa se sintió afectada, un escalofrío le recorrió el cuerpo y se le puso la piel de gallina. Sus últimos momentos... El grupo de las tres mujeres se situó en la parte central de la cabina. Ameera, de estatura y complexión más bien menuda, quedó aprisionada entre el resto de ocupantes. La cámara apenas dejaba entrever su cara. El vídeo continuó, pero de momento no se observaba nada especial. El ascensor llegó al final de su descenso. Los turistas empezaron a bajar. Se podía ver que, de acuerdo a lo relatado, la amiga de Ameera se dirigía a ella y le hablaba. Después se vio la caída de Ameera y a las amigas, que se agachaban para atenderla mientras seguía en el suelo sin realizar ningún tipo de movimiento. Inmediatamente, las amigas pedían auxilio, y el empleado que las esperaba a la salida entraba en el ascensor y se agachaba también junto a la joven y le hablaba y le tomaba el pulso. Unos turistas también se agachaban cerca de ella y otros corrían, quizá para pedir más ayuda. Al momento aparecieron dos empleadas que, tras tomarle el pulso otra vez, iniciaban las maniobras de reanimación, una haciéndole el masaje cardíaco y la otra el boca a boca. Cuando apenas habían comenzado, llegaron otros dos empleados, uno de ellos era una mujer, con un aparato que debía ser el desfibrilador. La grabación se acababa ahí.

El señor Maajid confirmó que ya no había más grabaciones relacionadas con el suceso.

—Como le he comentado antes, desde el monitor de control detectaron que alguien se había caído en este ascensor. Avisaron inmediatamente a los empleados de seguridad más próximos y contactaron también con el personal que recibe a los visitantes a la salida. Mediante el pinganillo, ¿sabe?, los sistemas de comunicación interna. Como se informó que no le encontraban el pulso a la joven, que había caído, se llevó el desfibrilador, a la vez que de forma paralela se llamó a una ambulancia. Todo se hizo de una forma coordinada y rápida. La grabación, por cuestiones de privacidad y velando por el honor de la joven se detuvo en cuanto llegó el desfibrilador. Naturalmente, no se había hecho antes porque se desconocía, al principio de todo, la causa de la caída. Si hubiera habido una agresión, la grabación habría sido muy valiosa. «Y ahora también es muy valiosa para que la familia pueda comprobar que todo se hizo adecuadamente», pensó el hombre aliviado.

—Y luego, ¿qué pasó?

—Como ha podido ver, llegaron dos empleados con el desfibrilador, un hombre y una mujer, y fue la mujer la que le quitó la ropa y le aplicó el desfibrilador. Le aseguro que en todo momento, tal y como le decía antes, se veló también por la intimidad de la joven. Fueron también dos empleadas las que le hicieron el masaje cardíaco y el boca a boca. Además, se acordonó la zona para evitar las miradas inconvenientes de los curiosos. A su prima se la intentó salvar, eso era prioritario, sin lugar a dudas, pero siempre —y enfatizó esta última palabra— con todo el respeto y pudor que se merece una mujer, y más aún, una mujer joven.

Hessa no podía estar más de acuerdo, pero Maajid empezaba a ser un poco pesado, repitiendo y repitiendo lo del honor de la joven.

—Y no se deben preocupar por la utilización del desfibrilador —continuó el director de Comunicación, que cada vez se estaba animando más y se encantaba a sí mismo con sus explicaciones prolijas sobre el suceso—, es automático, es *smart*. El desfibrilador sabe lo que tiene que hacer. —El hombre realmente estaba muy satisfecho con su relato.

—Sí, sí, lo sé. En el departamento médico forense ya me lo explicaron —dijo Hessa cortando el discurso de Maajid—. Y también me dijeron que no se había activado.

¿Por qué había ido esa tal Hessa Al Falasi a hablar con los forenses?, empezó el hombre a preocuparse otra vez. Quería pensar que era normal que la familia hablara con los médicos. Pero lo de que no se activara... Realmente se habían quedado muy preocupados, aunque sabían por la formación que habían recibido que a veces era así, para eso era automático, para saber si se tenía que activar o no. Pero recordó que se habían llevado el aparato para estudiar la información que había archivado. ¿Y si había habido algún error? Ahora Maajid Al Numairy se sentía muy inseguro.

Afortunadamente para él, Hessa le aclaró que se había confirmado la razón por la que el desfibrilador no había funcionado correctamente ya que lo que le pasaba a su prima no era tratable con esa descarga eléctrica. Así que el director de Comunicación intentó relajarse y continuar con su magnífica narración de los hechos:

—Luego, tras la llegada de la ambulancia y de los médicos, se siguió el protocolo de reanimación, a la vez que se contactaba con los familiares. Estuvieron más de una hora intentando reanimar a la joven, pero no hubo nada que hacer. Tras confirmar su muerte se personó la Policía y se trasladó el cuerpo al hospital Rashid, al haber fallecido fuera de un hospital y por causas desconocidas. El resto, si ha hablado con los forenses, ya lo sabe mejor que nosotros.

—Muchas gracias, señor Maajid, por sus explicaciones. Y ahora, abusando un poco más de su amabilidad, me gustaría volver a ver la grabación.

La volvió a ver un par de veces ante la mirada paciente, aunque sufridora, del directivo del Burj Khalifa. Pero nada le dio una pista. Se sintió decepcionada.

Se despidió de Maajid Al Numairy agradeciéndole el tiempo que le había dedicado y él le entregó su tarjeta con su teléfono directo de contacto. Para lo que hiciera falta, estaba completamente a su disposición, pero en su interior pensó que ojalá no tuviera que volver a ver nunca más a la señora Hessa Al Falasi. *Inshallah*.

Mientras conducía hacia su despacho no paró de darle vueltas y más vueltas a la grabación, pero no veía nada significativo. La razón por la cual su prima Ameera presentaba ketamina en sangre en el momento de su muerte parecía estar en una vía sin salida. Sería mejor que se centrara en el caso de su clienta, a la que vería dentro de un rato. Había podido hablar brevemente con su secretaria, Naafiah, al salir de la torre. Sí, lo recordaba, había redactado un contrato prematrimonial hacía casi dos años para una mujer joven, una chica de 18 años. El contrato aseguraba en caso de divorcio una buena indemnización y una pensión mensual, la casa y la custodia de los hijos. ¿Qué podía haber pasado?

Tuvo que esperar un buen rato en el vestíbulo del rascacielos donde tenía el despacho. Había un ascensor en reparación, le explicó el conserje, que aprovechó la espera para darle toda clase de detalles de la avería. Que si de subida se paraba, pero de bajada iba bien, que hacía un ruido raro...

—Llevan toda la mañana, señora Al Falasi. Toda la mañana. Se ve que la avería no es cualquier cosa.

Hessa puso cara de interés, puesto que no quería resultar desagradable con aquel pobre hombre que hablaba y hablaba sobre la avería, pero no le prestó casi atención. Al final, llegó uno de los ascensores que funcionaban y Hessa, tras tranquilizar al conserje, que a modo de despedida le pidió mil disculpas por la avería del ascensor y la espera, desapareció tras la puerta automática.

Naafiah salió a su encuentro en cuanto Hessa entró por la puerta del bufete.

—La señora Fátima y su familia la están esperando en la sala. ¿Les hago pasar?

—Sí, por favor. ¿Y la documentación del caso?

—Todo está ya en su mesa, Hessa. ¿Necesita algo más?

—No, de momento no, muchas gracias. Si necesito algo más te avisaré.

Apenas le dio tiempo para echar un vistazo al acuerdo prematrimonial cuando Fátima entró en el despacho. Venía acompañada de sus padres. Tenía los ojos enrojecidos.

—Señora Hessa, no ha servido de nada, de nada, ha sido inútil —se lamentó la joven y rompió a llorar.

—El contrato prematrimonial que le hizo a mi hija no ha servido de nada —repitió el padre un poco enfadado.

—Ayer... ayer, la palabra..., tres veces... —Fátima hablaba de forma entrecortada debido a los sollozos.

—A ver, vamos a tranquilizarnos, porque así no la puedo ayudar —dijo Hessa con voz suave, intentando calmar los ánimos de la familia. Al ver que el padre iba a empezar con las explicaciones, se dirigió a la hija animándola a que fuera ella quien contara lo que había sucedido—: ¿La palabra? ¿Qué fue lo qué pasó?

Fátima intentó serenarse y empezó a hablar de forma más coherente, aunque grandes lágrimas continuaban resbalando por sus mejillas.

—*Talik*, tres veces, y se quedó con el niño.

—¿Le dijo *talik* tres veces? —intentó confirmar Hessa.

La palabra *talik*, «quiero el divorcio», repetida por tres veces a una esposa significaba un divorcio inmediato.

—No, señora Hessa, no me lo dijo.

—Pero Fátima, ¿no me acaba de decir que le dijo *talik* tres veces?

—Señora Hessa, yo no le he dicho que él me lo dijera. —La joven mostró su teléfono móvil.

En la pantalla se podía ver un sms enviado por el marido donde expresaba su deseo de divorciarse. Lo había escrito tres veces.

Vaya con las nuevas tecnologías, pensó la abogada.

—Ya veo, ya veo... ¿El sms es de ayer?

—Sí, de ayer. Yo estaba en casa preparando el *iftar* y recibí este mensaje y también este otro.

En el segundo mensaje el marido le ordenaba que abandonara la casa y dejara al hijo de ambos en la misma.

Al volver a ver el mensaje Fátima empezó a llorar otra vez pero ahora acompañada también por los lamentos de su madre.

—¿Y qué hizo usted?

—Pues ¿qué podía hacer? Me marché a casa de mis padres.

—¿Qué edad tiene el niño? Debe de ser muy pequeño, viendo la fecha del contrato matrimonial...

—Un año, solo tiene un año —dijo entre sollozos.

—De acuerdo. —Se quedó pensando unos breves momentos—. Con respecto al divorcio, ya veremos, ha habido mucha controversia con la comunicación de divorcios por email o sms, y no está tan claro que pueda conseguirse fácilmente por esos medios. No obstante, la ley permite el divorcio inmediato repitiendo tres veces la palabra *talik*. Si no se considera aceptable mediante las nuevas tecnologías, se lo dirá de otra manera y ya está. Lo que quiero decir, y que siempre les digo a mis clientas, es que si el marido quiere el divorcio lo obtiene sin más, pero que además, un marido que no nos quiere, mejor que nos deje. Ahora eso sí, en las mejores condiciones y siempre respetando las cláusulas de los acuerdos prematrimoniales, si los hay. Pondremos una demanda, naturalmente.

—Señora Hessa...

—¿Sí?

—Sobre todo el niño, mi niño es para mí.

—Sí, por eso no se preocupe. Eso podría ser mucho más inmediato. ¿Le estaba amamantando?

—¿Qué? No entiendo...

—Que si le daba lactancia materna, de acuerdo a la ley.

—¿La ley? ¿De qué ley habla? —preguntó el padre, que se había mantenido callado desde el momento en que Hessa había dirigido todas las preguntas a su hija.

—Existe una ley bastante reciente que obliga a las madres a alimentar a sus hijos al pecho hasta los dos años. Es una obligación de las madres y un derecho de los niños. Por lo tanto, para cumplir con esa ley, el niño debería estar con su madre, sobre todo si esta tiene capacidad para amamantarlo.

—Sí, le estaba dando de mamar hasta ayer y hoy me he sacado la leche, ya sabe, con aquel aparato, el extractor, porque estaba muy molesta.

—Perfecto. Haré unas llamadas y hoy mismo el niño volverá con usted. Lo demás: la confirmación del divorcio, la indemnización, la casa... podría alargarse un poco más.

La mujer ya no lloraba y los padres sonrieron por primera vez.

—Gracias, señora Hessa, sabía que usted encontraría una solución, estaba segura.

—Señora Fátima. —Hessa no podía acabar esa reunión sin confirmar algunos aspectos, ya que era un poco extraño que un marido se divorciara de una mujer tan joven y atractiva a los dos años de matrimonio y más si le había dado un hijo varón—. Usted no tendrá nada de qué avergonzarse o arrepentirse, ¿verdad? ¿Hay algo que me deba contar?

Los padres de Fátima se miraron con aprensión.

—Nada, señora Hessa, nada —respondió con vehemencia la joven.

Había quedado con su hermana en el Dubai Mall, pero aún era un poco pronto. Valoró si ir a su casa y hacer una siesta, pero finalmente se decidió por dar un paseo sola por el centro comercial y aprovechar para pensar. No tenía tiempo para siestas.

Durante su paseo fue mirando distraídamente los escaparates de algunas tiendas. Aunque no prestaba demasiada atención más que a las ideas que se embarullaban en su cabeza, se dio cuenta de que había unas rebajas muy interesantes. Se detuvo ante el escaparate de una zapatería de marcas muy exclusivas que anunciaba una tentadora reducción de precios. Había algunos pares muy bonitos, especialmente le llamaron la atención unas sandalias Jimmy Choo negras y plateadas, muy adecuadas para una fiesta. Quizá las podría estrenar para el *Eid*. Creía recordar que el diseñador era de Malasia. Cada vez le apetecía más ese viaje... Pero tenía que pensar en su hermana, y preocuparse de localizar también unos zapatos para ella, estaba claro que necesitaba unos nuevos, así iría adelantando. Siguió mirando el aparador de la tienda y el enorme cartel que decía «Gran bajada de precios». Bajada..., el ascensor... Bajada..., el ascensor. Volvió a sonar en su cabeza la voz del conserje hablando sobre la avería del ascensor, a pesar de la poca atención que le había dedicado: «De subida se paraba, pero de bajada iba bien». Así que el problema era en la subida...

Marcó un número de teléfono. Tardaron en cogerlo pero, al final, Maajid Al Numairy respondió con voz somnolienta. Por la hora, Hessa pensó que le debía haber despertado de su siesta. Durante el Ramadán se recomendaba echar una, aunque fuera breve, para poder estar más despiertos a la hora del *sahur*. Esperaba que estuviera en su despacho... si no tendría que volver a lidiar con los de seguridad...

Que sí, que sí, que ningún problema, le aseguró el director de Comunicación del Burj Khalifa. Si quería podía ir ahora mismo, pues estaba en su despacho de la torre.

—Pase, pase, bueno, ya conoce el camino —la saludó el señor Maajid con cierto tono irónico en el que se traslucía un solapado temor, ya que desconocía el motivo por el que la joven abogada había vuelto—. Y ahora, ¿en qué la puedo ayudar?

—Señor Maajid, siento mucho volver a robarle tiempo, y además dos veces en el mismo día. Y, por si no fuera poco, en la hora de la siesta —añadió con una amable sonrisa.

—No se preocupe, señora Hessa, pero ahora dígame, dígame, ¿en qué la puedo ayudar? —le apremió el hombre, pues prefería conocer cuanto antes el motivo de la nueva visita de la joven y acabar, si era posible, con todo eso.

—Es que... ahora lo que necesito es ver la grabación de la subida al mirador.

Hessa Al Falasi se había convertido en su peor pesadilla.

Capítulo 8

3 de julio

—*T*endríamos que haber cogido mi coche.

—Pero ¿por qué? —preguntó Lubna un poco molesta mientras encaraba la carretera hacia Abu Dabi—. ¿Tan mal conduzco? ¿No te fías de mí?

—No, no es eso, Lubna, no te lo tomes a mal, es que desde que murió mi marido me he acostumbrado a llevarlo siempre yo... No sé, no me hagas caso —añadió quedándose pensativa.

—Es por la sillita de la niña. Si no, habríamos cogido tu Toyota, pero qué pereza desmontar y volver a instalar la silla de Mona... —dijo Lubna disculpándose.

—Sí, es verdad, tienes razón, es mejor así. Oye...

—¿Sí? —dijo Lubna de forma un poco distraída ya que había localizado un radar y estaba más concentrada en la circulación de la autopista que en la conversación de su hermana.

—Que siento muchísimo haber llegado ayer tarde a la cita...

—Que no vuelvas a hablar de eso, no seas obsesiva. —Una vez pasado el radar volvía a estar pendiente de Hessa—. Tenías una cosa más importante que hacer, no te preocupes.

—Bueno..., total, para qué. No me sirvió de nada mi segunda visita al Burj Khalifa. Simplemente para atormentar a aquel pobre hombre haciendo que me pasara cuatro veces una grabación de seguridad. No sé cómo seguir, de verdad...

—Ya se te ocurrirá algo, con lo lista que tú eres.

—Muy lista..., no me hagas reír. De verdad que llegué a pensar que el Burj Khalifa escondía la clave para entender lo sucedido, pero parece ser que no es así. Estoy en un callejón sin salida, no sé qué voy a decirle al final a *amm* Khwaja —se lamentó.

—Pero ¿qué dices? ¿Dónde está la Hessa que conozco, la luchadora, la que puede con todo y contra todos? Ya verás cómo lo consigues, estoy segura.

—Sí, está bien, no te preocupes. —Hessa sonrió con tristeza, queriendo dar por zanjada la conversación.

—Y además, aunque un poco más tarde de lo previsto, pudimos hacer todas las compras que habíamos planeado. Es una suerte que en las tiendas nos atiendan antes que a las demás clientas, quizá no está bien, pero es tan cómodo para nosotras...

—No lo hacen por una especial consideración a las emiratíes, ya sabes cuál es la razón...

—¿Y tú te lo crees?

—Estoy completamente segura, nos cobran precios más altos que a los demás, lo sabe todo el mundo.

—Anda, anda..., eso es una leyenda urbana.

—Pero, Lubna, parece mentira, eres la única mujer emiratí que no se lo cree. Es totalmente cierto, en cuanto nos ven, nos atienden enseguida sí, pero porque nos suben los precios..., se creen que somos todas millonarias. ¿Por qué no te lo crees si lo dice todo el mundo? —le preguntó un poco molesta.

—Deja de darle vueltas —dijo Lubna temiendo enzarzarse en una discusión con su hermana pequeña—. Sea como sea, el caso es que compramos varios vestidos y a unos precios que no estaban nada mal.

—Eso es verdad, te compraste unos vestidos preciosos.

—Gracias a tu ayuda. Yo sola no los hubiera elegido tan bien.

—Sí que te quedan bien, muy bien. Ya verás cuando te vea Abdul Khalik.

—Ayer cuando me llamó le dije que habíamos salido las tres de compras y se alegró mucho. Si es que aunque a veces no estéis de acuerdo y veáis las cosas diferentes, él te aprecia, de verdad que te aprecia, y valora mucho la compañía que me haces cuando está fuera por su trabajo. Le dije que me había comprado unos vestidos nuevos, y ¿sabes que me respondió?

—¿Qué? —preguntó Hessa con curiosidad. ¿Qué le habría dicho el aburrido de su cuñado?

—Que estaba deseando vérmelos puestos. Que me añoraba mucho y que tenía muchas ganas de volver.

—Pero ¿qué le contaste? ¿No sería que le dijiste que te habías comprado varios conjuntos de lencería? —bromeó Hessa y al reírse dejó entrever su blanca y perfecta dentadura. Luego se puso a imitar una mirada libidinosa.

—Eres una boba. —Lubna intentó aparentar que estaba molesta por el comentario de su hermana.

—Te añoro, Lubna querida. —Hessa imitó la voz de su cuñado y añadió algunos gestos lascivos—. Ponte tu nuevo conjunto de ropa interior que vuelvo ipso facto.

—¿Quieres callarte y dejar de hacer el payaso? Mona te va a oír —dijo mirando por el retrovisor para comprobar si la niña continuaba distraída con sus juguetes en la parte posterior.

—No es pecado hacerlo con el marido. Todo lo contrario, hay que hacerlo.

—Schss, habla bajo, que nos oye la niña. Y además, no porque las cosas no sean pecado se puede hablar de ellas.

Hessa pensó que esa era una gran verdad y cambió de tema.

—Lo de la abuela no será grave, ¿tú qué crees? —preguntó un poco ansiosa.

—Hessa, no te preocupes, estos achuchones le dan

muy a menudo. Mira, es muy mayor y nos tenemos que hacer a la idea. No estoy diciendo que le vaya a pasar algo esta vez, no creo, pero es muy mayor, Hessa, muy mayor.

A Hessa no la tranquilizó el comentario de su hermana sino al contrario, ya que reforzaba sus tristes pensamientos: su abuela no podía durar mucho.

—Un día de estos nos dará un susto, ¿verdad?

—Sí, pero no tiene por qué ser ni hoy ni mañana. Sí que ha sido una lástima que *baba y mama* no hayan podido venir este año a nuestro encuentro familiar en la mezquita, pero no pasa nada grave, simplemente se han quedado más tranquilos estando con la abuela.

—Nos tendríamos que haber quedado con ellos...

—*Amma* Latifah y *amm* Muhazaab irán a ver a la abuela, no están solos.

—¿Sí? Pues no me había enterado. Nadie me explica nada. Así que este año no vienen ni nuestros padres, ni nuestros tíos, ni tu marido... Pues nuestro hermano Fawaz va a estar rodeado de mujeres: Rawda, tú y yo, las niñas... Parecerá un polígamo —dijo Hessa sonriendo ligeramente un poco más animada.

—Bueno, estará también el marido de Jalila.

—¿El marido de Jalila?

—¿No te ha dicho Rawda que viene Jalila con su familia?

—No, no me lo ha dicho. ¿Y cómo es eso?

—Ah, pues no sé muy bien. —Se quedó dubitativa, pensando en la explicación que podía dar—. Supongo que Rawda la llamó para ver cómo seguían tras lo de su hermana y se apuntaron a esta reunión familiar.

Estaban llegando ya a la Gran Mezquita cuando se tuvieron que detener ante la larga cola de coches que se había formado para acceder a la zona de aparcamiento. Mientras esperaban pudieron observar el impresionante despliegue que, por motivos de seguridad, había en toda el área que rodeaba la mezquita: ambulancias, coches de Policía y hasta efectivos del Ejército.

—Cada año viene más gente. ¿Crees que cabremos todos, Lubna?

—Mujer, pienso que sí, la explanada exterior es muy grande. ¿Sabes qué dijeron ayer en la televisión? Que se preveía que vendrían más de cincuenta mil personas y eso que hoy está cerrada para los turistas. —Miró el reloj y se empezó a poner nerviosa al ver la hora que era—. *Wallah!*, pero ¡qué cola hay!, y no parece que se mueva... Realmente va a ser muy difícil aparcar hoy aquí —añadió contrariada.

Pero tras esperar un rato al final consiguieron dejar el coche justo cuando se empezó a oír por los altavoces de la mezquita el inicio del *azan*, el canto del muecín llamando a la oración:

Allaaah akbaaar! Allaaah akbaaar!
Allaaah akbaaar! Allaaah akbaaar!
Ashaduanllah illaha ill Allah
Ashaduanllah illaha ill Allah
Ashaduanna Muhammadan rasool Allah
Ashaduanna Muhammadan rasool Allah

—¡Corre, Hessa, que no llegamos! Qué mal me siento, qué vergüenza me da que nos estén esperando.

Desde el aparcamiento empezaron a caminar deprisa hacia la mezquita pero no era fácil, ya que una masa de gente que parecía no avanzar les impedía el paso. La familia Al Falasi no era la única que se había citado allí con el objetivo de celebrar el primer viernes del mes sagrado en una de las mezquitas más bellas del mundo.

Hessa se detuvo unos instantes antes de empezar a subir las escaleras que conducían a los jardines que la rodeaban y se quedó admirándola. De todas las que había tenido la oportunidad de conocer, en su país o en sus viajes al extranjero, esta era la mezquita que más le gustaba. Toda blanca: sus paredes, sus cuatro minaretes y sus 82 bóvedas, rematadas con medias lunas doradas.

Durante el día, el agua de los estanques y las fuentes exteriores reflejaban la luz del sol y hacían que el blanco y el dorado del edificio brillaran aún más. El contraste con el cielo azul tan nítido que ese día se podía contemplar daba al conjunto la apariencia de una postal, casi de un montaje fotográfico. La joven abogada también había tenido la ocasión de verla alguna noche iluminada y había podido comprobar el resultado de que hubieran contratado a los mejores ingenieros de iluminación del mundo, que habían diseñado un sistema fascinante y muy complejo de proyecciones y luces sobre la fachada del edificio. Cada noche del año la iluminación de la mezquita variaba en función del calendario lunar islámico. Era un espectáculo mágico, y lo que más lamentaba Hessa era no vivir más cerca de Abu Dabi para poder contemplarlo más a menudo. Ante la visión de tanta belleza y pureza, en ese momento sintió una sensación inmensa de bienestar y paz, a pesar de estar rodeada de tanta gente y tanto alboroto. Pero pronto su hermana la sacó de su ensimismamiento.

—Pero ¿qué haces? No te pares, avanza, corre, vamos —la apremió Lubna.

Mona empezó a gimotear y a quejarse al verse aprisionada por la gente que la rodeaba y Hessa no dudó en cogerla en brazos.

—Déjala, que pesa mucho.

—Ni hablar, que se va a poner a llorar..., si es que la van a asfixiar. Déjame, déjame, que puedo con ella.
—Pero para sus adentros pensó que realmente la pequeña pesaba un montón y que quizá tendrían que empezar a controlar su dieta, no fuera a ser que más adelante tuviera los mismos problemas que su madre.

—Voy a llamar a Rawda, a ver dónde están. No será fácil encontrarnos entre esta multitud. Qué pensará Jalila, para una vez que quedamos...

Siguieron caminando mientras Lubna hablaba con su cuñada por teléfono, intentando avanzar entre la masa, que daba la impresión de haberse detenido otra vez.

—Hessa, que me dice Rawda que vayamos a la zona de las mujeres, que ella ya va a entrar con Jalila y las niñas, que nos esperan allí. Y que a la salida nos encontraremos con los demás. Parece ser que los hombres han tenido que ir a la explanada porque dentro ya no cabía ni un alfiler. Se ve que han puesto un montón de aparatos de aire acondicionado en el exterior para que la gente pueda resistir el sermón y la oración al aire libre. Es que… con el calor que hace… Vamos, apresúrate, corre, dame a Mona, la llevaré yo un rato.

Finalmente llegaron muy acaloradas a la entrada de la mezquita y se descalzaron. Hessa dejó su par de caras sandalias entre montones de zapatos de todo tipo, estilo y precio, sin preocuparse en absoluto de que alguien pudiera darle el cambiazo. ¡Eso nunca había sucedido ni podía llegar a suceder!

—Hessa, no está bien llegar corriendo de esta manera a la oración del viernes —reflexionó Lubna disgustada—. Hay que llegar con tiempo, con tranquilidad. Así lo dice el Corán. Qué mal me siento, de verdad.

—Ya, ya…, pero qué culpa tenemos de que hubiera tanta cola para el aparcamiento.

—No sé si llegaremos para las oraciones previas al sermón.

—Sí, sí que llegaremos. Pero vamos más rápido.

—Hessa…

—¿Sí?

—Es que verás…

—¿Qué pasa?

—Que tengo que ir a hacer las abluciones…

—¿Qué? Pero, Lubna, si estás recién duchada y se supone que vamos directamente a la sala de oración.

—No te enfades, es que fui al lavabo e hice un pis después de ducharme, antes de salir de casa.

Una de las muchas razones que invalidaba la purificación previa que se requería para la oración era ir al lavabo, así que no tuvieron más remedio que atravesar un pasillo abovedado de mármol blanco, flanqueado por inmensas columnas blancas y doradas, y bajar unas escaleras que conducían a la sala de abluciones destinada a las mujeres.

La sala era muy grande, circular, y tanto las paredes como el techo estaban recubiertos, como el resto de la mezquita, de mármol blanco y paneles de yeso tallado. En el techo abovedado se distinguían unos grabados en ese mismo color y en la parte más alta de la bóveda había una claraboya acristalada con un ligero tinte verdoso, que inundaba de luz la estancia a pesar de hallarse en un subterráneo. El centro estaba ocupado por una fuente inmensa de mármol verde y blanco, rodeada en todo su perímetro por unos pequeños grifos que permitían a las mujeres cumplir con el *wudu*, el rito de purificación previo a la oración. En el suelo, enfrente de cada grifo, unos pequeños bancos, también de mármol, hacían más fácil y cómodas las abluciones. Alrededor de toda la estancia otras fuentes más pequeñas permitían que más mujeres pudieran realizar el *wudu* simultáneamente.

A pesar de que ya estaban llamando a la oración, la sala estaba llena de mujeres que aguardaban su turno, por lo que las hermanas tuvieron que esperar un rato a que uno de los grifos quedara libre. Entonces Lubna siguió paso a paso el rito del *wudu*, escrupulosamente, pero también de forma rápida, sin recrearse, porque la ceremonia estaba a punto de comenzar y su hermana la apremiaba sin cesar para que se diera prisa y acabara cuanto antes. Primero, el lavado de las manos tres veces; después había que enjuagar la boca otras tres veces, ¡ah!, y con cuidado de no tragar el agua porque invalidaría el ayuno; luego, la limpieza de las fosas nasales, tres veces también, con la misma precaución de no aspirar el agua porque también se rompería el ayuno; después, el lavado de la cara tres veces y de los brazos tres veces más;

posteriormente había que pasar las manos por la frente, el cabello y las orejas, solo una vez; y finalmente, el lavado de los pies, otras tres veces.

Tras finalizar las abluciones se apresuraron hacia la zona de la mezquita destinada a las mujeres.

El suelo de la sala de oración aparecía recubierto por una alfombra verde con flores y ramajes de muchos colores. Era una alfombra hecha a mano y estaba considerada como la alfombra más grande del mundo. Se decía que habían participado más de mil mujeres iraníes en su realización y que se habían invertido más de dos años en diseñarla y tejerla. En las paredes blancas se reproducían los mismos dibujos que en la alfombra, pero aquí los colores de las flores venían dados por las piedras semipreciosas que se habían utilizado en su decoración: lapislázulis, amatistas, ónix rojo, nácar… Del techo colgaban grandes lámparas de araña con cristales de Swarovski, cuyo colorido combinaba a la perfección con los colores de la alfombra y con los de las flores de las paredes. Todas las lámparas eran iguales, aunque de diferentes tamaños, dependiendo de la zona donde estaban ubicadas. Nada se había dejado a la improvisación.

—¿Tú las ves?

—De momento no.

—¡Ay! Creo que sí. Allí, allí adelante, diría que es Jalila.

—Sí, sí que lo es, pero no vayas, no vayas, nos quedaremos aquí, no podemos pasar, molestaríamos a las demás.

Pero Hessa, desoyendo los consejos de su hermana, ya había empezado a avanzar entre algunas filas de mujeres para acceder a donde estaban sus primas.

—¡Aquel que separa a los orantes para cruzar de una fila a otra el día viernes será utilizado como puente que lleva al infierno! —le increpó una mujer en voz baja pero con un tono amenazante que hizo que Lubna sujetara fuertemente a su hermana para impedirle que siguiera avanzando y molestando a las mujeres que ya estaban rezando.

Tras las primeras oraciones, el imán empezó su sermón. ¿Cuál era el significado del ayuno? Además de la purificación física y de fomentar la práctica de la paciencia, permitía reflexionar sobre la importancia de algunas cosas a las que los fieles estaban ya tan acostumbrados que no les daban ningún valor y, al mismo tiempo, facilitaba pensar en cómo se sentían aquellos que carecían de ellas. Entonces puso el ejemplo del agua. ¿Cómo se sentían durante el Ramadán al no poder beber desde que salía el sol hasta que se ponía? Costaba aguantar todo el día sin beber, ¿verdad? Pues así se sentía mucha gente que tenía muchas dificultades para acceder al agua, existían muchos países con grandes problemas de abastecimiento, con sequías, había que ser solidarios, había que...

Hessa pensó en lo que había dicho su abuela a Nasser durante la última cena en casa de sus padres: que ella cuando era joven no tenía agua casi ni para beber, que su país era un desierto y que ahora había hasta piscinas y nadie daba importancia a ese hecho. Cuánta razón tenía su abuela... Esperaba que se encontrara mejor, estaba preocupada por ella. Cuando su madre la había llamado por la mañana se quedó disgustada. Que no vinieran ni sus padres ni sus tíos a la mezquita demostraba que no veían nada bien a la abuela. Pero, por otra parte, su madre había dicho que no irían al hospital, que solo la encontraba un poco más desanimada que otros días, nada más. Esperaba que finalmente no fuera nada importante.

—Por eso —el imán continuaba con su sermón—, porque el Ramadán significa generosidad y porque hay que ser solidarios con los menos afortunados, y en este caso con los sedientos, por esta razón, los Emiratos Árabes Unidos van hacer una donación de agua a los países con problemas de agua, les donaremos...

Llamaría a sus padres cuando acabara el *salat del juma* o, mejor aún, de vuelta a Dubái iría a su casa a verla.

El imán seguía hablando del agua y de cómo Alá bendecía a todos aquellos que se la daban a los sedientos, fueran hombres o animales, y puso un ejemplo que recogía el Corán: el caso de un hombre que le dio el agua que tenía a su perro sediento y por ello Alá le perdonó sus anteriores fechorías.

Le gustaría tener un perro, sí, mucho, le gustaría mucho. Nunca había tenido uno. Tampoco era algo muy usual en su país. Estaba prohibido llevarlos a los parques o a pasear por las playas, y las familias no solían tenerlos, pero antiguamente los beduinos sí que tenían perros, los tenían para cazar junto a los halcones. Ahora se había puesto de moda otra vez. Existía incluso un criadero de perros para esos fines, eran de una raza especial. ¿Cómo se llamaban? Sí, unos muy monos y listos. ¡Ah! ¡Sí! Salukis, se llamaban así. Pero ella no lo quería para cazar, lo único que ella «cazaba» eran vestidos en el *mall*. No, lo quería para quererlo y que la quisiera. Solo para eso. En cuanto dejara de vivir en casa de su hermana se compraría uno, o mejor aún, recogería uno abandonado. Había muchos perros abandonados en Dubái. Algunas asociaciones de expatriados occidentales los recogían y les buscaban una familia que los acogiera. En general, solían ser perros abandonados por otros expatriados cuando volvían a su país. ¿Para eso se compraban un perro?

—Se ha hecho una donación de agua potable de la que se beneficiarán más de cinco millones de personas... —seguía el imán.

No sabía qué raza escogería. Pero si fuera pequeño se lo podría llevar a todas partes, como hacía Paris Hilton. Y le compraría, como ella, un collar con cristales de Swarovski. No le pondría ropa, eso no, ya que en su país hacía mucho calor y más aún si utilizaba para transportarlo una de esas bolsas especiales para perros de Louis Vuitton. Le parecían muy bonitas y estilosas, y así podría llevarlo a cualquier parte con ella. Además, si fuera pequeño no necesitaría que lo sacara de casa para hacer ejercicio, con los problemas que eso suponía en su país. ¿Y si fuera grande? Lo llevaría como si fuera su escolta, aunque claro, en Emiratos, a diferencia de lo que sucedía en Arabia Saudí, las mujeres no necesitaban escolta para salir de casa... pero de todos modos estaría muy bien, sería como un guardaespaldas. Porque en caso de que se decidiera por un perro grande, ¿adónde lo podría llevar a correr? ¿Y si trataba de convencer a su hermana para adoptar un perro ya mismo? Diría que no, que eran sucios, eso es lo que decía la gente. ¿Pero cómo podía un perro ser sucio? ¿Acaso podía ducharse él mismo? Ella se encargaría de que estuviera siempre bien limpio. Es decir, ella se encargaría de asegurarse de que la criada lo aseara bien. O también lo podría llevar a un centro de estética para perros. Eso es lo que haría.

—Hessa, Hessa, reclínate, vamos, pero ¿qué te pasa? ¿En qué estás pensando? —le advirtió Lubna en voz muy baja—. ¡El *jutba* ha finalizado, ya se ha acabado el sermón y ha empezado la oración!

Se sintió culpable. No se había concentrado en las palabras del imán y eso no estaba bien. Nada bien. Habían llegado corriendo, había molestado a las mujeres que ya estaban orando para intentar llegar hasta sus primas y no se había concentrado en el sermón...Su comportamiento no era para sentirse muy orgullosa.

Como estaban más cerca de la salida que las demás mujeres de su familia, en cuanto finalizó la oración se quedaron esperándolas. A la primera que vieron acercarse fue a Jalila, que avanzaba lentamente entre la muchedumbre. Llevaba de la mano a su guapa sobrina Aisha. Hessa se quedó sorprendida de ver allí a la hija de Ahmed. La niña estaba preciosa y vestía para la ocasión un conjunto blanco marfil, con un pantalón estrecho hasta los tobillos y encima un vestidito a juego que le llegaba casi a las rodillas. El tejido era liso, sin ningún estampado, pero estaba adornado con pasamanería dorada y con algunas cuentas a juego. El cabello lo llevaba cubierto por un velo del mismo color que el resto de su indumentaria adornado también con pequeñas bolitas y cordoncillos dorados. La niña lucía toda la apariencia de una pequeña sultana salida de un cuento. Hessa se alegró de que su prima la hubiera traído. La pobrecita, sin madre y tras haber dejado a sus amiguitos en Estados Unidos, se debía sentir un poco sola. Cuando Mona fuera un poco mayor podrían comprarle un vestidito de ese estilo, ya que quedaba muy mono. Pero antes tendrían que vigilar el peso de su sobrina. Estaba decidida a hablar seriamente con su hermana de ello. Mona tomaba demasiados dulces y galletas. ¿Quién habría elegido el conjunto de Aisha? ¿Jalila? ¿Quizá Ahmed? No se imaginaba muy bien a un hombre comprando ropa para una niña, pero...

Las primas se abrazaron y se besaron varias veces en las mejillas. También besaron a las niñas y les dijeron lo guapas que estaban porque eso es lo que se dice a las niñas y porque además era verdad. Hessa se entretuvo especialmente con Aisha, repitiéndole varias veces lo bonito que era su vestido. La niña no contestó, solo sonreía y Hessa se volvió a quedar prendada de sus grandes ojos soñadores, como le pasó el día del duelo de Ameera.

Fueron saliendo poco a poco de la mezquita, mientras comentaban el sermón del imán. La explanada exterior también se fue vaciando y, al final, cuando todos los hombres hubieron salido, solo quedaron en ella las carpas que se habían montado para que durante ese mes los menos favorecidos pudieran tomar el *iftar* gratis y, también, los aparatos de aire acondicionado que se habían instalado para la ocasión.

Mientras esperaban a reunirse con los hombres, Lubna se dedicó a vigilar a las niñas. Las mayores jugaban con Mona y Laila, que estaban encantadas de tanta atención y de poder correr libremente con sus primas después de haber tenido que estar quietas y calladas durante tanto rato. Rawda y Jalila, por su parte, estaban enfrascadas en una conversación sobre marcas de extensiones de pestañas. Discutían acerca de cuáles había dicho la *fatwa* de mujeres que permitían cumplir con el *wudu*, ya que algunas no eran permeables y no permitían el paso del agua a través de ellas. Hessa escuchaba con atención pero no sabía qué marca le había puesto Hakima. ¿Sería una compatible? Tendría que llamar al centro de estética esa misma tarde y preguntarlo. Mientras subía el volumen de su móvil, que había silenciado al entrar en la sala de oración, prestó más atención a la conversación de sus primas.

—No, no las llevo tatuadas. ¿No lo conoces, Rawda? Es un bolígrafo cosmético que consigue el mismo efecto que un tatuaje. ¿Te gusta? Si quieres, te apunto la marca en un papel.

La conversación de sus primas era muy, pero que muy, interesante. ¡Jalila era aún más experta que Rawda! Parecía que estaba al día de todo y, además, muy bien informada de lo que estaba permitido y de lo que no. Desde ese momento decidió que Jalila formaría parte de su grupo de asesoras en estética. Entonces vio que tenía un WhatsApp en el móvil. Era de la amiga de Ameera, la que estaba en Londres. Se quedó muy sorprendida. ¿Por qué le enviaría ahora un mensaje?

Fotos. Eran fotos. Fotos de la tarde en que fueron al Dubai Mall y a visitar el Burj Khalifa. Fotos del día de la muerte de Ameera. La joven decía que no sabía muy bien qué hacer con ellas, que quizá su familia querría tenerlas como recuerdo, pero que ahora quizá era demasiado pronto y verlas podría resultar excesivamente doloroso. No se atrevía a enviárselas ni a la madre ni a la hermana de Ameera. Quizá Hessa sabría manejar mejor la situación, por eso había decidido enviárselas a ella, aprovechando que tenía su número tras la llamada que le había hecho hacía unos días. Si hablaba con la madre de Ameera y se las daba, debería decirle, por favor, que se acordaba mucho de ella y que a la vuelta de su viaje iría a visitarla. Ella no se atrevía a llamar, se sentía triste y un poco culpable: culpable por haberse obstinado en ir a la torre y culpable de seguir viviendo. Aunque solo eran cosas suyas, ya que nadie le había dedicado un mal gesto ni una mala cara.

Hessa se quedó helada, a pesar de la alta temperatura que hacía en el exterior de la mezquita. Ya no oía las conversaciones sobre cejas, pestañas y lo que permitía hacer el *wudu* correctamente. La mayoría de las imágenes recibidas eran *selfies* de las tres amigas. Había algunos tomados en el mirador de la torre y otros en el *mall*. Primero pasó las fotos deprisa, pero luego las volvió a mirar con más detenimiento. En algunas fotos aparecía un rostro que le sonaba. Esa cara la había visto antes, sin duda. Correspondía a un hombre occidental que llevaba una gorra de una marca de ropa deportiva muy conocida. Pero ¿dónde lo había visto antes? Volvió a revisar las fotos. A ese hombre se le podía ver en algunas del centro comercial, pero no en las del mirador. Diría que lo había visto en alguna de las grabaciones de seguridad del ascensor del Burj Khalifa, aunque no estaba del todo segura, pero creía que quizá era allí donde lo podría haber visto. Volvería allí. Necesitaba confirmar que realmente fuera el mismo hombre. No era muy normal que, entre tanta gente que circulaba por el centro comercial, una misma persona saliera repetidamente en el fondo de varias fotografías y en diferentes zonas. Unas se habían tomado cerca de la entrada para visitantes del Burj Khalifa; otras, al lado de un Starbucks, y también unas cuantas junto a tiendas de diversas marcas. ¿Por qué salía ese hombre en el fondo de esas fotos? ¿Qué significaría si confirmaba que ese hombre había estado también en la torre?

—Hessa, Hessa..., ¿no dices nada? ¿Has oído a Jalila?

—Disculpad, es que yo..., tengo que volver a Dubái —contestó para sorpresa de Rawda y Jalila.

—¿Qué? —replicaron sus dos primas al unísono.

—Habíamos pensado que vendríais todos a casa —dijo Rawda con extrañeza—. Los niños se pueden bañar en la piscina y comer y luego cuando anochezca podríamos celebrar todos juntos el *iftar*. Ya he dado órdenes a las criadas para que preparen una buena cena.

Lubna se sumó a la conversación mostrándose comprensiva con su hermana:

—Es que Hessa tiene mucho trabajo y habíamos acordado que solo nos quedaríamos por la mañana. Bueno, Rawda, podríamos ir a tu casa un rato, eso quizá sí. En cuanto coman los niños, nos volvemos. ¿De acuerdo, Hessa? ¿Te parece bien?

—No, Lubna, es que no puedo. Me ha surgido una cosa y no me puedo quedar más. No te preocupes, cogeré un taxi.

—¿Un taxi? Será imposible encontrar uno con los miles de personas que hay hoy aquí —apuntó Lubna sin preguntar cuál era la razón por la que Hessa se tenía que ausentar tan de repente: ¿se encontraba mal? ¿Acaso tenía que ver con la investigación? ¿Estaba deprimida por lo de la abuela? Le podía la intriga pero con Jalila delante no estaba muy segura de si su hermana querría contar nada.

—¿No has traído el coche? —quiso confirmar Jalila.

—No, hemos venido con el mío —aclaró Lubna y se volvió hacia su hermana pequeña—. No te preocupes, nos vamos ahora y ya está, no pasa nada.

—No, no, me sentiría muy mal. Mona se lo pasará muy bien jugando con sus primos. Y tú también.

—No os preocupéis, que ahora lo arreglo yo —dijo Jalila con resolución mientras se alejaba en dirección a su marido y Fawaz, que estaban con los niños y se habían entretenido a hablar con otro hombre.

—Y ahora ¿qué va a hacer? —preguntó Hessa a su hermana y a Rawda, que sonrieron sin contestar.

Jalila no tardó ni dos minutos en volver.

—No te preocupes, mi hermano te llevará.

—¿Tu hermano? ¿Qué hermano?

—¿Qué hermano va a ser? Ahmed —contestó riendo. Parecía ser que Jalila últimamente cuando hablaba de su hermano lo acompañaba con risas—. Los otros han vuelto ya a Inglaterra, aún tienen exámenes pendientes.

—¿Ahmed? Yo no lo veo.

Hessa miró con más atención hacia el grupo de los hombres. Veía al marido de Jalila con el hijo de ambos, a su hermano Fawaz con su sobrino Nasser, que iba muy gracioso vestido con su pequeña *kandora* y su *gutrah* blancos, y también a otro hombre que estaba de espaldas. Era un hombre omaní, lo cual era fácilmente deducible porque se cubría la cabeza con un *massar*, el turbante típico de ese país. Llevaba uno muy bonito, de color lila, estampado con grandes flores marrones y otras de tonalidades berenjena. Por la forma del turbante, parecía que lo llevaba directamente sobre la cabeza, aunque en ocasiones se lo enrollaban sobre el *kumma*, el pequeño casquete omaní. En invierno, el *massar* solía ser de lana, y entonces se parecía por su textura y sus vistosos estampados de colores a las pashminas que tan de moda estaban entre las mujeres y algunos hombres occidentales, aunque estos las utilizaban como fulares o chales. En verano, debido a las altas temperaturas de Omán, eran de algodón, pero las flores y dibujos de los tejidos solían ser también muy llamativos.

El omaní se giró y se encaminó junto a Fawaz, el marido de Jalila y los niños, hacia el grupo formado por las mujeres y las niñas. Era Ahmed.

—Si tienes prisa, puedes volver conmigo, no hay ningún problema —dijo dirigiéndose a Hessa.

¿Por qué Ahmed iba vestido de omaní en lugar de llevar su *gutrah* blanco? Como parecía que a nadie le sorprendía este hecho, Hessa no dijo nada y siguió actuando como si aquello fuera normal.

—No, no, no te preocupes por mí. Buscaré un taxi. Tú quédate, que seguro que Aisha está deseando jugar con sus primos.

—Claro, pero no es problema. Aisha ya volverá con Jalila esta noche. Yo también tenía que volver antes, y no me podía quedar al *iftar* porque tengo que resolver muchos asuntos pendientes. Entonces me da igual volver ahora, y así puedo acompañarte adonde quieras.

Mientras Ahmed hablaba con Hessa, el resto de mujeres miraba la escena y se sonreían las unas a las otras. Lubna incluso se tapó con el *shaila* la boca, ya que parecía que iba a soltar alguna carcajada. Hessa sintió que se ruborizaba por momentos. Las muy ladinas. Ahora lo entendía todo: la obstinación de Lubna por que asistiera este año a la mezquita de Abu Dabi a pesar del trabajo que tenía, y también cómo habían llevado en secreto que este año asistiría Jalila con su familia y Ahmed, y ahora... Hessa las miró de reojo: el plan les había salido más que perfecto. Ahmed la acompañaría en su coche a Dubái. Mucho mejor que lo que las muy traidoras habían planeado. Estaba muy avergonzada por la situación tan evidente. Y su primo..., ¿lo sabía? ¿Acaso estaba conchabado? No, no, eso era imposible ¿Quizá había ido a ciegas como ella? O lo que era peor aún, ¿y si Ahmed pensaba que era ella la que les había pedido a sus primas que organizaran el encuentro entre ellos? Sintió que se moría de vergüenza.

Su primo llevaba un Jaguar XJ negro muy bonito, un coche de cuatro puertas que, según le explicó a Hessa, había escogido ese día para que su hija pudiera ir sentada detrás cómodamente. A Hessa le gustó comprobar que su primo era un padre responsable que velaba por la seguridad de su hija, no como otros hombres de su país que no le daban ninguna importancia a ese tema y, es más, que aseguraban que el mejor sitio para un niño eran los brazos de sus madres, de forma que si esta iba en el asiento delantero, allí iba el niño también. Ahmed le abrió a su prima la puerta y la mantuvo caballerosamente abierta hasta que ocupó el asiento de al lado del conductor. A la joven le agradó también esa actitud de Ahmed, ya que era atento pero no se comportaba como aquellos hombres conservadores que confinaban a las mujeres, si no estaban casados con ellas, en la parte de atrás de los coches, como si fueran camellos transportados en camionetas.

—Siento que haga tanto calor dentro, es que siempre me olvido de conectar el aire acondicionado con el móvil.

—No te preocupes, en un rato se notará más fresco.
—Y mientras se quitaba el velo porque se sentía muy acalorada y tenía miedo de marearse como le había pasado el día que fue a Ajmán, pensó que a ella también se le olvidaba muy a menudo.

Al desprenderse del *shaila*, su larga melena negra cayó como una cascada de azabache sobre su espalda. Esa mañana había dedicado mucho tiempo al secador y a la plancha y el resultado era excelente. Su primo no pudo evitar una mirada furtiva hacia la melena de Hessa, que parecía sacada de un anuncio de champú de esos que pasaban en la tele. Se quedó totalmente embelesado, abducido, ante tal maravilla. Hacía muchos años que no veía su melena al descubierto, quizá desde que eran niños, y entonces Hessa aún no llevaba velo. Realmente la guapa de su prima tenía un cabello precioso.

En el interior del coche, ella volvió a percibir ese olor a incienso y madera, ese olor a perfume masculino que tanto le había gustado el día que fue con *amm* Khwaja a su despacho. En ese momento le pareció más intenso. Hessa miró por el rabillo del ojo a su primo. Ahora entendía la razón de ese olor que impregnaba el auto. Ahmed no solo vestía un *massar* cubriendo su cabeza sino que llevaba la *kandora* típica omaní con la borla en el cuello impregnada de perfume. ¿Por qué su primo iba disfrazado de omaní? Aunque se moría de curiosidad pensó que no debía decir nada, no quería parecer una mujer fisgona y una metomentodo.

—¿Por qué vas vestido de omaní? —Justo lo que no quería decir salió de su boca, así, de forma repentina, sin poderse echar atrás. ¿Por qué ella, que era tan cautelosa y hábil cuando hablaba en los tribunales; ella, que medía tan bien sus palabras y su posible impacto cuando se trataba de sus clientas, por qué cuando estaba con su primo se portaba como una estúpida? Quizá le preocupaba que se produjeran entre ellos largos e incómodos silencios, por no tener un tema fluido de conversación. Las últimas veces que le había visto o hablado con él por teléfono, Ahmed no parecía muy conversador.

—¡Ah, te has dado cuenta! —exclamó mientras asomaba un conato de sonrisa en sus ojos melancólicos.

¿Acaso podía existir en el mundo algún emiratí que no se hubiera dado cuenta de eso?, pensó Hessa.

—Tiene una fácil explicación —siguió Ahmed, contento también de tener un tema del que hablar, pues no sabía muy bien ni de qué charlar ni cómo tratar a su bella prima.

Por una parte, era una mujer emiratí y no quería ofenderla con un trato excesivamente cercano y jovial, pero por otro, era una mujer independiente, una profesional de tomo y lomo, y tampoco parecía muy acertado tratarla con excesiva mojigatería. Además, parecía tener un gran carácter. Se encontraba un poco confuso en su presencia y en esos momentos también un tanto ridículo por vestir de omaní, porque no lo era. ¿Qué estaría pensando Hessa de él?

—He estado un par de días por asuntos de negocios en Omán. Estamos empezando a introducirnos en el mundo de los perfumes, ya sabes, allí producen el incienso de más calidad de todo el planeta. O al menos, así lo promocionan —puntualizó sonriendo.

Finalmente Hessa descubría por qué Ahmed olía tan bien. Debía de llevar un perfume de Omán, quizá un *Amouage*, el perfume a base de incienso reconocido como el más caro del mundo. Quizá se tratara de una novedad de esa marca, uno que quizá aún no estaba ni siquiera en venta.

—Son unos tipos muy simpáticos y amables los dueños de la empresa con la que hemos empezado a negociar, muy hospitalarios. Me invitaron a celebrar el *iftar* en su casa, con su familia, y me regalaron al marcharme un traje de allí. Y un vestido para Aisha, el que llevaba hoy. ¿Verdad que era bonito?

Hessa pensó que realmente era muy bonito pero que no parecía totalmente omaní, porque su ropa tradicional generalmente se hacía con telas de colores muy intensos y con mezclas muy estridentes, aunque las cuentas doradas y la pasamanería que lo adornaban sí que correspondían a la vestimenta tradicional del país vecino.

—A Aisha le hizo mucha ilusión el regalo y hoy se ha empeñado en que estrenáramos la ropa. Ha insistido tanto, le hacía tanta ilusión, que no me he podido negar. Mi hija ha pasado unos dos años en Estados Unidos, quizá eso no es tanto tiempo para un adulto, pero sí para una niña de su edad. Desde que volvimos todo es como si fuera nuevo para ella, como si lo descubriera por primera vez. Y ha insistido tanto, con tanta ilusión, que no me he podido negar, me encanta verla feliz.

—Tus padres deben estar muy contentos con vuestra vuelta —comentó Hessa animada por la fluidez de la conversación.

—Sí, claro, aunque esta mañana no les ha sentado muy bien que su hijo mayor y su nieta fueran vestidos de omaníes. Les ha parecido ridículo. —Sus ojos sonrieron abiertamente, reconociendo que a él mismo también se lo parecía—. Me reprochan que si Aisha no recuerda bien nuestras costumbres, yo debería facilitarle su aprendizaje y no confundirla más de lo que está. Yo creo que no es para tanto, todo esto, en realidad, carece de importancia.

Hessa pensó que los padres de Ahmed tenían parte de razón y que los emiratíes llevaban su ropa justamente para distinguirse de los demás, pero también le hizo gracia lo estrafalario que era su primo y lo dulce que parecía que era con su pequeña.

—Bueno, ¿y dónde quieres que te deje?

—Tengo que ir al Burj Khalifa. —Se calló de golpe y no añadió nada más al notar cómo su primo dejaba de sonreír y se ponía tenso al oír el nombre de la torre.

—Es por algo de la investigación, ¿verdad? Has encontrado algo.

Hessa le explicó el asunto de las fotos y las grabaciones.

—Sí, no es normal que aparezca el mismo hombre en fotografías tomadas en diferentes momentos de la tarde y además en diferentes lugares del *mall*. Eso es muy raro, en un sitio donde hay tanta gente yendo de aquí para allá, no puede ser fruto de la casualidad. ¿Y dices que esa cara te suena?

—Sí, yo diría que ese hombre estaba en una de las grabaciones del ascensor. Pero no estoy del todo segura. Ya sabes que muchos occidentales se parecen entre ellos. El caso es que quiero volver a revisar las grabaciones, pero antes tengo que llamar al director de Comunicación del edificio. Ayer fue muy amable conmigo y no me puso problemas para que pudiera ver todo lo que le pedí, pero no sé si hoy lo encontraré, es posible que al ser viernes no trabaje.

En efecto, en cuanto lo intentó, Maajid Al Numairy no le cogió el teléfono.

—No sé..., no quiero pensar mal, pero a lo mejor al ver mi número prefiere no cogerlo.

—Ten, llámalo desde mi teléfono.

Lo intentó con el teléfono de Ahmed pero nada. No contestaban.

—Es un truco demasiado conocido y hemos hecho las llamadas muy seguidas. Si no te lo ha querido coger, ya debe haber pensado que es otro teléfono tuyo o de un familiar. Trae, pásame el teléfono, que lo llamaré yo.

El director de Comunicación del Burj Khalifa tampoco contestó esta vez al tercer intento, pero Ahmed le dejó un mensaje. Le dijo quién era y le pidió que le devolviera la llamada tan pronto lo escuchara.

A los cinco minutos Maajid devolvía la llamada a Ahmed. Que le disculpara, no había podido contestar en ese momento, era un gran honor, ¡el hijo de Khwaja Al Falasi!, el tío de su esposa era muy amigo de su padre, estaba a su disposición para lo que quisiera, tenía el día libre porque era viernes pero iría inmediatamente al Burj Khalifa, no era ninguna molestia, lo atendería personalmente, ahora mismo salía hacia allá.

Atravesaron la planta baja del Dubai Mall para acceder a la entrada de visitantes del Burj Khalifa. Había bastante gente en el centro comercial, principalmente extranjeros, ya que a pesar de ser día festivo para los musulmanes, las tiendas del *mall* estaban abiertas. Cuando ya iban a entrar en el vestíbulo de la torre se encontraron a un amigo de Ahmed.

—*Marhaba* —dijo Ahmed haciendo un gesto con la mano para llamar la atención de su amigo, que parecía no haberle visto.

—*Marhaba*, ¿Ahmed? —contestó con sorpresa el otro, pues en un primer momento no lo había reconocido—. Pero, Ahmed, ¿por qué vas vestido de omaní? —añadió muy extrañado.

—Bueno, porque a mi hija Aisha le gusta —contestó Ahmed, y, aunque era la verdad, provocó una carcajada de su amigo, que creyó que bromeaba.

—Pero te falta la daga —continuó el amigo con ganas de provocar.

—La tengo pero no la llevo puesta —contestó intentando sonreír, aunque desde hacía rato no estaba para muchas bromas—. Oye, te tengo que dejar, que voy con mi prima a hacer una gestión.

El hombre entonces se dio cuenta de la presencia de Hessa, que se había quedado un poco apartada. La miró con mucho interés, quizá demasiado, de una forma un poco descarada, y Hessa bajó los ojos con recato. Luego, con un gesto rápido y elegante, se tapó un poco la boca con el velo que ya llevaba puesto desde que había bajado del coche. En realidad, lo que no quería era que los dos hombres notaran que se estaba muriendo de risa por sus comentarios.

—Está bien, id si tenéis prisa pero, Ahmed, recuerda que en cuanto acabe el Ramadán tenemos que continuar practicando el *khaleeji* para la boda de Raakin. Piensa que no nos va a quedar mucho tiempo...

—Sí, lo sé, lo sé. No lo he olvidado. Aún tengo el rifle en el coche desde la última vez que ensayamos y allí lo dejo de momento porque, tienes toda la razón, en cuanto se acabe el Ramadán tenemos que ponernos a practicar otra vez. Estoy tan desentrenado...

—No te preocupes, que esto es como montar en bici o nadar. Cuando se ha aprendido de pequeño, nunca más se olvida. Un poco de recordatorio y práctica y volverás a ser el mismo danzarín que eras en el colegio.

—Ya veremos —contestó Ahmed ya con el pensamiento en otro sitio.

Se despidieron cordialmente y Ahmed entró con su prima en la torre.

El señor Maajid Al Numairy los estaba esperando, muy nervioso y a la expectativa. ¿Por qué razón venía ahora la abogada de la familia Al Falasi con el hijo de Khwaja? Su peor pesadilla se estaba empezando a complicar aún más de lo previsto. Pero quería ser racional y analizar con frialdad la situación que tenía en esos momentos delante. Primero: había una mujer picapleitos en su despacho; segundo: iba acompañada del hermano de la joven que había fallecido hacía una semana en el interior de uno de los ascensores del edificio; tercero: era una familia muy influyente y conocida. Así que, evaluándolo objetivamente, ¿podían irle peor las cosas? Y por cierto, ¿por qué el hijo de Khwaja Al Falasi iba vestido de omaní? Quizá fuera la última moda y él no se había enterado. Naturalmente, eso es lo que era. Decidió que él también se compraría un traje típico de Omán en cuanto tuviera la ocasión. Él no era tan rico como la familia Al Falasi, desde luego, aunque vivía bastante bien, pero siempre había tenido claro que para prosperar tenía que copiar a los ricos, a esos esnobs como el que tenía ahora delante.

—Ustedes me dirán. ¿A qué debo el honor de su visita? —El nerviosismo y la falta de sueño no le dejaban pensar con claridad.

Esa mujer le había impedido hoy también hacer su siesta y además la noche anterior había estado rezando el *tarawih* hasta muy tarde. Esa oración voluntaria, que hacían los muy devotos por la noche durante el mes del Ramadán y que él solía hacer los jueves, ya que los viernes no trabajaba, le había dejado muy pero que muy cansado. Apenas había dormido un par de horas porque enseguida se tuvo que levantar para el *sahur,* y estaba realmente agotado. Había planificado una buena siesta para cuando volviera a su casa tras la oración en la mezquita, como hacía todos los viernes durante el Ramadán, pero no, esta vez no había sido posible porque ahí estaba Hessa Al Falasi para impedírselo. Pero... ¿por qué les había preguntado a qué se debía el honor de su visita? Que torpe había sido. No era una visita de cortesía, en absoluto, esa gente venía a investigar una muerte y de paso a hundirlo con sus investigaciones, mientras él se moría por un café, un café amargo y fuerte que le permitiera aclarar sus ideas. Pero para eso aún tendría que esperar unas cuantas horas.

Ahmed tomó la palabra antes de que Hessa empezara a hablar. La joven se sintió un poco molesta ante el hecho de que su primo le quitara protagonismo. Era ella quien estaba investigando el caso, era ella quien había detectado a un hombre que aparecía de forma repetida en las fotografías, era ella quien había revisado las grabaciones de los ascensores, y ahora, era ella quien creía que ese hombre había estado también en el ascensor. ¿Por qué se había adelantado Ahmed a hablar con el señor Maajid? ¿Creía su primo que ella era incapaz de manejar la situación? ¿La veía como a una pobre emiratí, con su *shaila* y su *abaya*, una mujer árabe que necesitaba la ayuda de un hombre para poder desenvolverse en situaciones complicadas? Ella no era como esas americanas independientes y desenvueltas que debía de haber conocido Ahmed. Se imaginó a esas americanas de costumbres un poco... ¿libertinas?, acompañando a su primo a fiestas y divirtiéndose con él. Cada vez estaba más furiosa.

—Señor Maajid —había empezado a hablar Ahmed con su voz grave, sin tener la más mínima idea de que su prima en esos momentos le odiaba y pensaba que era un juerguista y un casanova—, como ya sabe, nuestra familia quiere hacer una serie de comprobaciones en relación a la muerte inesperada de mi hermana Ameera.

Hessa intentaba no mirar a su primo para que no se percatara de lo enfadada que estaba, no pensaba darle ese gusto.

—Mi padre ha escogido a mi prima Hessa como la persona más idónea de toda la familia para realizar esas comprobaciones y, por lo tanto, la señora Hessa Al Falasi tiene toda la confianza de mi padre —enfatizó esta afirmación— y de toda nuestra familia. Para el asunto que tristemente nos ocupa, mi prima es la representante de la familia y la información que le pida se le debe fa-

cilitar como si fuera mi propio padre quien la solicitara.
Ahora la aludida se había quedado perpleja.

—Hoy he venido acompañándola por circunstancias que no vienen al caso, pero por favor, olvídese de mí y atienda las cuestiones que le plantee ella.

A Hessa ya se le había pasado el enfado y se sentía algo arrepentida por haber prejuzgado a Ahmed. ¿Por qué estaba tan sensible y nerviosa? Debía de ser por la regla, sí, claro, le tocaba la regla unos días después que a su hermana, o sea que estaba al caer. Inmediatamente el enfado se convirtió en azoramiento ante el discurso de su primo. ¿No se había pasado un poco diciendo todas esas cosas sobre ella? Respiró hondo para tranquilizarse y le solicitó a aquel pobre hombre volver a ver las grabaciones.

Pero ¿qué esperaba ver en esas malditas grabaciones?, pensó Maajid. Ya las había visto varias veces. Pero, bueno, como quisieran. Se las volvería a enseñar y a ver si esto se acababa de una vez por todas. A este paso no se podría tomar ni el *iftar* en paz.

Esta vez empezaron por la grabación de la subida del ascensor al mirador. Con un poco de suerte el hombre de las fotografías estaría allí y así evitaría a Ahmed el visionado de las escenas de la muerte de su hermana, pensó Hessa.

Y allí estaba Ameera, entrando en la cabina junto a sus amigas. Hessa miró de reojo a su primo y lo vio muy serio y tenso, le temblaba ligeramente la mandíbula. Era un trance muy duro para un hermano. Tendría que haberle pedido que se marchara al llegar a la torre y no la acompañara. No tendría que estar revisando esas imágenes. Pero ya era demasiado tarde para arrepentimientos y la joven volvió a centrar su atención en la pantalla. Al momento distinguió a un hombre con una gorra que entraba en el ascensor tras Ameera. No había ninguna duda posible: era el mismo que salía en las fotos. Vio cómo se situaba detrás de Ameera, al fondo de la cabina, para lo que tuvo que hacer que algunos visitantes se movieran ligeramente de los sitios que ya habían ocupado. El ascensor empezó a subir deprisa y todo el mundo centró su atención en el indicador luminoso que señalaba los pisos por los que iba pasando.

—¿Puede hacer un zoom? Me gustaría ver mejor la cara de mi prima. —Hessa creía haber percibido en la cara de la joven una expresión rara, pero era difícil de asegurar ya que en el interior del ascensor había poca luz, apenas unos destellos azulados—. Sí, así, gracias. Y ahora vuelva atrás. Eso. Congele la imagen, por favor. Sí, así.

¿Era verdad lo que veía o eran imaginaciones suyas? A su prima no se le podía ver el cuerpo en su totalidad al ser de complexión menuda e ir el ascensor lleno, pero se percibía con claridad que el hombre de las fotos iba completamente pegado a ella. Apenas se inició el ascenso la cara de Ameera mostró un gesto extraño, como de sorpresa, de sorpresa desagradable. Parecía que segundos después hacía algún intento de moverse hacia adelante, como queriendo huir de algo que venía de atrás, de donde estaba el hombre de la gorra. Pero todo fue en vano, porque los demás ocupantes le impedían cualquier intento de alejamiento.

Ahmed y Maajid pensaron lo mismo que Hessa: ese hombre le estaba haciendo tocamientos a Ameera aprovechando la situación de proximidad y la oscuridad del habitáculo.

El director de Comunicación del Burj Khalifa se sintió completamente hundido. Eso sí que no se lo esperaba: tocamientos en el ascensor del Burj Khalifa a una joven emiratí de una familia influyente del país. No estaba preparado para enfocar este asunto.

Los tres se miraron en silencio. El primero en hablar fue Maajid, que se estaba jugando mucho.

—Podemos averiguar quién es. No costará demasiado. Si compró la entrada a través de la web tendremos recogido su nombre, es un requisito de la compra *on line* y eso no se puede falsificar, porque al retirar la entrada en la taquilla se exige un documento identificativo. Revisaremos todas las ventas *on line* que se hicieron para la hora que subieron. No son tickets abiertos, se compran para una hora en concreto, o sea que no habrá problema. Lo revisaremos todo y daremos con él —dijo con el objetivo de anticiparse a las reclamaciones de la familia Al Falasi.

—Le agradecemos su colaboración, señor Maajid. —Hessa habló pausadamente y en plural, en nombre de la familia, de acuerdo al anterior discurso de su primo—. Pero no creo que vaya a ser tan fácil. Primero, dudo de que un hombre con malas intenciones comprara la entrada *on line* dejando todos sus datos registrados.

El señor Maajid estaba compungido, como un niño que es reprendido en la escuela por haber levantado el dedo para ser el primero en dar la respuesta a una pregunta del maestro, pero la respuesta, para su vergüenza, no es la correcta.

—Lo más probable es que comprara la entrada directamente en la taquilla —añadió la abogada—. De todos modos, sí que le agradeceré —ahora en cambio hablaba en singular, quería dejar bien claro que era a ella a quien debía darle todas los documentos y pruebas— que me facilite el listado de la gente que hizo la reserva *on line* y lo compartiré con la Policía para mayor seguridad, a ver si algún nombre corresponde con el hombre de la grabación. Les daremos también una de las fotos de ese hombre —dijo en voz alta pero en realidad era una reflexión para sí misma.

—¿Fotos? No sé si tendremos. —Maajid desconocía que Hessa tenía fotos del hombre de la gorra, nadie se lo había explicado ni se lo iba a explicar porque la joven permaneció callada—. Bueno, déjeme que averigüe a ver si se hizo fotos en el mirador. Hay un sitio donde las hacen como recuerdo, aunque muchos no se las llevan porque son muy caras. —Entonces se mordió la lengua. ¿Por qué estaba hablando ahora del precio de las fotos?—. Como son fotos digitales, se conservan durante un tiempo. Podemos revisar las que se hicieron en las horas posteriores a la subida del ascensor.

—Supongo que también hay cámaras de seguridad en el mirador, ¿no es cierto? —se le ocurrió a Hessa.

—Pues claro, señora Hessa, es uno de los lugares donde es más importante ubicarlas, sobre todo en la terraza, ya que aunque está prácticamente cerrada por la cristalera, un loco que fuera lo bastante ágil, y con esfuerzo, eso sí, podría salir al exterior del edificio e incluso tirarse. —Se arrepintió enseguida de sus palabras tan alarmistas. Porque... ¿cuántas veces había pasado? ¿Una desde el mirador? Y alguna otra, sí, pero desde unas plantas más arriba. Entonces ¿por qué había tenido que decirlo?

—Perfecto —contestó la abogada, a la que la posibilidad de que un loco se pudiera tirar desde lo alto del Burj Khalifa no parecía haberle afectado—, entonces le agradeceré que nos deje ver las grabaciones del mirador, las que se tomaron desde que el ascensor, en el que subieron mi prima y ese hombre, llegó a esa planta, y hasta que los dos bajaron, teniendo en cuenta que posiblemente lo hicieron en momentos diferentes.

—Claro, claro, eso no será ningún problema. Por favor, quédense aquí un momento, como si estuvieran en su casa, que yo vuelvo enseguida. Voy a poner en marcha el asunto de las fotos de recuerdo, el listado de la gente que compró los tickets a través de la web para esa hora y voy a pedir también el acceso a las grabaciones del mirador de aquel día —dijo repasando en voz alta todas las gestiones que tenía que resolver, no fuera a ser que con los nervios y el cansancio que sentía se le fuera a olvidar alguna.

Maajid no se entretuvo mucho y al poco rato estaba de vuelta en su despacho.

—Mientras vemos las grabaciones les irán preparando el listado de los nombres de la gente que compró las entradas para esa hora. —Utilizó el plural, ya que por mucho que dijera el hijo esnob de Khwaja Al Falasi, el director de Comunicación prefería dirigirse a él, al hombre vestido de omaní, y no a esa pesada metomentodo—. Eso no tardará mucho porque lo genera el sistema informático. Para el asunto de las fotos, ya tengo en este momento a una persona que las está revisando. Y ahora veamos las grabaciones. Como son varias las cámaras que graban imágenes de forma simultánea, ¿cómo preferirán verlas?

—También simultáneamente en la pantalla, si eso es posible. Así podremos verlo como si fuera a tiempo real —contestó rápidamente la abogada, mientras que su primo seguía en silencio.

—Sí, claro, entiendo. Ningún problema.

No les llevó mucho tiempo comprobar que, tan pronto como salió del ascensor de subida, el hombre de la gorra, el sinvergüenza de los tocamientos, se dirigió a los ascensores de bajada, sin importarle las magníficas vistas que el mirador ofrecía a esas horas de la ciudad, del mar y del desierto.

Por el contrario, el grupo formado por Ameera y sus amigas dedicó más de una hora a contemplarlas desde diferentes ángulos Se entretuvieron también con los prismáticos disponibles para los visitantes para observar, con más detalle, algunos de los edificios más emblemáticos de la ciudad, como el Burj Al Arab, el famoso hotel de siete estrellas de Dubái, y también La Palmera, la franja de tierra ganada al mar sobre la que destacaba el inmenso hotel Atlantis. Las jóvenes estuvieron haciéndose fotos entre ellas o autorretratos de las tres juntas.

A medida que avanzaban las grabaciones pudieron comprobar cómo Ameera se iba distanciando de sus amigas y se sentaba en uno de los salientes de los ventanales cercanos a la entrada de los aseos. Se la veía muy cansada y bostezaba continuamente, mientras las amigas seguían dando vueltas y más vueltas por el mirador. Al cabo de una hora larga cogieron el ascensor de bajada y desaparecieron del foco de esas cámaras y de las grabaciones.

Ya era suficiente. Habían descubierto que ese hombre de las fotos no solo subió en el mismo ascensor que Ameera sino que había abusado de su prima y que después, como no podía ser de otra manera, había salido huyendo, posiblemente a buscar otra víctima.

—Fotos del hombre no se han encontrado, lo lamento, pero han sacado una imagen suya a partir de una de las grabaciones de las cámaras de seguridad. No se ve muy bien, pero creo que a la Policía le servirá. Y el listado de los nombres, aquí lo tienen. Por favor, si necesitan algo más, si podemos hacer algo....

Ahmed y Hessa se despidieron de Maajid y salieron de su despacho.

Ya habían abandonado el edificio hacía un rato y Ahmed seguía sin decir nada, no había dicho ni palabra desde que salieron del despacho del director de Comunicación de la compañía gestora de la torre. Hessa, sin embargo, ya no se sentía incómoda ante su silencio porque a pesar de que había tratado poco a su primo, empezaba a sentirse unida a él debido a la extraña y trágica circunstancia que estaban compartiendo.

—¿Vamos a hablar con la Policía? ¿Quieres que vayamos ahora? —le preguntó por fin mientras caminaban lentamente por el centro comercial, muy lentamente, cómo si no supieran adónde dirigirse. Ahmed se detuvo y se quedó mirando a su prima—. Me gustaría acompañarte, si no te molesta. Todo esto está siendo horrible, cada vez es más... —añadió muy abatido, sin saber exactamente cómo calificarlo, mientras se llevaba la mano derecha a la cara y se frotaba el lado izquierdo del mentón en un gesto muy masculino de desconcierto y desánimo. Al final pensó que cada vez era más confuso y repugnante, pero no lo dijo, porque si lo verbalizaba aún sería peor.

Entonces Hessa lo miró, no por el rabillo del ojo como había estado haciendo hasta ese momento, sino de frente, algo muy poco usual entre dos personas de diferente sexo. Los dos se quedaron en silencio mirándose a los ojos, olvidándose de que estaban en un centro comercial rodeados de gente, y cada una de las dos miradas tristes y apesadumbradas se vieron reflejadas en la del otro. Así estuvieron un rato, sin decirse nada, mirándose a los ojos en silencio, ni mucho tiempo ni poco, ya que eso hubiera sido imposible de decir porque el tiempo no tenía nada que ver con todo aquello, y luego continuaron andando por el *mall*, aún más despacio que antes, porque ahora no solo seguían sin decidir hacia dónde ir, sino que además no se querían separar, aunque quizá de eso no fueran tampoco conscientes.

Cuando Hessa rompió el silencio, contestó a la pregunta que le había hecho Ahmed hacía ya rato, como si el tiempo no hubiera pasado.

—No, antes de ir a la Policía me gustaría revisar algo aquí, en el *mall*. Tenemos que ver las grabaciones de seguridad. Hay que averiguar por qué ese hombre salía en las fotos que tu hermana y sus amigas se hicieron aquella tarde antes de subir a la torre. Necesitamos conocer desde qué momento merodeaba cerca del grupo.

—Sí, tienes razón. Mira, tengo un amigo que está metido en el negocio del *mall*, así que déjame que le haga una llamada y seguro que no habrá ningún problema en que nos muestren esas grabaciones. —Ahmed parecía más animado, la perspectiva de realizar alguna actividad que pudiera ayudar a desenmascarar a ese cerdo le había dado nuevas energías, al igual que el plural usado por Hessa, que lo incluía en la investigación—. Luego, si quieres, te acompañaré a la Policía.

—Bueno, ya veremos... —Hessa, que había dado un paso al frente al implicar a su primo, ahora daba dos atrás, como si no se acabara de decidir—. Pero eso sí, llama a tu amigo, me gustaría ver las imágenes cuanto antes y mejor antes de ir a la Policía.

La influencia de la familia Al Falasi volvió a funcionar. La llamada del amigo les abrió todas las puertas del centro de seguridad del Dubai Mall y les facilitó el acceso inmediato a todas las grabaciones que necesitaran revisar, que seguramente iban a ser muchas.

Con la ayuda de un técnico indio, empezaron a examinar las imágenes desde el momento en que el hombre de la gorra entraba en el vestíbulo de la torre. Entonces retrocedieron en el tiempo para ver qué había grabado la cámara antes. Tal como habían imaginado, ese hombre asqueroso había pasado por la taquilla y comprado una entrada. Yendo más atrás en la grabación, se veía al tipo siguiendo a las jóvenes. Y así continuaron durante un rato, reconstruyendo marcha atrás el paseo de su prima y sus amigas y, al mismo tiempo, también el de ese hombre. Algunos de los puntos por los que habían pasado coincidían con las fotografías que le había enviado la amiga desde Londres.

Los dos seguían observando prácticamente en silencio las imágenes, que cada vez se alejaban más del momento de la muerte de Ameera. Parecía como si quisieran huir de ella y, de esta manera, devolverle la vida. Hessa, sin dejar de observar la pantalla, hizo varios intentos para comprobar cómo se encontraba Ahmed. Muy serio, lo volvía a ver muy serio y le temblaba el mentón otra vez, estaba siendo un día muy duro para él. Seguía petrificado ante las imágenes de las últimas horas de su hermana. En un momento dado, el grupo de las tres jóvenes emiratíes, con sus *abayas* y sus *shailas* negros, desapareció durante un rato debido a que habían entrado en unos lavabos del centro comercial. El acosador estaba fuera, un poco alejado, a la espera. Caminaba arriba y abajo, nervioso, de manera que, en ocasiones, por unos instantes desaparecía del campo visual de la cámara.

El técnico indio, tal como había hecho durante el recorrido anterior, cambió de grabación al detectar que el hombre de la gorra aparecía en la de otra cámara.

—¡No, no!, pero ¿qué hace? —preguntó Hessa sorprendida—. ¡Hemos perdido al grupo de mujeres!

—¿Disculpe? No la entiendo, si el grupo de mujeres sigue estando ahí —dijo congelando la imagen y señalando la pantalla—. ¿No las ve?

—Pero ¿qué dice? ¡No son esas!

—Sí, señora... —dijo desconcertado—. ¿No ve que es el grupo de chicas que seguíamos desde el principio...?

Hessa se dio cuenta de la causa del error del técnico. Allí, en aquella imagen, se podía ver delante del hombre de la gorra un grupo de tres mujeres emiratíes con sus túnicas negras y sus velos. Lo entendió al momento. Una de ellas llevaba una *abaya* parecida a la que vestía Ameera aquella tarde. Era una túnica negra, con unas mangas que se ensanchaban de forma exagerada a partir de la altura de los codos y que llevaba unos bordados dorados al final de las mismas. Ese bordado se repetía a la altura de la cintura y también recorría en vertical todo el largo de la *abaya* por delante. La *abaya* de Ameera era de un conocido diseñador internacional y era una prenda de un precio muy elevado. La otra era una copia sencilla, de menos calidad. Cualquier emiratí identificaría la diferencia entre las dos *abayas,* sin lugar a dudas.

—Vuelva, vuelva a la cámara del pasillo que enfoca la entrada a los lavabos. Ahora espere, espere a que salga el grupo al que seguíamos.

Aunque no entendía muy bien qué pretendía esa mujer, el indio no quiso entrar en discusiones y pinchó otra vez la cámara que le indicaba. Al momento aparecieron, marcha atrás, saliendo del lavabo, Ameera y sus amigas. El indio abrió la boca asombrado y se dio cuenta del error.

—Se confundió de grupo, está claro —le dijo Hessa a Ahmed en voz baja. No quería que el técnico la oyera.

Ahmed asintió.

—Yo creo que seguía al primer grupo pero porque ella iba con el grupo. Me refiero a que seguía a una mujer en concreto. —Hessa hablaba casi en susurros y acercó la cabeza más hacia su primo, notando otra vez el olor a incienso y madera—. Creo que seguía a la mujer que llevaba la *abaya* de las mangas anchas y bordados dorados. Esa *abaya* es una copia barata de la que llevaba tu hermana, ¿no te has dado cuenta?

—No, no me había fijado en eso.

La respuesta sorprendió a su prima, que momentos antes había pensado que la diferencia era obvia y tuvo que rectificar para sus adentros: cualquier mujer emiratí lo notaría, pero quizá no lo notaría cualquier hombre emiratí...

—Siga a este grupo un rato —pidió Hessa para comprobar que el hombre no las seguía antes de que entraran en los aseos.

En las imágenes se veía al grupo de Ameera caminando por el *mall* sin rastro de ese hombre.

—Pare, pare... ¿Sería posible ver simultáneamente en dos pantallas el recorrido de ese hombre por el *mall* a partir de ese momento y, por otra parte, el de este grupo?

Ahora el técnico estaba entusiasmado, aquello empezaba a ser muy divertido: seguir simultáneamente a dos grupos diferentes en el centro comercial más grande del mundo... Esos emiratíes iban a darse cuenta de lo hábil que era Pakshi, un *crack* de la tecnología.

Pasaron adelante y atrás las grabaciones durante mucho rato, reproduciendo el recorrido de unos y otros. Al final pudieron comprobar que el hombre indeseable, el hombre de la gorra, había seguido al grupo de las mujeres emiratíes desde que entraron en el Dubai Mall, donde ya aparecía detrás de ellas. Estaba también claro que Ameera y sus amigas fueron a los lavabos antes que el otro grupo y que, al salir, el hombre empezó a seguirlas a ellas mientras las otras continuaban en el interior de los aseos. Eran dos grupos de tres mujeres vestidas con *abayas* negras y *shailas* también negros que desde lejos podían ser confundidos.

Al abandonar el centro de seguridad del *mall*, Hessa y Ahmed se sentían un poco confundidos. ¿Por qué perseguía ese hombre a la otra mujer?

—Tendríamos que conocer su identidad, pero ¿te has fijado?, no se le ve bien la cara en ninguna de las grabaciones, el *shaila* se la tapa bastante. No sé cómo lo haremos para que la puedan identificar, quizá a través de sus acompañantes... Parece que se les ve mejor la cara.

—Hessa, ¿no viste que entraron en el acuario? Allí es posible que se hicieran fotos de recuerdo. Quizá entonces se retirara un poco el velo y podamos verle la cara. ¿Eso lo hacéis las mujeres, verdad?

—¿El qué?

—Lo de arreglaros cuando vais a posar para una foto —dijo Ahmed inocentemente.

Su comentario no fue muy bien recibido por Hessa. Así que sabía mucho de mujeres..., sí, seguramente sí que era un donjuán.

Pero su observación resultó muy sagaz y, de nuevo gracias a las influencias de su primo, tuvieron fácil acceso a las fotos del acuario. Tras pasar un buen rato revisando las que se habían hecho aquella tarde, localizaron las fotos de las tres emiratíes. Tal como había vaticinado Ahmed, la joven de la *abaya* sencilla se había arreglado el velo para fotografiarse y ahora sí que se le veía bastante bien la cara. Las tres mujeres se habían hecho unas fotos individuales en las que, tras un fotomontaje, aparecían subidas en una barca y perseguidas por las fauces del King Croc, el cocodrilo más grande del mundo, que tras ser capturado en Australia ahora se exhibía en el acuario de Dubái. Hessa hizo una foto de la mujer de la *abaya* barata con su móvil. Y con toda esa documentación, Hessa y su primo se dirigieron juntos a la Policía. Porque al final fueron juntos.

De camino hacia el departamento de Policía de Dubái, Hessa empezó a encontrase mal. Estaba comenzando a padecer los síntomas preliminares de una crisis de migraña. No era de extrañar ya que era su punto débil, padecía una migraña crónica que no se había podido controlar con ninguno de los medicamentos destinados a su prevención. Con el ayuno, la probabilidad de presentar un episodio aumentaba, así que cada año en algún momento del Ramadán, alguna que otra crisis hacía su aparición. Estaba deseando que el sol se pusiera y, con la ruptura del ayuno, poder tomar su medicación para aliviar un poco el dolor.

En la comisaría les hicieron pasar al despacho de un oficial de alto grado que ese viernes estaba de guardia. Su gran envergadura estaba enfundada en el uniforme oficial de la Policía de Dubái: camisa y pantalón beis, botas negras y gorra verde oscuro. En la camisa exhibía un montón de condecoraciones y galones, que Hessa, a pesar de su contacto frecuente con la policía en los tribunales, aún no había podido dilucidar si formaban parte del uniforme o se conseguían por los méritos en el desarrollo de su profesión. Desde el saludo, les trató de forma afable, aunque su complexión, el uniforme y su gran bigote negro podían llegar a imponer un poco. Para sorpresa de Ahmed, Hessa no dijo nada y fue él quien manejó la conversación con el oficial, que, al conocer su identidad, no pudo evitar mirarlo extrañado por su turbante omaní.

—Sí, señor Ahmed, tan pronto como identifiquemos

a esas dos personas contactaremos con usted. Con esas fotografías no creo que tardemos mucho en disponer de esa información.

—*Shukran*, aquí tienen mi teléfono. Esperamos su llamada en cuanto sepan algo.

Fuera ya había empezado a anochecer y a lo lejos se podía oír el canto de un muecín anunciando el final del ayuno de ese día. Al abrirle la puerta del coche, Ahmed le preguntó a su prima dónde quería que la dejara. Vio que tenía mala cara.

—Hessa, has estado muy callada, ¿estás bien?

—No mucho, pero no es nada, solo es un dolor de cabeza, lo que pasa es que es bastante fuerte, pero estoy acostumbrada, padezco migrañas desde hace muchos años. ¿Podrás parar en algún sitio para que me compre una botella de agua? Me tengo que tomar una pastilla, pero estaba esperando a que pudiéramos romper el ayuno.

—Claro, desde luego —contestó solícito, aunque se extrañó de que su prima no se hubiera tomado la medicación si la necesitaba, a pesar de que fuera Ramadán. Le habría bastado con recuperar el ayuno una vez que se acabara el mes sagrado o con hacer una donación para que comiera un pobre—. ¿Necesitas que vayamos a una farmacia? ¿O quizás a que te vea un médico? —preguntó Ahmed intentando hablar con voz suave.

—No, no... No hace falta. —Hessa agradecía el interés de Ahmed pero en esos momentos no deseaba que le hiciera preguntas, solo quería tomar su medicamento y que empezara a hacerle efecto. Solo quería eso.

—Está bien. Enseguida encontraremos un sitio... Mira, esa misma gasolinera. Pararé un momento y luego te llevaré a tu casa.

—Si no te importa, después de comprar el agua llévame a casa de mis padres. Quiero ver a mi abuela porque hoy no se encontraba bien. ¿Te acuerdas dónde es?

—Sí, sí, me acuerdo. No tardo ni dos minutos —añadió mientras bajaba del coche apresuradamente para comprarle la botella de agua.

Hessa, a pesar de sentir unas ligeras náuseas y con un dolor pulsátil que le atravesaba de forma rítmica la frente, miró en la dirección hacia donde se dirigía su primo y no pudo evitar sonreír para sus adentros. Casi había olvidado lo que se sentía cuando se recibían atenciones de un hombre que no fuera el propio padre, y, además, de un hombre tan atractivo, y la sensación le gustó. Le gustó mucho.

Ahmed volvió enseguida con la botella de agua y con una pequeña bandeja de dátiles. No eran de los mejores, se excusó, pero eran los únicos que había en la tienda, quizá le sentaría bien tomar algo dulce, un poquito de azúcar. Hessa se comió uno para no hacerle un feo a Ahmed y luego con un sorbo de agua se tragó su pastilla. Ahora debía esperar unas dos horas a que le hiciera efecto. Habitualmente era así. Ahmed condujo en silencio hacia la casa de sus padres, no porque no tuviera de qué hablar en esta ocasión, sino para no molestarla, mientras que Hessa, que no había tenido tiempo de llamar antes, no sabía qué se encontraría en casa de sus padres y eso la inquietaba.

—Si quieres, te espero mientras visitas a tu abuela y luego te acompaño a tu casa.

Desde que Hessa le había dicho que tenía migraña, Ahmed hablaba en voz muy suave y muy bajito, lo que le costaba conseguir debido a lo grave que era su voz.

—Eres muy amable, pero no es necesario. No sé cuánto rato me quedaré y ya me acompañará mi padre o, a lo mejor, me recoge Lubna cuando regrese de Abu Dabi.

—Como prefieras. —Se quedó callado.

—Ya hablaremos. —Hessa estaba pensando que su primo se había convertido en el contacto de la Policía, sería a él a quien llamarían para darle la información, y eso no le gustaba, pero se sintió incapaz de hablar más para aclararlo.

—Hessa, me llamas si necesitas algo.
—*Shukran. Ma'as salama*, Ahmed.
—*Leila saida*, Hessa. Que te mejores.

La criada no salió a abrir la puerta y Hessa tuvo que utilizar su llave, que aún llevaba siempre consigo.

La casa de sus padres estaba prácticamente a oscuras y había un silencio sepulcral. Parecía que se estuviera velando a un moribundo. Encontró a su madre medio dormida en el sofá delante de la televisión, que tenía el volumen muy bajo.

—*Mama, mama...*
—¡Ay, hija, qué susto! ¿Cuándo has llegado?
—¿Estás sola? ¿No hay nadie más?
—Tu padre ha ido a comprar unos dulces para el *iftar*.
—¿Y la abuela?
—Mejor, ahora ya está durmiendo. Vino el médico y la miró bien y al parecer tiene una infección de orina, una cistitis, nada importante. Le ha dicho que nada de ayuno, que tiene que beber muchos líquidos. Además, le ha dado antibióticos y un medicamento para que no le duela cuando haga pis.
—Entonces, se pondrá bien, ¿no?
—Claro, claro. Es lo de siempre, ya sabemos que el riñón es su punto débil, como le pasa a mucha gente de su edad. Tantos años sin apenas beber y cuando bebían se tomaban aquella agua tan salada, tan mala para la salud... No entiendo cómo a veces son tan nostálgicos con el pasado, con todas aquellas penurias que pasaron. Si quieres, ve a verla, pero no la despiertes, que descanse, y además así descanso yo también, que estoy molida de atenderla todo el día, a ella y a la casa.

—¿Y dónde está Marie Jo? Los viernes no es su día de fiesta.

—Hessa, ¿no te acuerdas? —preguntó su madre un poco desconcertada ante el despiste de su hija—. En julio se va de vacaciones a Filipinas.

—Es verdad, ya estamos en julio. Qué rápidos pasan los días. Pero ¿la agencia no te ha enviado a otra? —preguntó extrañada.

—Pues verás, la suplente, la que viene cada año, se puso enferma, fíjate qué mala suerte, y entonces me tenían que buscar otra, así que he decidido no coger ninguna sustituta porque entre que me encuentran una y aprende, ya ha llegado Marie Jo.

—¡Sí que deberías coger una!, ¿cómo vas a estar sin criada? —le cuestionó Hessa muy preocupada.

Para un país en el que la media de personal de servicio doméstico que se tenía era de dos personas por hogar, no disponer ni siquiera de una criada resultaba del todo inconcebible.

—Tendrás mucho trabajo... ¿Cómo lo vas a hacer todo tú sola? ¿Cómo te las vas a arreglar? Y *mama...*, ¿tú sabes hacer las cosas de la casa?

Hessa nunca había visto a su madre cocinar, limpiar, lavar la ropa, plancharla o coserla. *Umm* Baasir, la abuela de la joven, en no pocas ocasiones se quejaba de lo inútiles que eran las mujeres de la generación de sus nueras, no sabían hacer nada sin la ayuda de las criadas. Pero Hania, al igual que la mayoría de señoras de su edad, había vivido su juventud en pleno auge económico del país gracias al desarrollo del negocio del petróleo, y pasó bruscamente de una niñez con carencias a ser una jovencita recién casada que no tenía nada que hacer pues todo el trabajo recaía en las cocineras y criadas que se contrataban.

—Bueno, bueno, no te preocupes, tampoco es para tanto. Hoy es porque la abuela se ha encontrado mal y los ancianos se vuelven como niños, pero... —Se quedó mirando con atención a su hija—. Hessa, no tienes buena cara. ¿Qué te pasa, hija? Vamos, quítate la *abaya* y ponte cómoda.

—No, *mama*, me voy a ir, que se hace muy tarde y me duele la cabeza.

—Eso es que te va a venir la regla.

Su madre tenía razón ¿Por qué las madres lo sabían siempre todo? Era su migraña premenstrual y en esta ocasión se había visto agravada por las horas de ayuno. Así que era más que probable que enseguida el dolor abdominal la avisara de que la regla había llegado ¿Por qué su cuerpo tenía que dar tantas señales de alerta ante un proceso tan natural?

—Hessa, Hessa..., ¿por qué nunca me haces caso, hija? Si rezaras más a menudo el versículo 47 del capítulo 25 del Corán, como ya te he dicho muchas veces, no tendrías tantos dolores de cabeza, eso lo sabe todo el mundo. Pero tú nunca me haces caso... En fin... Ahora te tomas la pastilla, que ya es hora de romper el ayuno, cenas y duermes aquí. Lubna se queda con Mona en casa de Fawaz esta noche, ¿no lo sabías? Me dijo que te iba a mandar eso, ¿cómo se llama?, eso del móvil. Así que tú quédate aquí, con tus padres, que yo te cuidaré.

Hessa se quitó el velo y la *abaya* y se acomodó en el sofá junto a su madre y al momento esta la abrazó y le dio un beso en la frente. La joven entonces se acordó de lo incómodo que era ese sofá. Lo había comprado su madre porque según ella era muy clásico y elegante. Era de esos que tenían en los reposabrazos una pieza de madera alrededor de la tapicería y cuando uno se estiraba se le clavaba en la cabeza. La madera, que no solo bordeaba los reposabrazos sino también el respaldo del sofá, estaba muy trabajada y lucía un acabado dorado, de estilo palaciego. Estaba tapizado con una tela de un tono salmón con rayas beis y doradas, a juego con la tapicería de las sillas que había alrededor de la mesa del comedor. Las cortinas del salón, que lucían unos volantes horrorosos en la parte superior, donde se unían al techo, eran lisas también de color salmón, pero el acabado brillante de la tela, unido a que eran de un tono más intenso que las tapicerías, no dejaba indiferente a nadie que entrara en la sala. Y la mesa..., quizá ganaba al resto en poco gusto: muy ostentosa, de cristal, con un pie de mármol muy trabajado, que se exhibía con todo su esplendor bajo el sobre transparente. Todo era tan falso y pasado de moda..., pero Hessa se sintió de repente muy feliz de estar allí.

—Así tomaremos el *iftar* los tres juntos. Tu padre se pondrá muy contento de que cenes con nosotros, con el día que hemos pasado. Y él me tiene un poco preocupada, lo veo tan cansado, Hessa, tan cansado... Cualquier pendiente o escalera que tenga que subir le cuesta muchísimo. A ver si le convences de que vaya al médico, porque lo que es a mí no me hace ningún caso. Por favor, habla con él esta noche. Acuérdate de decirle....

Pero las primeras palabras de su madre habían actuado como un bálsamo en la mente y en el corazón de Hessa. Volvía a ser pequeña, una niña sin preocupaciones porque eran sus padres los que se ocupaban de todo. Las palabras de su madre le sonaban como una nana cantada en una jaima del desierto y ya no pudo seguir oyendo sus temores respecto a Baasir porque se quedó dormida en sus brazos. Y así siguió, dormida, hasta que llegó su *baba* con la bandeja de dulces.

Capítulo 9

4 de julio

—¡*D*espierta, Hessa!, date prisa, ¡despierta, hija!

—¿Es ya la hora del *sahur*? Ay..., déjame, déjame seguir durmiendo, *mama*, que hoy no haré el ayuno, me vino la regla anoche.

—Déjate de reglas, hija. ¡Corre, llama a una ambulancia! *Wallah!*, ¡date prisa, Hessa! —La voz de Hania sonaba angustiada.

—¿Qué pasa, *mama*? —Se incorporó de golpe—. ¿Es la abuela? ¿Está peor?

—No, hija, no es la abuela. Es tu padre, está muy mal, creo que le está dando un ataque al corazón. *Wallah!*, ¡date prisa!

Hessa saltó de la cama y, debido al susto que había recibido estando aún medio dormida, un escalofrío atravesó su cuerpo, y empezó a temblar mientras se dirigía corriendo a la habitación de sus padres.

Al llegar vio a su padre sentado en la cama con las piernas colgando, estaba muy blanco y sudaba tanto que el pijama y la sábana estaban empapados, como si se hubiera vertido una jarra de agua sobre ellos.

—*Baba*, ¿qué te pasa?

Aunque a Baasir le costaba hablar, con esfuerzo dijo que en el cuello y el pecho sentía un peso, un dolor que le oprimía muy adentro, mientras se señalaba con la mano derecha el lado izquierdo del tórax.

—Te pondrás bien, Baasir, te pondrás bien, todo se arreglará, Baasir —repetía Hania sin cesar mientras le acariciaba sin saber qué más podía hacer por su marido.

Hessa volvió corriendo a su habitación para buscar el móvil y marcó el número de urgencias. Al oír los síntomas que explicaba la joven y la edad de su padre, aunque no tenía antecedentes de enfermedad cardiaca ni de ninguna otra, desde el *call center* de urgencias le aseguraron que llegarían en un momento. Le indicaron que, mientras esperaban a los servicios médicos, su padre no debía moverse ni hacer nada y que ni mucho menos se les ocurriera llevarlo a un hospital por sus propios medios, ya que posiblemente iba a necesitar ser trasladado en una ambulancia medicalizada.

—*Mama*, ¿tienes nitroglicerina en el botiquín del baño?

—Hija, ¿que si tengo qué?

—Nitroglicerina —repitió Hessa con toda la paciencia de que fue capaz.

Se había acordado del infarto que tuvo su suegro en vida de su marido. El médico, una vez que hubo pasado todo, y cuando ya dio de alta al paciente, le recomendó tener un *spray* de nitroglicerina. Era un medicamento que dilataba los vasos sanguíneos y que podía salvar la vida de una persona cuando se manifestaban los primeros síntomas de un infarto. Se aplicaba en la boca, y así el medicamento pasaba directa y rápidamente a la sangre, y al llegar a las coronarias estrechadas, las dilataba y mejoraba la irrigación del músculo cardíaco.

—Pero, hija, ¿eso que dices no es para fabricar bombas? En casa nunca hemos tenido de eso.

—Es también un medicamento, pero olvídalo, no pasa nada. —Se sentía culpable. ¿Por qué no les había organizado un botiquín a sus padres con todas esas cosas que podían ser útiles y salvar la vida a las personas mayores?

—Hessa, ¿y no tenemos otro medicamento que le

pueda ayudar? —preguntó su madre esperanzada. Al parecer, su hija sabía mucho de enfermedades.

—Aspirina. Vamos, corre, trae una aspirina. —También lo había recordado: a su suegro le dieron aspirinas para disolver los coágulos que se formaban dentro de las coronarias y las taponaban.

—¿Aspirinas? Pero si me dijiste que nunca más comprara aspirinas, que eran muy malas para el estómago. Me dijiste que cuando nos doliera algo tomáramos ibuprofeno y es lo que compro. ¿Traigo un ibuprofeno?

—No lo sé, *mama*, no creo que el ibuprofeno sea adecuado, déjalo, no la vayamos a liar, esperaremos a que llegue la ambulancia. Ellos sabrán qué hacer. Pero arréglate un poco porque casi seguro que lo trasladan al hospital.

No hubo tiempo para muchos arreglos porque afortunadamente la ambulancia llegó enseguida. En cuanto oyeron el timbre de la puerta, Hania se cubrió con una de sus *abayas* y un velo. Hessa se fue corriendo a su habitación de soltera y volvió echando chispas.

—Por Alá, que no encuentro mi *abaya*.

—Coge una de las mías, que yo abriré al médico.

Hessa cogió la primera *abaya* que vio en el armario de su madre y se la puso antes de que entraran los sanitarios en la habitación de sus padres. Era inmensa, como dos veces más grande que las que solía llevar ella. Cogió también el primer velo que encontró y se cubrió.

Entraron un médico, una enfermera y un sanitario. Todos vestían el mismo uniforme: pantalón azul oscuro, camisa blanca de manga corta y chaleco azul eléctrico. El conductor de la ambulancia se había quedado esperando dentro del vehículo. En cuestión de unos instantes ya habían montado un pequeño hospital de campaña en la habitación de Baasir. La enfermera le tomó la presión y le colocó una pinza en el dedo para controlar la cantidad de oxígeno que le llegaba a la sangre y rápidamente empezó a colocarle unos electrodos por todo el cuerpo para realizarle un electrocardiograma. El médico, mientras tanto, lo auscultaba. En cuanto tuvieron el resultado del electrocardiograma, la enfermera le puso una vía endovenosa y le empezaron a suministrar un suero y varios medicamentos a través de ella. Tampoco faltó la administración de nitroglicerina que un rato antes había sugerido la joven a su madre.

—Baasir, ahora nos tiene que decir la intensidad del dolor. Del uno al diez, ¿cómo diría que es de fuerte ahora?

Así estuvieron un rato, administrándole medicamentos y monitorizando el alivio del dolor que conseguían con ellos. Finalmente parecía que el dolor había disminuido significativamente y Baasir ya no sudaba y su palidez también había mejorado.

—Señora. —El médico se dirigió a Hessa, tal vez porque pensaba que iba a entender mejor la información—. Todo apunta a que su padre ha tenido un infarto.

Al oír esta palabra el helor volvió a invadir el cuerpo de la joven y empezó a temblar otra vez.

—Ahora lo hemos estabilizado, sobre todo la tensión arterial, que nos tenía muy preocupados porque estaba bajando mucho, pero hay que trasladarle al hospital para que lo acaben de tratar y estudiar, ¿de acuerdo?

—Pero ¿se pondrá bien?

—Estamos haciendo todo lo que está en nuestras manos para que así sea —contestó el médico, que parecía que había aprendido una serie de frases ambiguas que le evitaban dar malas noticias y también lo liberaban de cualquier compromiso.

—Señora, ¿quién nos va a acompañar en la ambulancia? —preguntó el sanitario. Era un hombre práctico, ahora no había nada más que hablar ni que hacer en esa casa y lo más importante era trasladar a ese señor al hospital.

—¿Vamos las dos, Hessa? ¿Tú crees que podemos dejar a la abuela sola?

—*Mama*, la abuela duerme, así que la dejaremos sola. Iremos las dos, pero... si quieres, te quedas aquí, que ya te informaré de lo que me digan en el hospital.

—Ni pensarlo —contestó su madre de forma tajante—. A donde vaya tu padre, voy yo.

—Está bien, iremos las dos —comunicó Hessa al sanitario, que ya había puesto a Baasir en una silla de ruedas.

—Pero en la ambulancia solo cabe un acompañante —aclaró el hombre.

—Pues ve tú con ellos, *mama*. Yo cogeré el coche de *baba*.

—Hija, coge la llave que está en la entrada, encima del mueble de cajones. Ahí es donde suele dejar las llaves tu padre.

—¿A qué hospital lo llevan? —preguntó Hessa.

—Tenemos un seguro médico, voy a ir a por la tarjeta... —empezó a explicar Hania.

—Deje, no hace falta. Estos casos hay que llevarlos a un hospital del Gobierno, son los que están mejor preparados para manejarlos —le dijo el médico a Hania sin dejar que acabara de dar la información sobre la aseguradora.

—¿Y a cual lo llevan? ¿Al hospital Rashid? ¿Al Dubai? —Mientras hacía la pregunta, Hessa buscó con nerviosismo las llaves del coche de su padre entre varios manojos.

—En principio, al Rashid, pero tengo que llamar desde la ambulancia para que me lo confirmen. Lo mejor es que nos siga con su vehículo, señora.

—De acuerdo, voy corriendo a sacarlo del garaje.

Nunca había conducido el coche de su padre, y esto sumado a los nervios y a la prisa, provocó que Hessa no pudiera evitar hacer una rascada en la carrocería al subir por la rampa. ¡Menuda bronca le echaría su padre, con lo que cuidaba él su coche! Pero eso es lo que deseaba con todas sus fuerzas, que dentro de unos días estuviera en casa otra vez, ya recuperado, y le echara esa regañina. *Inshallah, inshallah.*

A Baasir ya lo habían instalado en una camilla que introducían en ese momento en una de las ambulancias tan características de Dubái, con sus colores blanco y azul, y el trazo de un electrocardiograma dibujado en rojo. Aunque era muy entrada la noche y había muy poco tráfico en la ciudad, activaron la sirena y no tardaron mucho en llegar al hospital Rashid. El médico bajó rápidamente de la ambulancia y habló con el profesional sanitario que se encargaba de determinar la gravedad de los enfermos que acudían a urgencias y establecía el grado de prioridad en la atención médica. El nuevo equipo médico que ahora se iba a hacer cargo de Baasir volvió a hacer a su familia las mismas preguntas que les habían hecho ya en su casa, para mayor seguridad: que si los antecedentes médicos, que si las alergias, que si cuando había empezado el dolor... hasta que se lo llevaron por un pasillo que acababa en una puerta de color azul, doble y abatible. Hessa y su madre, al ver desaparecer a Baasir por esas puertas, se quedaron desoladas. Quizá fuera la última vez que le veían con vida.

—*Mama*, voy a llamar a Fawaz, aún no les hemos dicho nada.

Hessa no solía llamar a su hermano, habitualmente se comunicaba con su cuñada Rawda para cualquier cosa que atañera a la familia, pero esto era muy grave y afectaba a su padre, por lo que tenía que hablar directamente con su hermano mayor. En esos momentos las decisiones importantes sobre la familia pasaban a ser su responsabilidad.

Se alejó un poco de la sala de espera. Prefería que su madre no oyera la conversación con su hermano porque con él tenía que ser muy sincera.

Fawaz se llevó un buen susto.

—Hessa, vamos inmediatamente para allá. Ya se lo

decimos a Lubna nosotros, se ha quedado esta noche aquí en casa, y Rawda ya se encargará de avisar a *amm* Muhazaab. Tú no te preocupes de nada más y cuida a *mama*. Si hay algún cambio me llamas inmediatamente, pero estaremos allí en un momento.

De repente a Hessa le entró miedo porque su hermano era muy dado a correr por la autopista.

—Fawaz, sobre todo no corráis. Vosotros no podéis salvarle la vida, *baba* está ya con buenos médicos que le están atendiendo, así que venid con cuidado, sin prisa. ¿Me lo prometes?

—No te preocupes, no correré. Nos vemos en un rato.

—*Inshallah*, Fawaz.

Cuando los hermanos de Hessa y su cuñada Rawda llegaron al hospital, las dos mujeres llevaban más de una hora esperando pero aún no sabían nada. Fawaz empezó a malhumorarse y tomó enseguida cartas en el asunto dirigiéndose al mostrador de información de urgencias para exigir información de forma inmediata. No tardó en salir un médico vestido con un pijama blanco por las puertas dobles abatibles, las mismas por las que una hora antes había entrado su padre.

—Bueno, bueno, vamos a ver. Primero de todo y para que estén más tranquilos, su padre está estable, lo cual es muy buena noticia en estos casos. Pero ha sufrido un infarto y eso, como deben imaginar, es un problema muy grave. Ahora, aparte de esperar el resultado de las pruebas y valorar la conveniencia de hacerle un cateterismo, habrá que ver la evolución porque las primeras horas tras un infarto son muy delicadas, el corazón, a veces, empieza a hacer el loco, se descontrola, me refiero a arritmias y esas cosas. Le hemos ingresado en la unidad de cuidados intensivos ya que no tenemos camas libres en la Unidad de Coronarias. Ahora lo podrán ver un momento, pero luego les darán el horario de visitas de la UCI. Ya verán que es un horario muy estricto y limitado, para el beneficio y descanso de los pacientes ingresados, que hay que respetar. También les darán los horarios de la información médica.

Todos, dentro de la seriedad de la situación, se quedaron un poco más calmados con las palabras del médico. Ahora se repartirían por turnos para entrar a verlo. Era un momento de crisis familiar y la jerarquía se impuso: primero entraría Fawaz, como jefe de familia suplente; Lubna, como hermana mayor y Hania, la consorte del ingresado. Hessa y Rawda entrarían en el segundo turno. Hessa se tuvo que conformar un poco a regañadientes, aunque en el fondo temía entrar, ya que nunca había estado en una UCI y la angustiaba lo que podría ver allí dentro. No habían pasado más de diez minutos, cuando el primer grupo salió tras su visita a Baasir. A Lubna se la veía un poco afectada y unos lagrimones resbalaban por su cara; la madre, sin embargo, parecía fuerte y entera después de la visita a la UCI; Fawaz no expresaba ninguna emoción, ni buena ni mala, porque así solía ser él, un hombre muy contenido. Y ahora les tocaba el turno a Hessa y a su cuñada Rawda.

Hessa entró con aprensión. Las instalaciones de la UCI del hospital se habían renovado y ampliado recientemente y se asemejaban a las de cualquier área de vigilancia intensiva de un hospital de tercer nivel. Una gran sala, con un control de enfermería situado estratégicamente, acogía los boxes separados entre ellos por unas cortinas que, en general, siempre estaban corridas. Por el contrario, las que los separaban del centro de la sala solo se cerraban en momentos clave en los que había que preservar la intimidad ya muy maltrecha de los pacientes. Además, había un par de habitaciones con puertas de cristal que esa madrugada no parecía que albergaran a ningún enfermo. No era hora de visitas, por lo que solo el personal sanitario y los pacientes ocupaban la sala. Había mucho silencio, aparentemente todos los ingresados dormían, y aunque era de madrugada, posiblemente se debía más a que estaban sedados que a lo avanzado de la hora. Hessa fue directa a buscar el número del box que les habían indicado y evitó mirar hacia cualquier otro, pero el solo ruido de las máquinas que mantenían con vida a algunos de los que allí yacían ya le provocaba pavor. Afortunadamente, no les costó encontrar a su padre. Baasir llevaba el pijama azul de la UCI, uno de esos de manga corta con una abertura por detrás para facilitar el aseo y las manipulaciones de los enfermeros. Tenía los ojos cerrados y parecía que dormía, incluso se diría que dormía plácidamente, aunque se le veía muy frágil y envejecido. Era curioso, pero así era, una enfermedad podía provocar que en pocas horas se manifestara toda la vejez que un cuerpo podía haber escondido durante mucho tiempo. No estaba intubado, para alivio de Hessa, pero le habían colocado una mascarilla de oxígeno, unos electrodos para monitorizar el ritmo cardíaco, una pinza en el dedo para controlar el nivel de los gases en sangre y una vía en una vena del dorso de una mano conectada a un suero que se iba vaciando lentamente. Hessa y Rawda no lo besaron para no despertarlo, pero le acariciaron esa mano, que era la única que asomaba por fuera de la sábana. A ambas se les empañaron los ojos al ver así a Baasir.

Cuando salieron de la UCI, Rawda intentó animar a su prima diciéndole que veía bien a su padre y que estaba segura que se recuperaría. Para hacerla reír un poco, le comentó que, en cambio, a ella la veía fatal.

—¡Cómo vas! ¿Tú te has visto? Estás hecha un adefesio con esa *abaya* que llevas. Es de la abuela, estoy segura, la he reconocido. ¿Y qué llevas debajo? ¿El pijama? ¿De verdad que vas en pijama?

Hessa no pudo evitar sonreír, pero le duró poco al encontrarse a su madre llorando fuera.

—Se pondrá bien, *mama*, se pondrá bien, estoy convencida, ya verás —empezó a consolarla.

—No es eso, no es eso —se lamentó la madre limpiándose las lágrimas con un pañuelo que le acercó su hija Lubna.

Fawaz y Lubna se miraron enfrentados, como en un duelo. Al final, ella acusó a su hermano de ser el causante del estado de su madre y fue como cuando eran niños, los hermanos culpándose los unos a los otros cuando había algún conflicto.

—Es que *mama* se ha disgustado porque Fawaz dice que esto no puede seguir así. Que *baba* ya no puede trabajar tanto, que si sale de esta tendrá que dejar las tiendas.

Igual que en su niñez: Lubna haciendo de acusica de su hermano. Pero en ese momento, en la sala de espera de urgencias del hospital, la madre, a diferencia de lo que solía ocurrir en el pasado, cuando se ponía de parte de Fawaz, el hijo varón, el mayor y el único, el que se salía siempre con la suya, estaba ahora muy enfadada con él y discrepaba rotundamente de lo que estaba dispuesto a hacer.

—Pero ¿cómo va a dejar las tiendas si son su vida? ¿Y dices que lo haces por su salud, por su bien? Si tiene que venderlas se morirá y serás tú, tú quién le habrás matado —acusó a Fawaz entre sollozos mientras los demás permanecían callados—. Y a tu abuela también. Si Baasir tiene que vender las tiendas, se morirán los dos. Esas tiendas son nuestra historia y, más aún, la historia de nuestra familia. Debería darte vergüenza, hijo. Debería darte vergüenza acabar de un manotazo con todo el esfuerzo y sacrificio que hay detrás de esas tiendas.

Algo así era de esperar. Pasaba en todas las familias y, por lo tanto, también en la familia Al Falasi. Esto era así, incluso en las que se llevaban bien y se querían. ¿Qué era una familia sino un grupo de gente que vivía en un equilibrio muy inestable, entre tanta dosis de amor, de visceralidad, de cercanía, de mezclas de intereses comunes e individuales, de celos y envidias, de excesivo conocimiento mutuo y de los puntos débiles de los demás? ¿Alguien se podía sorprender, entonces, de que en cuanto algo alteraba ese equilibrio tan frágil, como era la enfermedad de uno de los miembros y más aún del jefe de la familia, se desencadenara una crisis repentina, con enfados, acusaciones, llantos y malos entendidos?

—¿Tú sabías que están sin criada y que la abuela está en estos momentos sola en casa con una infección urinaria? ¿Y sabías que mi padre ya hacía días que no se encontraba bien y nadie nos había dicho nada? Esto es un desastre, Rawda, un auténtico desastre. —Mientras le explicaba la situación familiar a su mujer, el enfado de Fawaz iba disminuyendo para convertirse en cierta vergüenza por haber hecho llorar a su madre en unos momentos tan difíciles, y también en tristeza por todo lo que le estaba pasando a su padre. Al final, los sentimientos y emociones tenían que aflorar, incluso los de un hombre que se contenía en expresarlos.

—*Wallah!* Yo no sabía nada de todo esto. *Amma* Hania, ¿por qué no nos lo has dicho? Te habríamos ayudado.

—Pues es que no os quería ni molestar ni preocupar. —Hania volvió a llorar.

Rawda se compadeció de su suegra, a la que quería muchísimo, y si alguien podía calmar a Fawaz y hacerle entrar en razón era ella.

—Vamos, tía, no llores, no llores más, que todo se va a arreglar —le dijo con voz dulce mientras la abrazaba—. Además, mi madre tampoco nos ha dicho nada y eso que ayer estuvo en vuestra casa. Ella también nos podría haber avisado y también podría haber ido esta madrugada a acompañar a la abuela cuando habéis venido al hospital y ahora no estaría sola.

Rawda era una mujer con gran sentido de la justicia y reconocía el gran papel que hacía su suegra con la abuela, que además no era una mujer fácil de manejar. Siempre había estado a su cargo porque era la mujer del hijo mayor, pero Latifah, su madre, era también nuera de la abuela y tenía que asumir sus responsabilidades y ayudar más a su cuñada.

—Si es que no hemos tenido tiempo para nada. Ha sido todo tan precipitado... No hemos llamado a tus padres, al único que ha llamado Hessa es a Fawaz y él dijo que se encargaría de llamar a los demás. —Fawaz se sintió avergonzado porque con las prisas se habían olvidado de dar la noticia a sus tíos.

—No te preocupes más, *amma* Hania, no le des más vueltas. Como hemos dejado a los niños con las criadas, esta misma mañana voy a ir a la agencia y te voy a conseguir no una criada sino tres. Una para la casa, otra para que cuide a la abuela y otra para *amm* Baasir, para cuando salga del hospital.

—Ay, cariño, pero si no cabrán en casa —dijo su suegra, que empezaba a sonreír—. Pero sobre todo que no sean marroquíes, prefiero filipinas o indonesias, pero una marroquí no.

Las hermanas y Rawda cruzaron sus miradas y, a pesar de la situación que estaban pasando, no pudieron evitar que se les escaparan unas carcajadas. ¡Con la edad que tenía Baasir y a Hania aún le preocupaba meter en su casa a una criada marroquí por la fama que tenían de engatusadoras de maridos!

—Y Fawaz, hay que buscar a alguien que ayude a tu padre en la dirección de las tiendas, por lo menos hasta que se ponga bien —añadió Rawda dulcemente pero con autoridad.

—Fawaz, ¿tú no le podrías ayudar? —le preguntó su madre con cierta esperanza y una dosis de chantaje emocional, aunque era altamente improbable que Fawaz accediera a ello—. Eso es lo que más le gustaría a tu padre.

—*Mama*, si no puedo ni con mi trabajo. Eso es imposible, totalmente imposible, pero pensaré en alguien. —Rawda había conseguido apaciguarlo y ya más calmado estaba entrando en razón.

Lubna y Hessa permanecían calladas ya que estaban seguras de que Rawda, que tenía mucha mano izquierda con su marido y con su suegra, arreglaría la situación.

—¡Mi padre, claro, mi padre! —cayó en la cuenta Rawda—. ¡Esa es la solución! Ahora tiene un encargado muy bueno en las plantaciones de Al Ain y casi no tiene que ir por allí y, de hecho, de joven ya había trabajado con el abuelo y con *amm* Baasir en la tienda. Mi padre es muy buena opción. Él se podrá ocupar de las tiendas el tiempo que sea necesario —concluyó dando por zanjada la discusión.

Con los ánimos ya más serenos se organizaron para enfrentar de la mejor manera posible el día que tenían por delante y todas las gestiones que había que hacer.

Amma Latifah iría a cuidar a la abuela; Rawda se ocuparía principalmente de encontrar servicio doméstico experto y con buenas referencias, para que se incorporara inmediatamente a la casa de sus suegros; y el hermano de Baasir se ocuparía de supervisar las tiendas y confirmar que todo estaba bajo control. Los hermanos y la madre se quedarían esperando la información médica de primera hora de la mañana.

Tras el primer pase de visita médica, las noticias fueron bastante optimistas. Parecía que tenían localizada la arteria coronaria obturada, así que le harían un cateterismo a última hora de la mañana para desobstruirla y colocarle un *stent*, un pequeño muelle que disminuiría el riesgo de que se volviera a taponar en el futuro. Seguía bien y estable, y, haciendo una excepción les dejarían ver al paciente fuera del horario de visitas, tras la realización del cateterismo.

Fawaz, en el último momento, decidió que iría con su tío a las tiendas, aunque solo un rato, porque ya no le daba tiempo de ir a Abu Dabi aunque tenía un montón de cosas urgentes que atender allí. Sí, haría unas llamadas y se pasaría por las tiendas. Su madre se puso muy contenta.

—Lubna, me voy a casa a darme una ducha y cambiarme, ya volveré más tarde —avisó Hessa a su hermana, que se iba a quedar con su madre, pues Hania no se quería mover de allí.

—Nosotras nos iremos a la sala de oración a rezar por *baba*. Nos vemos más tarde, Hessa. No tengas prisa e intenta descansar un poco, si hay cualquier cambio te llamaré.

—También aprovecharé y llamaré a Ahmed, le tengo que explicar que con este panorama voy a tener que dejar la investigación, al menos de momento —reconoció Hessa muy a su pesar.

—Claro, Hessa, lo entenderá perfectamente. Las cosas se han complicado mucho.

Mientras se dirigía hacia el aparcamiento del hospital, Hessa conectó el teléfono para llamar a su primo, pues en el área de la UCI exigían que estuviera apagado. Tenía un mensaje suyo en el buzón de voz: «Hessa, ya tengo información de la Policía y no creo que te guste. Del hombre tengo su nombre, pero está en paradero desconocido desde que se quedó sin trabajo hace quince días. Y la mujer..., la mujer..., en fin, que no creen que nos pueda ser de mucha utilidad. Está en coma. En cuanto puedas, llámame».

Hessa tuvo que volver a escuchar el mensaje. ¿Lo había oído bien? No, imposible, sería que no lo había entendido. Sería eso. Pero lo volvió a escuchar y no había ninguna duda de lo que estaba diciendo Ahmed. El mensaje era bien claro y desasosegante: un desaparecido y una mujer en coma. ¿Qué podía significar? Tenía que llamar a su primo inmediatamente para averiguar si disponía de más información y, si no era así, ella misma iría a hablar con la Policía. Hessa ya no se acordaba que ya había pensado en llamar a Ahmed, pero para comunicarle que tendría que dejar la investigación por motivos familiares. Pero eso, en ese momento, lo había olvidado por completo.

En el camino hacia el coche se vio reflejada en una puerta de cristal. Estaba horrible. La noche anterior no se había desmaquillado los ojos porque en casa de su madre no tenía el desmaquillante especial para retirar la máscara de sus extensiones de pestañas. Además, llevaba una *abaya*, ya no de su madre, lo que ya hubiera sido un poco patético, sino de la gruesa de su abuela y, por si eso no fuera suficiente, un pijama debajo, uno que le había regalado su madre hacía muchos años y que se había quedado «olvidado» en casa de sus padres cuando se casó, seguramente debido a su estampado de ositos. Se sintió desmoralizada y cansada, muy cansada. Confiaba que en cuanto llegara a su casa, una buena ducha, arreglarse un poco y tomar algo, sobre todo un té o un café, la ayudarían a que se sintiera mejor.

Caminaba un poco distraída mirando el móvil para llamar a su primo cuando, justo donde empezaba la escalera que conducía al aparcamiento, uno de los altos tacones de sus sandalias pisó el bajo de la túnica que prácticamente arrastraba debido a lo grande que le iba. En milésimas de segundo, sintió cómo su cuerpo se precipitaba al vacío sin poder evitarlo. El cuerpo de un hombre que subía en esos momentos por las escaleras impidió que cayera rodando hacia abajo, pero al chocar los cuerpos, los dos acabaron por los suelos.

—Señora, ¿se ha hecho daño? ¿Está bien? —Un emiratí apuesto y solícito se estaba incorporando para ayudarla a levantarse.

Para su horror, Hessa descubrió que era su primo Ahmed, que en un primer momento no la había reconocido. Hessa quiso que la tierra se la tragara. ¡Si al menos hubiera perdido la consciencia por la caída, ahora no tendría que pasar por esa vergüenza! Además, al caerse, una de sus piernas enfundadas en el pantalón del pijama infantil había quedado al descubierto.

—¡Hessa! —exclamó Ahmed, que tuvo que mirar dos veces para reconocer a su prima debajo de esa especie de saco negro, a juego con los churretes que enmarcaban sus ojos. Le pareció que su prima estaba algo diferente, desde luego, pero quizá estaba más horriblemente guapa que nunca—. ¿Te has hecho daño? ¿Estás bien?

—Sí, estoy bien, no ha sido nada —dijo levantándose deprisa, a pesar de que una rodilla y un pie le dolían bastante. Pero eso era lo que todo el mundo hacía cuando se caía en un espacio público, ¿no?, levantarse rápidamente a no ser que se hubiera roto algo, porque la vergüenza superaba generalmente al dolor.

—¿Cómo está tu padre?

—Mejor..., pero ¿qué haces aquí?, ¿cómo te has enterado? —le preguntó mientras se cubría el pijama con la túnica.

—Es que te dejé un mensaje. ¿No lo has escuchado?

—Sí, ahora mismo, te iba a llamar.

—¡Ah! Al no contestarme, llamé a casa de tus padres y se puso tu tía, me explicó lo de tu padre y me dijo que seguramente estarías por aquí. Así que he pensado que lo mejor que podía hacer era venir al hospital, ver cómo iban las cosas y poder contártelo todo con más detalle. Pero... ¿te ibas ahora?

—Pues la verdad es que sí. Mi padre está mejor pero el horario de la UCI es muy estricto. Hacia el mediodía le harán un cateterismo, y yo aprovechaba ahora para ir a casa a ducharme. Creo que debería arreglarme un poco, ¿no crees? —Y sonrió mientras se subía ligeramente la *abaya* hasta los tobillos, muy poquito, justo solo para que se viera que iba en pijama. Ya que la habían descubierto, era mejor reírse un poco de sí misma.

—Arreglarte... Ah, no sé..., no me había dado cuenta... —Ahmed no sabía muy bien qué debía contestar, qué era lo más apropiado, pero se echó a reír al ver que su prima soltaba una carcajada—. Si quieres, te puedo acompañar a casa y hablamos por el camino.

Ahmed no se planteó ni siquiera la razón por la que

ella bajaba al aparcamiento cuando se encontraron, y Hessa olvidó, de repente, que iba a buscar el coche de su padre. Así que entre tanto despiste, su primo la llevó a casa en el Audi deportivo que conducía ese día.

—Al hombre no les ha costado mucho identificarlo, lo tenían ya en una lista porque perdió su trabajo hace quince días, así que dentro de dos semanas, si no encuentra otro trabajo, tendrá que abandonar el país. Pero el caso es que en estos momentos no lo tienen localizado, aunque tampoco les consta que haya salido de los Emiratos. Apunté su nombre y el hotel donde trabajaba, luego te los daré. Lo de la mujer parece más complicado. La pudieron identificar a partir de la tarjeta de crédito que utilizó para pagar la foto del acuario, así que llamaron a su casa, pero su familia les dijo a la Policía que no podría hablar con ellos porque estaba muy enferma, bueno quizá más que muy enferma, ya que estaba en coma desde hacía unos días. Y eso es todo. Ya no me dijeron nada más.

—¿Eso es todo? ¿No hay nada más? ¿De verdad que no sabemos nada más? ¿Ni siquiera su nombre?

—No, ya te he dicho que no hay nada más, que eso es todo de momento —contestó Ahmed un poco a la defensiva. Desde que la Policía lo llamó ya sabía que Hessa no se iba a conformar con esa información—. La Policía no puede ir dando nombres de mujeres emiratíes que no han hecho nada malo y que no pueden dar su consentimiento para que faciliten sus datos porque están en coma. Eso, Hessa, no lo pueden hacer, y lo tendrías que saber muy bien siendo abogada.

Vaya... Ahmed sabía la mejor manera de atacar cuando quería, y Hessa se tuvo que morder la lengua porque él tenía razón. Pero se quedó muy frustrada. Su primo, que era un hombre influyente, quizá podría haber obtenido esa información, aunque no fuera muy correcto...

—Está bien —contestó muy seria. Estaba aún un

poco molesta y no le importaba que se le notara—. Dame los datos del hombre y ya veré lo que puedo hacer.

Habían llegado a casa de Lubna, y Hessa, tras coger la nota donde su primo había anotado esos datos, se bajó del coche sin esperar a que Ahmed le abriera la puerta.

—Y... ¿qué vas a hacer, Hessa?

—Ya te lo he dicho. Ya veré. —Y desapareció tras la verja de la casa de su hermana sin dar más explicaciones.

—*Baba* tiene muy buen aspecto, ¿no crees? —Lubna y Hessa estaban juntas otra vez en la UCI, admirando la buena cara que tenía su padre tras el cateterismo.

Baasir estaba despierto y les sonreía. Los médicos les habían dado buenas noticias sobre la pequeña intervención: todo había ido bien. Durante la colocación del *stent* el corazón no había dado ningún susto, ninguna arritmia y ahora solo cabía esperar que fuera mejorando y que fuera pasando el tiempo. A medida que pasaran los días iría disminuyendo la probabilidad de que apareciera alguna complicación.

—Sí, podemos estar muy contentas —le respondió Lubna a su hermana pequeña en voz muy baja.

Pero la alegría de Lubna no se debía solo a la mejoría de su padre y al éxito de la intervención, sino también a que su marido había aparecido por sorpresa en el hospital. Quería ver a su suegro y apoyar a su esposa en esos difíciles momentos.

—Yo no le pedí a Abdul Khaliq que viniera —le aclaró a Hessa hablando casi en susurros—, y la verdad es que estoy muy contenta, me he llevado una buena sorpresa ¿Ves que es cierto cuando te digo que es buena persona y que tiene muchos detalles conmigo?

Su hermana no quiso entrar en discusiones sobre su cuñado, pero se alegraba por su hermana de que hubiera venido y era cierto que había que valorar que Abdul Khaliq se hubiera molestado en viajar a Dubái solo para estar un día, ya que tenía que volver al día siguiente a Arabia Saudí para finalizar algunas gestiones pendientes.

—Y encima ha ido a buscar a Mona a Abu Dabi —continuó Lubna, que seguía enumerando todos los méritos de su marido.

—Hijas, ¿sabéis si me van a dar de comer?

Hessa y Lubna se miraron sorprendidas. Al parecer, su padre se encontraba bastante recuperado.

—Pues no sé, *baba*, no nos han dicho nada —le contestó Lubna.

—Pues es que yo tengo hambre y no tengo que hacer el ayuno. ¡No creerán que tengo que hacer el ayuno!

—Ya saben que no. ¡Estás en un hospital! Aquí la gente está enferma y no tiene que ayunar.

—Estaría bien que ahora que me han curado lo del corazón, lo más grave, me mataran por no darme de comer —se quejó Baasir a sus hijas.

Aunque Baasir nunca había estado ingresado en un hospital, cualquier adulto con un poco de sentido común sabía que allí no se ayunaba, así que las dos hermanas se miraron preocupadas: quizá con la enfermedad su padre se había infantilizado.

—Igual no te pueden dar de comer por la anestesia —dijo Lubna para calmarlo.

—No le han anestesiado, le han sedado. Y después de la sedación se puede comer bastante pronto —apuntó Hessa.

—Ah ¿sí? ¿Y cómo lo sabes?

—Lo sé porque eso lo sabe todo el mundo y lo raro es que tú no lo sepas.

—Hijas, hijas, dejad de discutir delante de mí, que estoy enfermo del corazón y no me conviene —les reprendió con voz mimosa y un poco aniñada, lo que confirmó a sus hijas que su padre, al menos de momento, se había infantilizado con el ingreso hospitalario.

—Se lo iré a preguntar a una enfermera.

Hessa miró hacia el control de enfermería pero allí no había nadie en esos momentos, así que empezó a avanzar por la sala en busca de alguien que le pudiera aclarar si su padre iba a comer o no. No había visitas porque no era el horario permitido para ello y la sala, aparte de los pacientes ingresados, parecía vacía de médicos y enfermeras. Quizá estaban reunidos en el despacho de médicos, así que si al final no encontraba a nadie llamaría a la puerta de ese despacho y preguntaría. Entonces oyó unas voces que salían de uno de los boxes que tenía las cortinas corridas, por lo que pensó que debían estar allí, ocupados con algún paciente. Siguió caminando y no pudo evitar empezar a mirar con más detenimiento a los pacientes que yacían en las camas de los cubículos de la UCI pero enseguida dejó de hacerlo porque la visión de esa pobre gente le impresionaba demasiado..., tubos y más tubos..., máquinas y monitores... Al final dio con una enfermera. La mujer, que iba con un pijama blanco, una bata azul claro y un pañuelo en la cabeza, estaba mirando las botellas de medicaciones conectadas al suero de una paciente y no se dio cuenta de la presencia de Hessa. La joven se quedó por unos instantes observando a la enferma que yacía en la cama de ese box. Debía de tener unos veintitantos años, el cabello lo llevaba cubierto con un pañuelo blanco y estaba muy pálida, con los ojos cerrados enmarcados por unas ojeras oscuras. Un tubo, conectado a una máquina que emitía unos sonidos acompasados, se perdía en el interior de su boca y otro, más fino, se introducía por una de sus fosas nasales. La mujer permanecía totalmente inmóvil tendida en la cama.

—¡Ay! ¿Me buscaba? ¿Qué quiere? —La enfermera al final había intuido una presencia a sus espaldas y al girarse había visto a Hessa en la entrada del box.

—Disculpe que la moleste. Soy la hija de Baasir Al Falasi, el señor al que le han hecho el cateterismo.

—¿Le pasa algo?

—No, no, al contrario, parece que se encuentra mucho mejor y quería saber si le darán de comer.

—Buena señal —dijo amablemente la enfermera—, pero tendré que consultarlo.

—No se preocupe, cuando pueda...

Por unos instantes hubo un silencio. La enfermera había vuelto a concentrarse en los sueros de la paciente y Hessa siguió observando a la mujer que yacía en la cama.

—Pobre mujer, tan joven... —añadió Hessa señalando con la cabeza a la enferma—. ¿Se pondrá bien? Parece tan enferma y frágil...

—Es posible que se recupere, pero de momento no se puede saber —contestó la enfermera—. La diabetes tiene estas cosas —añadió mientras seguía mirando sin pestañear las botellas de sueros como si pudieran darle la clave de algún enigma indescifrable.

—¿Está así por la diabetes? —preguntó la joven abogada muy sorprendida.

—Sí, una bajada muy severa de azúcar en sangre, a veces pasa. Es muy frecuente que les baje el nivel de glucosa, pero lo que no es tan frecuente es acabar así. La gente que tiene la enfermedad desde joven aprende a manejarla muy bien y conocen los síntomas de la bajada de azúcar y qué hacer, por lo que raramente llegan a este estado. Ante los primeros síntomas de hipoglucemia saben que deben tomar algo dulce o incluso una medicación que hay para compensarla que deberían llevar siempre encima. Pero la diabetes no es una enfermedad fácil, no. Y es muy traicionera. Hay que controlar constantemente los niveles de glucosa en sangre ya que la medicación se la tiene que dosificar el propio paciente en base a estos niveles. Pero a veces puede pasar que se queden cortos o se excedan en la dosis de la medicación o en la ingesta de azúcares. Y entonces es cuando surgen los problemas, el azúcar baja o sube a niveles peligrosos.

—Y con el ayuno del Ramadán aún debe ser más complicado, ¿no?

—Sí, claro, se puede complicar, pero los médicos son muy claros con estos pacientes y con sus recomendaciones para este mes. Pero luego están los que siguen bien estos consejos y los que no. Aun así, no crea que todo es responsabilidad del enfermo, no, no, hay que ser justos. Algunos de estos jóvenes diabéticos mueren mientras duermen.

—¿Mientras duermen?

—Sí, lo que oye, es muy triste, les baja la glucosa a niveles muy, pero que muy peligrosos y como están durmiendo no se dan cuenta de los síntomas y no pueden tomar azúcar, o la medicación, y sus familias les encuentran a la mañana siguiente muertos en su cama.

Se oyó una especie de pitido, como un silbato fuerte y la enfermera salió corriendo hacia el box de donde salía el sonido de esa alarma.

Hessa se asomó, sin llegar a salir de ese cubículo, para asegurarse de que la enfermera no se había dirigido hacia el box de su padre y al comprobarlo respiró más tranquila. Al volver a mirar hacia el interior del box de la pobre joven diabética se percató de que la enfermera, con las prisas, se había dejado la plancha de aluminio que contenía las órdenes médicas y no pudo evitar mirarlas con curiosidad. Encabezaban las hojas de las pautas de tratamiento el nombre de la paciente, su edad y el diagnóstico.

> Nombre de la paciente: Maram Al Jubaini.
> Edad: 25 años.
> Diagnóstico: Coma hipoglucémico.

Aquella joven diabética estaba en coma. Mujer en coma, mujer en coma... Lo más probable es que «su» mujer en coma estuviera también ingresada allí, ya que aquel centro era el hospital de referencia de Dubái para los casos graves y solo existía otro hospital en la ciudad, también del Gobierno, con una unidad de cuidados intensivos, aunque con muchas menos camas. Al percatarse de lo que eso podría significar empezó a notar que su corazón se aceleraba por momentos.

Se acercó a la mujer y la observó fijamente. Sí, podía ser, pero no estaba segura. La foto del acuario mostraba a una mujer sonriente, que estaba disfrutando con sus amigas o familiares de una tarde de ocio en el *mall*, no era una mujer pálida y ojerosa e intubada, y con los ojos cerrados. La volvió a mirar, pero pensó lo mismo que antes, tuvo las mismas dudas. Era muy difícil confirmar que fuera la misma mujer a la que seguía el hombre de la gorra. Sobre todo, para alguien que apenas la conocía, y que solo había visto su cara en una foto..., una foto y con los ojos abiertos.

Así que tendría que hacerlo, le costaba decidirse pero no le quedaba más remedio, era un asunto demasiado importante para ir con miramientos y remilgos. Fue a la entrada del box y miró hacia fuera para asegurarse de que la enfermera aún no estaba de vuelta. No, no se veía a nadie por la sala. Volvió al interior del cubículo, se acercó a la cabecera de la cama de la mujer en coma y contó mentalmente hasta tres. ¡Tres! No, aún no estaba preparada. Otra vez. Una, dos y... Cuando llegó a tres le abrió los ojos con mucha aprensión. Lo primero que sorprendió a Hessa es que los párpados de la mujer no opusieron ninguna resistencia y cedieron a la tracción de sus dedos. Al abrirle los ojos, la mujer se quedó mirando al frente, fijamente, sin que sus globos oculares hicieran ningún movimiento, pero al notar la luz, sus pupilas se hicieron más pequeñas. Al ver aquellos ojos de mirada fija con las pupilas contrayéndose, lo único que parecía permanecer aún con vida en ese cuerpo inmóvil, Hessa tuvo que reprimir un grito por la impresión y soltó los párpados de la enferma.

—¿Aún está usted aquí? —La enfermera había vuelto al box pero al parecer demasiado tarde para descubrir las maniobras de Hessa.

—Ah..., pensaba que me había dicho que la esperara aquí —contestó la abogada intentando controlar su nerviosismo.

—No, no, vaya al box de su padre, que ahora, cuando acabe de poner esta medicación, comprobaré lo de la comida.

—Muchas gracias. Hasta luego.

Hessa se alejó rápidamente hacia donde estaba su padre, intentando aparentar toda la calma de que era capaz. Había estado a punto de que la enfermera la pillara y tampoco estaba muy segura de los resultados de la comprobación que había hecho. En cuanto llegara al box de su padre miraría la foto de la mujer que había guardado en el móvil y las compararía mentalmente antes de que se le olvidara su cara.

—¡Cuánto has tardado! —se quejó Baasir.

—Es que no encontraba a la enfermera.

—¿Y qué te han dicho?

—Que lo tiene que comprobar.

Hessa sacó disimuladamente el móvil, ya que estaban prohibidos en la UCI, y lo intentó conectar sin éxito. Lo que faltaba. Una vez más, y en el peor momento, se había quedado sin batería.

—Lubna... —dijo en voz muy baja—. ¿Tienes el móvil? ¿Me lo dejas?

—¿Para qué lo quieres?

—Es que me he quedado sin batería.

—Pero aquí está prohibido llamar.

—No quiero llamar.

—Pues ¿qué quieres?

—Es para hacer una foto.

—¿Una foto? ¿Quieres hacer una foto a *baba*?

Hessa pensó rápidamente. Quizá esa era la mejor excusa, aunque rara, el querer hacer una foto a su padre para enviarla al resto de la familia y que así se quedaran tranquilos al ver su buen aspecto.

—Sí, es para enviarla a los demás, que vean que cada vez está mejor.

—Pero es que está prohibido... Además, ya vendrán dentro de unas horas, en el horario de visitas.

—¿Y si se lo han dicho a la abuela y ahora está preocupada? Se quedará más tranquila si lo ve en la foto.

Lubna dudó ante el argumento de su hermana. Podría ser que tuviera razón, pero el caso es que estaba prohibido.

—Pero Hessa, es que está prohibido utilizar aquí el móvil —dijo en voz baja—. Por algo será, debe interferir con los aparatos que se utilizan aquí. A lo mejor es peligroso para los pacientes.

—¿Y tú te lo crees? ¿No ves que eso son cuentos? Dicen esas cosas para que se vea quién manda, para que quede claro quién ejerce el control. En los aviones hacen lo mismo. ¿Por qué antes decían que los móviles podían interferir con los aparatos del control de los aviones y ahora no? ¡Ah!, ¿qué me dices? ¿Por qué? Los aviones son los mismos y los móviles también. Entonces, ¿por qué?, ¿por qué?

Lubna ya no sabía si su hermana hablaba en serio o se estaba inventando todo eso, pero la vio un poco alterada y tras conectar el teléfono y poner su clave le tendió el móvil como quien le da un juguete a un niño para que se calle. Pero al momento le pidió a Alá, para sus adentros, que lo que decía su hermana fuera verdad y que, al hacer la foto a *baba*, no se apagaran todos los respiradores artificiales de la UCI del hospital.

—*Salam aleikum, sayyid* Baasir, ¿cómo se encuentra?

La cara de Baasir se iluminó al ver entrar a la enfermera y Hessa rápidamente escondió el móvil de su hermana.

—¿Le apetece comer? —siguió la enfermera sin dar tiempo a que Baasir contestara a su primera pregunta.

—Si al médico le parece bien... —contestó Baasir, que ante la presencia de la enfermera parecía que había recobrado la madurez que había perdido momentos antes.

—Sí, ahora le traeremos algo. Pero de momento es dieta blanda sin sal, ¿de acuerdo?

—Lo que diga el médico, lo que diga él —respondió Baasir muy disciplinado, confirmándose que el padre de las jóvenes volvía a ser el de siempre, o por lo menos, cuando estaban delante los profesionales sanitarios.

En cuanto la enfermera se marchó, Hessa le hizo una foto a su padre. Después salió corriendo con el móvil.

—Pero Hessa, por Alá, ¿adónde vas ahora? Espera, espera..., pero ¿adónde vas?

—Ya te lo contaré luego.

Atravesó a toda prisa la sala hasta que llegó al box de la mujer en coma, miró hacia todos los lados antes de entrar, asegurándose de que nadie la veía, y luego, finalmente, entró. La mujer diabética seguía inmóvil y en la misma posición que antes. Volvió a levantarle los párpados con la ayuda de una sola mano y le hizo una foto con la otra, se la envió a su teléfono, la borró del de su hermana y salió corriendo.

Lo primero que hizo al llegar a su casa fue poner a cargar la batería del móvil. En unos instantes ya lo pudo abrir y mirar las fotos de la mujer: la tomada en el acuario y la realizada en la UCI. Teniendo en cuenta las circunstancias en que se había tomado esta última, la palidez, las ojeras y los tubos que llevaba, se podía decir que el parecido era bastante. Las pasó al ordenador y las comparó y aquello fue entonces definitivo: al aumentar el zoom sobre las imágenes pudo observar, sin lugar a dudas, que las dos caras lucían el mismo pequeño lunar cerca del labio superior. Aquellas caras eran de la misma mujer: era Maram Al Jubaini.

Le faltó tiempo para empezar a indagar en Internet sobre ella. Buscó en redes sociales y profesionales y no tardó mucho en averiguar a qué se dedicaba y dónde trabajaba: Maram Al Jubaini. Auxiliar de veterinaria. Hospital de Camellos de Dubái.

El Hospital de Camellos de Dubái, allí donde se cuidaba y trataba a los animales que los emiratíes consideraban un regalo de Alá. Los llamados barcos o, también, aviones del desierto, los animales que los unían con su pasado, con su historia, con su esencia. A pesar de la riqueza de muchos emiratíes, de sus enormes posesiones y del elevado nivel tecnológico del que disfrutaban, pocas cosas daban tanto orgullo a un *national* como la posesión de camellos. Cuando alguien quería alardear de riqueza, el número de camellos que tenía era uno de los datos más importante para valorarla. Si ya desde los tiempos de sus ancestros habían sido entrenados para correr, en aquel entonces con el objetivo de ser más veloces en caso de que tuvieran que huir de algún peligro o enemigo del desierto, ahora se les seguía entrenando como deporte, como espectáculo. Esas carreras eran uno de los entretenimientos más importantes del país. En temporada alta, generalmente de octubre a abril, se celebraban varias cada día en los diferentes circuitos que había en Dubái. Aunque el islam no permitía las apuestas, se movía mucho dinero en ellas, ya que los propietarios de los camellos ganadores recibían grandes premios, entre ellos algunos regalos, como coches de marcas lujosas, pero también había dinero en metálico. No obstante, el negocio principal no era el premio en sí, sino el valor que podía llegar a alcanzar un camello ganador.

Las carreras se dividían en dos turnos: el de las mañanas estaba reservado a los camellos cuyos dueños eran jeques, mientras que en las carreras vespertinas participaban camellos de otros propietarios. Los animales ganadores en estas con frecuencia eran adquiridos por jeques a cambio de sumas muy elevadas de dírhams. En los circuitos de carreras el espectáculo estaba asegurado. Los camellos, principalmente hembras jóvenes, más veloces que sus congéneres masculinos, corrían con un pequeño robot en su lomo que simulaba un jockey, no como antes, cuando los jinetes eran niños de muy corta edad. La legislación se había vuelto muy rígida con ese tema. En el pasado, niños de familias con pocos recursos, normalmente de seis o siete años y con un peso que no llegaba a los veinte kilos, eran vendidos por sus padres y entraban de manera poco clara en el país para hacer de jockey de esas carreras. Ahora, en cambio, los requisitos para ejercer de jinete se habían vuelto mucho más estrictos: había que tener como mínimo quince años, pesar más de 45 kilos, y disponer de toda la documentación de entrada en el país en regla. En vista de esas dificultades, se habían ideado esos pequeños robots teledirigidos que eran controlados por sus propietarios desde coches que avanzaban de forma paralela al circuito por donde corrían los animales. Todo estaba muy vigilado: el diseño y revisión de los robots para que no pudieran inferir ningún tipo de molestia al camello; y también, naturalmente, el dopaje, ya que se hacía un control sistemático a todos los camellos ganadores en todas la carreras que se celebraban en el país, sin ninguna excepción.

El Hospital de Camellos, inaugurado hacía años por el jeque reinante del emirato, no solo se dedicaba al cuidado específico de estos animales sino que, además, era un centro de investigación y mejora de razas, de clonación de los seleccionados y, también, de apoyo al circuito de carreras.

Hessa, al descubrir el trabajo que desarrollaba la mujer en coma, pensó que había cerrado el círculo de alguna manera. Otra vez su investigación la llevaba al mundo veterinario.

Se moría de ganas de compartir con su primo esta información, en parte para ponerle al corriente de que ya tenían localizada a la mujer a la que perseguía el hombre del *mall*, pero también para que Ahmed se diera cuenta de que a pesar de su pésima gestión con la Policía, que a pesar de eso, ella lo había descubierto. Pero seguía molesta, o quizá aún más, estaba enfadada con él. Podía oír su voz diciéndole que parecía mentira que no entendiera que no les podían dar los datos personales de esa mujer sin su permiso expreso, que ella como abogada lo tenía que saber y entender. Eso le había sabido muy mal. Ella conocía a la perfección las regulaciones en materia de protección de datos, ¿y qué?, ¿de qué estaban hablando? ¿No era más importante descubrir quién era esa mujer y por qué la perseguía ese hombre que cumplir con la protección de datos? No quería pensar más en eso, se estaba poniendo muy nerviosa. No obstante, en defensa de Ahmed, había que tener en consideración que esos escrúpulos demostraban que estaba ante un hombre de principios, una persona que cumplía la ley y que protegía a los débiles, en este caso a la mujer en coma. También se podía mirar desde ese punto de vista. Quizá sí lo llamaría, pero no ahora, lo decidiría más tarde. A lo mejor mañana. Ahora tenía mucho que hacer y tenía que esperar un poco más a que se le pasara el enfado.

Introdujo en el buscador de Internet las palabras «coma hipoglucémico».

Había muchísima información y no disponía de mucho tiempo ya que tenía que volver al hospital. De ningún modo dejaría de ver a su padre, por mucho que Lubna le hubiera dicho que no se movería de allí. Ella también quería ver otra vez a su pobre *baba*. Así que, con prisas, intentó descartar las páginas poco fiables, y las que profundizaban en aspectos científicos difíciles de entender para una persona sin formación médica. Al final, localizó unas publicaciones que parecían muy completas en sus datos y que exponían la información de una forma bastante comprensible para un profano. Al parecer, una de las causas más frecuente de la hipoglucemia era la diabetes. Los pacientes afectados por esta enfermedad tenían que estar constantemente ajustando su ingesta de azúcar con la dosis que se autoadministraban de insulina. Eso podía llevar a errores y a una hipoglucemia, bien porque la toma de azúcar fuera inferior a la prevista o porque la administración de insulina fuera excesiva. Eso se correspondía con lo que le había explicado la enfermera de la UCI. En algunas situaciones, esa hipoglucemia también podía ocurrir si se hacía ejercicio de forma intensa, ya que se quemaba la glucosa demasiado deprisa en relación a la insulina administrada. Como era bastante habitual este tipo de descompensación, los diabéticos y sus familiares estaban adiestrados para poder tomar las medidas necesarias en caso de que los niveles de glucosa bajaran demasiado. Si el descenso era ligero, bastaba con que se tomaran una bebida azucarada o unas pastillas de algo parecido al azúcar que debían llevar siempre con ellos. Si la disminución del nivel de glucosa era más importante disponían de una medicación, el glucagón, que debían pincharse ellos mismos, o sus familiares en caso de que debido a esa hipoglucemia se hubieran quedado inconscientes. Como los enfermos diabéticos estaban muy bien informados sobre su enfermedad, sus posibles complicaciones agudas y medidas que había que tomar en caso de que aparecieran, si bien la hipoglucemia era muy frecuente, llegar a un coma hipoglucémico no era habitual, aunque podía suceder en algunos casos, e incluso se podía llegar a la muerte. Esto podía pasar si no se asistía al afectado de forma correcta en un plazo adecuado, o si este no se daba cuenta de los síntomas que le avisaban de esa bajada de azúcar. Sucedía, en ocasiones, si se presentaba una bajada severa mientras esa persona dormía. Hessa pensó que debía referirse ese artículo a aquello tan terrible que le había contado la enfermera, lo de la muerte en la cama de algunos jóvenes diabéticos. Se sintió profundamente consternada. Pobres familias..., ir por la mañana a despertar a un hijo y encontrarlo... ¡muerto! ¿Podía haber algo más terrible? Decidió intentar concentrarse en lo que leía sin pensar que esas cosas le sucedían a la gente de carne y hueso, tenía que eliminar la emoción de su investigación. Sí, como haría la doctora Habiba, igual que ella. Siguió leyendo: el coma también podía suceder cuando, con fines suicidas, el diabético se inyectaba dosis muy altas de insulina. ¿Se habría querido suicidar Maram Al Jubaini? Parecía una mujer feliz y alegre en las fotos del acuario, no daba la impresión de que estuviera deprimida... No, no creía que fuera esa la razón del estado de la joven auxiliar de veterinaria. Siguió avanzando en su lectura: otra causa era la ingesta de grandes dosis de alcohol. Esa posible causa estaba totalmente descartada en el caso de Maram... ¡era una mujer musulmana! Eso era imposible. Aunque bueno..., Tarik también lo era y hubo una época en que bebía. Continuó con la lectura. Otra causa que esgrimía la publicación para que se pudiera llegar a unos niveles tan bajos de azúcar como para provocar un coma era que, a veces, con los años, los afectados dejaban de sentir los síntomas de las hipoglucemias y entonces no tomaban las medidas adecuadas. Debido a esto, la situación se podía agravar y llevarles al coma. ¿Era eso lo que le habría ocurrido a la joven mujer de la UCI? Parecía lo más probable...

A continuación el artículo mencionaba otras causas de hipoglucemia. Las revisó pero no acababa de entender mucho todo aquello ni sabía en qué le podía ayudar en su investigación. Hasta que un hallazgo la llamó la atención y le hizo cambiar de opinión. Lo que acababa de encontrar le pareció muy interesante: existían otros medicamentos, aparte de la insulina, que también podían asociarse a la hipoglucemia. La mayoría de sus nombres no le sonaban de nada, pero allí estaba ese que hasta hacía unos días no sabía ni que existía, pero que ahora lo tenía bien grabado en su mente: los betabloqueantes. Eso le dijo la doctora forense que estaba tomando Ameera y, sorprendentemente, los betabloqueantes estaban en la lista. ¿Podrían haberle provocado una hipoglucemia a su prima y haber sido la causa de su muerte? La doctora Habiba la había informado de que habían analizado los niveles de ese medicamento en sangre y no eran muy elevados, que no era esa la causa del fallecimiento, aunque en ocasiones una sobredosis podía causar alteraciones en el corazón. Lo enlentecía, había dicho. De que pudiera causar hipoglucemia no había dicho nada. La llamaría y se lo preguntaría. No perdía nada por llamarla.

La búsqueda en Internet del hombre de la gorra, por el contrario, no fue muy fructífera al principio. Su nombre, Iosif Gilyov, que delataba su procedencia eslava, requirió de varios cambios en algunas de sus letras hasta que aparecieron finalmente dos resultados en Linkedin. Ninguno de los dos incorporaba una foto en su perfil de la red, pero uno de ellos quedaba descartado al tratarse de un hombre que llevaba varios años trabajando en Uzbekistán. El otro Iosif Gilyov sí que era su hombre. La información en Linkedin era muy escueta, pero suficiente para confirmar que se trataba de él. Seguía constando su trabajo como camarero en el hotel de Dubái que figuraba en la nota que le había pasado Ahmed, a pesar de que hacía dos semanas que ya no trabajaba allí, y también su trabajo anterior: un puesto como camarero en el bar restaurante del Zayed Sports City Ice Rink, la pista de hielo olímpica que se había construido en la ciudad de los deportes de Abu Dabi.

Hessa miró la hora y se dio cuenta de que el tiempo había pasado demasiado deprisa y tenía que marcharse ya hacia el hospital si quería estar un rato con su padre.

Llamaría a la doctora Habiba e iría luego para allá sin demorarse más.

El teléfono sonaba y sonaba, pero al parecer no había nadie en el despacho de la doctora forense. Mientras esperaba, Hessa iba pensando cómo podía encajar toda la información que tenía hasta ese momento. Había dos mujeres jóvenes, perseguidas por el mismo hombre, que en apariencia no tenían nada en común, y probablemente una de ellas había sido seguida debido a la confusión con sus *abayas*. O sea que el único factor en común era el parecido de sus túnicas. Pero también se podía analizar desde otro punto de vista: ¿tenían algo en común esas jóvenes después de ser perseguidas por el hombre? Una estaba muerta y la otra en coma. Eso era muy extraño, dos mujeres tan jóvenes... Tendría que ir al hotel a averiguar algo más sobre ese hombre, sin duda alguna.

De Maram sabía que había sufrido una hipoglucemia muy grave, aunque por el momento desconocía las circunstancias que habían rodeado a ese suceso. De Ameera no se había llegado a esclarecer la causa de la muerte, pero por la información de Internet había descubierto que la medicación que tomaba podía estar asociada con hipoglucemia. No obstante, Ameera ya utilizaba betabloqueantes antes de que la siguiera Iosif Gilyov, y Maram ya era diabética y utilizaba insulina con anterioridad a que fuera perseguida por ese hombre. ¡Por Alá! ¡Nada de eso tenía sentido! Estaba muy frustrada al verse incapaz de encajar las piezas, y la doctora Habiba seguía sin responder al teléfono. Cuando ya iba a desistir en su empeño, oyó la voz de la doctora que contestaba.

—¿Doctora Habiba? Soy Hessa Al Falasi. Disculpe que la moleste otra vez.

—Buenas tardes, señora Hessa, dígame, dígame, es que me ha pillado que ya me iba. He venido solo un momento, por un asunto urgente ya que hoy no trabajo, no estoy de guardia, y mi familia me está esperando —dijo con un tono más bien seco.

Hessa se dio cuenta de su despiste, ya no sabía ni en qué día vivía. Era sábado.

—Seré muy breve, solo quería hacerle una pregunta. ¿Podría ser que Ameera muriera de hipoglucemia? ¿Se investigó esto como posible causa de su muerte?

—No sé por qué dice eso, pero no... No se barajó en ningún momento esa causa de muerte. Pero espere, espere un momento —añadió con condescendencia—. Espere, estoy volviendo a encender el ordenador...

—Siento entretenerla, si tiene prisa..., si prefiere le llamo mañana.

—No, no se preocupe, será un momento.

Hubo un silencio al otro lado del teléfono. La doctora Habiba tardó un buen rato en contestar.

—¿Señora Hessa? ¿Está aún ahí?

—Sí, sí, dígame. La escucho.

—Los niveles de azúcar en sangre eran un poco bajos.

—¿Quiere decir que tenía hipoglucemia?

—No necesariamente. Como ya le expliqué hace unos días, los análisis *post mortem* hay que valorarlos de forma muy diferente a los *ante mortem*. Encontrar niveles bajos de glucosa en sangre de un cadáver es normal, principalmente si se extrae la muestra de sangre de una vena periférica, como es la femoral. Cuando una persona fallece, no todas las células del organismo mueren al mismo tiempo y, por eso, las que aún están vivas van consumiendo glucosa para intentar sobrevivir.

La explicación forense le puso a Hessa la piel de gallina. ¡Las células de un cadáver luchaban por sobrevivir! La doctora Habiba cada vez se parecía más a un médico de una película de terror.

—La muerte —continuó impasible con su explicación—, aunque la mayoría de la gente lo desconoce, es un proceso que dura un tiempo... —Emitió un pequeño suspiro antes de seguir hablando. ¡Era tan difícil pasarse la vida dando explicaciones a tantos ignorantes!—. Es por eso que es habitual encontrar niveles bajos de glucosa en las muestras de sangre de un fallecido, porque se sigue utilizando el azúcar de la sangre durante un tiempo.

—O sea, lo que me está diciendo, es que ese hallazgo, entonces, no significa nada. Es imposible saber si una persona murió debido a una hipoglucemia.

—Sí y no. —Ya estaba la doctora Habiba volviendo a sus andadas. Nada era, al parecer, definitivo—. Existe otro dato: el ácido láctico. Cuando el cuerpo de un cadáver metaboliza esa glucosa... —se quedó un momento pensando—. Es decir, para que usted lo entienda, me refiero a cuando utiliza esa glucosa o la quema, entonces se forma ácido láctico. Por eso, ante una hipoglucemia que se ha producido *post mortem*, los niveles de glucemia son bajos pero los niveles de ácido láctico son altos. En cambio, en el caso de que la hipoglucemia ya estuviera presente antes del momento del fallecimiento, el nivel de ácido láctico sería bajo. ¿Comprende lo que le estoy diciendo?

—Sí, sí, la sigo ¿Y cómo era en el caso de Ameera?

—Déjeme que lo mire —le respondió un poco cansada. Aquella mujer la estaba entreteniendo demasiado en un día de fiesta—. De cualquier manera, le advierto que el nivel de glucemia que presentaba su prima era un poco bajo, pero solo un poco, vamos, que no podría ser la causa de su muerte de ningún modo. Para que pudiera llegar a provocar la muerte estaríamos hablando de unos niveles por debajo de veinte miligramos por mililitro.

—Ya... —Hessa estaba decepcionada.

—Pero a ver..., estoy haciendo unos cálculos... —Por unos momentos se hizo el silencio—. Ya los tengo. Señora Hessa, aplicando las fórmulas correspondientes que tienen en cuenta no solo el nivel de glucosa en sangre de un cadáver, sino también el nivel de ácido láctico y que permiten calcular el nivel de glucemia antes de la muerte, este es normal. ¿Necesita alguna información adicional? —le preguntó satisfecha del resultado de sus comprobaciones. Todo se había controlado como era debido.

—No, no. Ha sido muy amable. Eso es todo. Creo que no tendré que volver a molestarla. *Shukran jazilan*, doctora Habiba. *Ma'as salama.*

—*Afwan. Ma'as salama.*

De camino al hospital Rashid no podía dejar de darle vueltas a toda la información que tenía hasta ese momento. La hipoglucemia parecía no tener una relación directa con el caso, pero ese hombre, el eslavo, seguía siendo el nexo común a las dos mujeres; por lo tanto, encontrarlo era decisivo. Esperaba que en el hotel donde había trabajado le pudieran dar alguna información. De no ser así, tendría que ir a hacer averiguaciones a Abu Dabi, al bar de la pista de hielo. Con suerte alguien lo recordaría y le facilitaría algún dato. ¿Por qué razón perseguiría ese hombre a la mujer en coma? ¿Acaso se conocían previamente? Y no podía olvidarse de la ketamina. Esa fue la razón por la que inició su investigación y no debía pasar por alto que Maram trabajaba en un hospital de camellos y allí se manejaba ketamina casi con seguridad… Iría también a ese centro veterinario a investigar.

Llegó al hospital Rashid corriendo, no había podido arreglarse bien y el maquillaje que se había puesto por la mañana había, prácticamente, desaparecido. Hubiera necesitado algún retoque, pero, por suerte, llegó a tiempo de que le permitieran visitar a su padre. Allí, en el box de la UCI, solo quedaban Lubna y su madre, ya que el resto de familia se había marchado a continuar con sus quehaceres. Al parecer, la abuela estaba muy recuperada, y una nueva criada iba a empezar a trabajar en casa de sus padres al día siguiente. Hessa se alegró de ver a Baasir con muy buen aspecto.

—Lubna, vete ya, vamos, márchate, que llevas todo el día en el hospital haciendo compañía a nuestra madre. Debes estar rendida.

—Un poco cansada sí que estoy, aunque no hemos hecho nada más que rezar y rezar en la sala de oración. ¡Yo diría que nunca en la vida había rezado tanto!

Hessa pensó que para que dijera eso la piadosa de su hermana, debía haber batido un verdadero récord.

—Ahora me quedo yo con ella y luego la acompañaré a casa. Tú márchate ya, así estás un rato con tu marido.

—¿Estás segura? ¿No necesitas que me quede?

—Claro que no. *Baba* está mucho mejor y dentro de un rato acaba el horario de visitas. Vete, vete ya, que Abdul Khaliq se vuelve a ir mañana a Arabia Saudí. Vamos..., que te vayas ya.

—De acuerdo —accedió la hermana mayor como quien concede un favor, pero haciéndose un poco la remolona—. Te esperaremos para celebrar el *iftar*.

—No sé si llegaré a tiempo. Después de acompañar a *mama* tengo que ir a un sitio. —Pensaba que con un poco de suerte le daría tiempo a ir al hotel aunque estaba muy cansada—. Si voy a llegar tarde te llamo.

—Está bien, como quieras. —Y tras besar a sus padres y a su hermana, Lubna se fue hacia la salida de la sala.

—¡Lubna, Lubna! ¡Espera! —Hessa pilló a su hermana cuando ya iba a salir de la UCI—. Te olvidabas las llaves del coche.

—Es verdad, Abdul Khaliq se ha empeñado en dejarme su coche aquí porque el mío se quedó en Abu Dabi ayer.

Hessa esperaba que su hermana volviera a enumerar

las bondades de su marido, pero esa vez Lubna no se explayó, parecía cansada y con ganas de irse a su casa.

—No sé cuándo lo podré ir a recoger. ¡En fin!

—Podías haberte llevado el de *baba*. Lo traje esta madrugada y aquí se ha quedado. Es que… me encontré con Ahmed y me llevó a casa.

—Está visto que nuestro primo se ha convertido en tu chófer personal. Las hay con suerte —añadió guiñándole el ojo—. Huy, pues como se entere *baba* que no está su coche bien cuidadito en el garaje de su casa le volverá a dar un ataque al corazón —dijo Lubna riendo.

—Tienes razón y, además, con las prisas y los nervios, se lo he rascado un poco al traerlo… ¿Sabes qué? Como tengo que acompañar a *mama* a casa, me llevaré el coche de nuestro padre y así lo dejaré ya en el garaje. Luego cogeré un taxi.

—¡Ah! Es buena idea —replicó, aunque al momento hizo un gesto de extrañeza—. Pero, Hessa, ¿no tenías que ir a un sitio? —le preguntó aunque sin esperar su respuesta porque estaba demasiado cansada para ello—. Bueno, en cualquier caso no vuelvas muy tarde, que tú también tienes que descansar. Casi no has dormido esta noche y te has pasado el día entrando y saliendo del hospital. No tienes buena cara. —Y cuando acabó de decir esto se volvieron a besar en las mejillas.

De vuelta hacia el box de su padre, Hessa vio que la mujer en coma tenía visita: un matrimonio estaba junto a ella en su cubículo, al lado de la cabecera de la cama. Se acercó un poco más y pudo ver a la mujer, que tendría entre 40 y 50 años, cómo le hablaba a aquel cuerpo inmóvil, que parecía indiferente a sus palabras, al mismo tiempo que se enjugaba los ojos con un pañuelo. El hombre también la miraba, pero sin decirle nada, aunque parecía musitar algo, quizá rezaba porque en la mano se le podía ver un rosario. Su mirada era de una tristeza infinita, como si ya no hubiera esperanza para la joven que yacía en la cama y, por lo tanto, tampoco para ellos. Debían de ser sus padres. La primera intención de Hessa fue entrar en el cubículo y entablar una conversación con el matrimonio, pero lo desestimó al ver que la enfermera del mediodía merodeaba por allí repartiendo medicaciones. No quería levantar sospechas, y si la enfermera la encontraba otra vez en el mismo cubículo podría parecerle extraño. Así que se dirigió al box de su padre, pero cuando llegó ya había ideado un plan.

—*Mama*, qué pena, qué pena me da...

—Pues ¿qué pasa, hija?

—Unos cuantos cubículos más allá hay una chica tan joven, tan joven...

—Vaya —dijo la madre, compadeciéndose de la situación de antemano, aunque prácticamente carecía de información sobre esa mujer—. ¿Y qué es lo que le pasa?

—No sé muy bien, pero parece muy enferma, está inmóvil.

—Por Alá, Hessa, qué desgracia.

—Y lo que ahora da también mucha pena es que tiene una visita y yo diría que son sus padres. La mujer no hace más que llorar.

—Pobre mujer, pobre mujer. Es que me pongo en su lugar y...

—*Mama*, tú que sabes conectar tan bien con la gente, ¿por qué no te acercas y les dices algo?

—¿Tú crees, hija? —Hania estaba un poco dudosa sobre si eso sería correcto o no, aunque se sentía muy halagada ante los comentarios de su hija, que generalmente la consideraba un poco chafardera y chismosa—. Es que no los conozco de nada.

—Y eso qué más da. ¿Cuándo ha sido eso un problema para ti? Si te encanta charlar con todo el mundo, incluso con desconocidos. Piensa que es una buena obra. Podrías ayudarles, darles esperanzas, consolarles.

—¿Tú crees, hija? —volvió a repetir—. Por mí, encantada de hacerlo, si eso les puede servir de ayuda. Es que me pongo en su lugar y se me pone la piel de gallina.

—Ve, ve y pregúntales sobre su hija. Lo que hacía cuando se encontraba bien, a qué se dedicaba y también qué es lo que le pasó, por qué esta así y desde cuándo. Tú, como madre, sabes lo importante que es que los demás se preocupen por tus hijos, sobre todo cuando las cosas no marchan bien.

Hania no tardó más de un minuto en estar totalmente convencida. Su hija tenía razón, era una obligación animar a unos padres desconsolados.

—¿Sabes qué? Que sí, que voy para allá y si no tienen ganas de hablar pues me vuelvo y ya está.

—Claro, pero hay que intentarlo. Yo también iría, pero creo que para una madre resultarás de más ayuda tú, será mejor para ella hablar de madre a madre, que no conmigo.

Y mientras ella se marchaba a consolar a esos pobres padres, su hija, con un ligero remordimiento por lo que acababa de hacer, se quedó charlando con su padre, que ya reclamaba que le trajeran el periódico al día siguiente.

La hora de visitas estaba a punto de finalizar cuando Hania regresó al cubículo de su esposo.

—Creo que tenías razón, hija. Ha sido muy buena idea, les he dejado más animados.

Hessa solo esperaba que para consolarlos su madre no les hubiera explicado todas las desgracias de la familia Al Falasi, ya que era muy habladora y a veces no dejaba decir ni pío a los demás. Confiaba en que trajera información interesante y útil para su investigación.

—Está en coma —explicó como quien desvela un gran secreto.

—¡Ah! —exclamó Hessa haciéndose la sorprendida—. ¿Y por qué? ¿Qué le ha pasado?

—Por el azúcar. La pobre chica es diabética desde pequeña y se le descompensó el azúcar el otro día.
—¿Por el ayuno?
—Claro, piensan que debe de ser eso. Dicen que le había pasado otras veces, aunque nunca había llegado a este extremo. Lleva una medicación consigo para cuando le baja demasiado el azúcar, entonces se la toma y ya está.
—¿Y esta vez no le hizo efecto?
—Parece ser que no, o quizá no se la tomó.
—¡Anda! ¿Y por qué?
—Pues no lo entienden muy bien. Pero la vida es así, Hessa, muchas veces lo que sucede es incomprensible. Los médicos dicen que a lo mejor no notó los síntomas de la bajada de azúcar, que a veces a los jóvenes que sufren de diabetes desde hace tantos años les pasa, es como si el cuerpo se acostumbrara a algunas cosas.

Hessa recordó que eso coincidía con lo que había leído ese mismo día en su casa en su búsqueda en Internet.

—Pero los padres no lo acaban de entender, dicen que es muy raro —añadió Hania.
—¿Por qué lo consideran tan raro?
—Porque la encontraron en un despacho apartado, en una zona en que en esta época del año apenas hay nadie.
—¿En un despacho?
—¡Ah! Es que no te lo he dicho antes, no te lo he explicado. Esa joven trabaja en el Hospital de Camellos y la encontraron allí, medio muerta, en un despacho solitario. Según los padres, si se fue a un despacho alejado debía de ser porque se sintió mal y se quería tomar la medicación. O sea, que sí que debió notar los síntomas.
—Sí, claro..., se apartó para poder pincharse con mayor privacidad... Por lo visto llevan una medicación que sirve para casos de bajadas más importantes, pero tienen que pinchársela.

Hania seguía sorprendida de los conocimientos que tenía su hija sobre medicina: la noche anterior con la nitroglicerina y ahora con los tratamientos de los diabéticos. Pero Hania tenía una sorpresa para Hessa: en estos momentos ella, su ignorante madre, sabía más que su hija.

—No, no. Los padres, que con los años se han vuelto expertos en esa enfermedad, dicen que eso no tiene mucho sentido, porque esa medicación no es efectiva durante el ayuno. Su hija sabe que no puede pinchársela si hace ayuno durante el Ramadán. Por eso no entienden por qué se fue a ese despacho. Lo que tendría que haber hecho si no se encontraba bien es tomar azúcar y pedir ayuda. Eso es lo que dicen que tendría que haber hecho. Además, su jefe asegura que cuando la dejó parecía que se encontraba perfectamente.

—¿Su jefe?

—Sí, es un occidental, pero bastante apuesto para ser extranjero, aunque un poco descolorido, ya sabes, así como un poco rubio, con la piel clara, eso, descolorido.

—Pero ¿es que lo has visto?

—Sí, ha llegado hace un momento, ha venido a verla.

—¿Y ya se ha ido?

—Cuando yo he salido de la habitación de esa pobre chica, aún estaba.

—Espera, *mama*, espera, que me voy a asomar un poco a ver si yo también lo veo. Tú sigue contándome todo lo que te han explicado.

La madre de Hessa no podía creer lo que estaba viendo. Su hija, que siempre la criticaba porque decía que era una chafardera, no solo había insistido en que fuera al cubículo de esa mujer, sino que ahora quería fisgonear y ver cómo era su jefe. Era gracioso y sorprendente lo que había cambiado su hija. Pero al momento dejó de encontrarle gracia al asunto. Ya sabía qué le pasaba a Hessa y no le gustaba nada: se estaba convirtiendo en una viuda chismosa, una mujer que, al no tener vida propia, necesitaba vivir las de los demás. ¡Qué desgracia!

—Sigue, *mama*, sigue...

—Pues lo que te decía, que es muy agradable ese hombre, el doctor Palmer.

—¿Palmer? —preguntó Baasir desde su cama. Al parecer estaba al corriente de toda la conversación que estaban teniendo su mujer y su hija—. Hania, Hania —repitió llamando la atención de su mujer y empezando a reírse—. No sé qué palmeras tendrá ese occidental. —Y rio su propio chiste, pero se calló al ver que su hija no le seguía la broma.

—¿Es veterinario? —preguntó Hessa a su madre.

—Ay, hija, qué preguntas haces... Si es un hospital para camellos ¿qué va a ser?, ¿logopeda? —le contestó en voz alta para que su marido lo oyera y viera que ella también era ocurrente.

Y el matrimonio se echó a reír.

—Espera, *mama*, schsss, calla, que ya lo veo.

El doctor Palmer estaba en esos momentos abandonando el cubículo donde yacía la auxiliar de veterinaria. Era un hombre alto, muy corpulento, de unos cuarenta años. Vestía pantalones grises y un polo negro de manga corta. Y, como había dicho su madre, rubio y sin color en la piel.

—Se le veía muy preocupado por la joven. Se sentía incluso un poco culpable, ya ves, pobre hombre, total por haberse ido antes que ella, pero parece que en ningún momento la chica dio señales de encontrarse mal. Se ve que ha venido varias veces a verla, a interesarse por ella e incluso a hablar con los médicos.

Entonces la enfermera del mediodía entró en el cubículo. Las visitas tenían que marcharse. Era la hora y Baasir y los demás pacientes tenían que descansar.

Fuera estaba empezando a anochecer y había mucha

gente en la calle, compraban dulces y acudían a las mezquitas y los restaurantes. Era extraño, había muertes, jóvenes en coma, hombres recuperándose de infartos, desaparecidos, pero la vida, para los demás, no se había detenido, la vida continuaba con su ritmo de siempre.

Hessa aparcó el coche de Baasir en el garaje de casa de sus padres.

—Hija, ¿quieres entrar y tomar el *iftar* conmigo?

—*Mama*, te lo agradezco pero, a no ser que necesites compañía, prefiero irme a casa a descansar.

—Es lo mejor, hija, yo también estoy deseando irme a la cama. Les diré a los tíos que se vayan también a su casa. Supongo que Latifah habrá dado ya la cena a la abuela... —se quedó por unos instantes callada—. Pero bueno, ahora que lo pienso, ¿por qué no te esperas un momento y así te acompañan los tíos a tu casa?

—No, prefiero coger ahora mismo un taxi y marcharme. Si entro, seguro que nos entretenemos y acabamos cenando todos juntos.

—En eso tienes razón. Pero ve con cuidado, hija, es muy tarde y ya está oscureciendo.

—Tampoco es tan tarde, pero nos lo parece porque estamos muy cansadas. Acuérdate que mañana solo podremos entrar a ver a *baba* por la tarde, así que no hay prisa. Aprovecha para descansar.

—Y tú también Hessa, hija, no te veo buen aspecto... —Al decirle esto se la quedó mirando fijamente para poder verla bien, ya que había poca luz en el jardín de la casa—. La verdad es que te veo fatal. Hija, yo creo que desde que volviste de Jordania has perdido algunos kilos. Y deberías haberte maquillado. Mañana arréglate, que si no parecerás una viuda fea. —Eso último lo dijo sin maldad, sin intención de herirla, solo con la crueldad que en ocasiones tiene la inocencia, y con la preocupación de que su hija, que había sido tan presumida, hubiera tirado la toalla.

—Sí, lo haré —respondió Hessa intentando contener

la tristeza por esas palabras. Pero así era su madre—. Y ya verás, hoy ha sido un día duro, pero mañana será mejor.
—*Inshallah, inshallah.*

Hessa se fue a buscar un taxi y cuando lo encontró le dio la dirección de su casa sin dudar ni un momento. Estaba agotada, ya iría al hotel mañana. Después de todo lo que había vivido ese día y todo lo que había visto en la UCI del hospital, tenía muchas ganas de regresar a casa y cenar con su familia, incluso con su cuñado Abdul Khaliq.

Capítulo 10

5 de julio

*D*urmió mucho, se lo podía permitir porque seguía sin tener que hacer el ayuno. La despertó una llamada de su móvil.

—Señora Hessa, tengo más información sobre lo que hablamos ayer. —Se notaba indecisión en la voz de la doctora Habiba.

—¿Sí? —respondió aún somnolienta y muy sorprendida por la llamada.

—Ayer, después de nuestra conversación, recordé algo... —Se quedó callada durante unos momentos. Claramente le estaba costando darle esa información.

—¿Y qué es lo que recordó? —la animó Hessa a continuar.

—A su prima se le hicieron maniobras de reanimación cardiorrespiratoria.

—Ah... —respondió sin tener ni idea de lo que le estaba hablando—. ¿Y?

—Pues que en los casos en que se han realizado esas maniobras y la persona fallece a pesar de ellas, el cadáver presenta hiperglucemia.

Hessa no acababa de entender qué le trataba de decir la forense.

—¿Entiende lo que le digo? —le preguntó con altivez. Volvía a ser la misma de siempre—. Su prima fue sometida a maniobras de resucitación, por lo que debería haber tenido niveles altísimos de glucosa en sangre pero, por el contrario, los niveles no eran altos, eran, incluso, un poco bajos.

Hessa seguía sin comprender la relevancia de aquella información.

—¿Y eso es bueno o es malo?

—Señora Hessa, los resultados en los cadáveres no son ni buenos ni malos. En un cadáver, como comprenderá, no existe ya un pronóstico —contestó de forma sarcástica la forense—. Es decir, si consideramos la muerte como un proceso, el pronóstico del mismo es siempre mortal. —Y dejó escapar una risita.

Hessa pensó que aquella doctora que había conocido en el pasado no se correspondía en absoluto con esa mujer desagradable, cínica y antipática. Debía de estar realmente muy molesta con la investigación de la familia Al Falasi.

—Disculpe, lo que intentaba preguntarle era el significado de ese nuevo dato —aclaró Hessa de forma sumisa mientras se mordía la lengua para no contestarle como se merecía.

—Lo que trato de explicarle es que es muy raro que presentara esos niveles de glucosa ya que tendrían que haber sido muy altos. Si tenemos en cuenta que las maniobras de resucitación deberían haberlos incrementado mucho y, sin embargo, estaban un poco por debajo de la normalidad, eso podría significar que tuviera una hipoglucemia muy importante en el momento de su muerte y que, al aumentar los niveles por la reanimación, estos alcanzaran un nivel prácticamente normal.

—Sí, sí, la sigo —contestó Hessa al tiempo que sentía cómo se le aceleraba el corazón—. Doctora Habiba, ¿y qué piensa usted que le debió provocar esa hipoglucemia? ¿Quizá los betabloqueantes?

Aquello ya fue demasiado para la doctora.

—Veo que ha estado estudiando mucho, señora Hessa. ¿Es su intención quizá optar a algún puesto en mi departamento? —le preguntó la forense antes de dar la respuesta—. Unos niveles tan bajos de glucosa como los que probablemente presentaba su prima difícilmente pueden deberse a los betabloqueantes y, tal y como le dije el otro día en mi despacho, no había habido sobredosis de ese fármaco. Cuantificamos los niveles y eran correctos. Pero... —parecía que dudaba si darle más información— estamos haciendo unas comprobaciones adicionales con las muestras que conservamos. Volveré a contactar con usted cuando tenga esos resultados.

La doctora Habiba colgó sin darle tiempo a Hessa ni siquiera para una cortés despedida.

La abogada se quedó muy excitada tras la conversación telefónica, aunque un poco frustrada por no haberle podido preguntar qué era exactamente lo que iban ahora a analizar, qué nuevos datos podía esperar de esas comprobaciones. Por unos instantes se planteó si volver a llamarla pero lo descartó de inmediato. La doctora Habiba no parecía estar de buen humor aquella mañana ni con ganas de dar muchas explicaciones. Preferiría no desatar su ira y que así continuara colaborando con ella y compartiendo su información. De cualquier manera, con lo que tenía en esos momentos ya sabía algo muy importante: dos mujeres habían sido perseguidas por un mismo hombre y las dos sufrieron una hipoglucemia muy severa, con el resultado de la muerte de una y el estado de coma en la otra. Con eso ya podía deducir que no podía ser una pura coincidencia. Además, el hombre había desaparecido. Ese hombre, ese Iosif Gilyov, tenía que estar relacionado con ello. Tenía que localizarlo urgentemente y hablar con él, esa misma mañana iría al hotel donde había estado trabajando. Pero antes haría otra llamada.

Tras buscar en Internet el teléfono de contacto, llamó al Hospital de Camellos.

—¿Doctor Palmer? No nos conocemos. Mi nombre

es Hessa Al Falasi, soy abogada y me gustaría hacerle unas preguntas relacionadas con un caso que llevo para un cliente, si no le importa.

La respuesta del otro lado del teléfono se demoró unos instantes.

—¿Caso? ¿Qué caso? Disculpe, pero no sé a lo que se refiere.

—Claro, claro, le explico. Llevo un caso que en cierta manera está relacionado con la señora Maram Al Jubaini.

—¿Con Maram? —pareció sorprendido.

—Si no he entendido mal, esa señora trabaja en el Hospital de Camellos y usted es su jefe.

—Sí, claro. Pero ¿ha pasado algo con Maram?

—Bueno... algo ha pasado, está en coma.

—Sí, ya lo sé, estoy al corriente. Pero no entiendo... —Parecía un poco nervioso—. ¿Es ese el problema? ¿Su cliente cree que no se actuó de forma correcta? He hablado varias veces con la familia y no me han comentado nada... Esa enfermedad, ya sabe, tiene esas cosas y, además, fue un empleado del centro quien la buscó, la encontró y gracias a ello sigue con vida. Por lo tanto...

—No, no, no... —le interrumpió la abogada—. Creo que ha habido un malentendido, quizá no me he explicado del todo bien. Mi cliente no es la familia de Maram, ni estoy acusando al Hospital de Camellos de su estado. Pero sí, hasta cierto punto, el problema es el estado de la señora Maram Al Jubaini, porque es con ella con quien yo hubiera querido hablar, pero como eso no es posible, probablemente usted me podría ayudar.

—¿No sería mejor que hablara con su familia? La verdad es que aunque esa muchacha trabaja aquí, conmigo, no la conozco mucho, apenas sé nada de ella.

¿No la conocía mucho y había ido varias veces al Hospital Rashid a visitarla y a hablar con los médicos que la atendían? A Hessa le pareció un poco raro ese comentario del doctor Palmer, aunque quizá fuera un jefe muy atento y considerado con sus subordinados.

—No, la información que necesito seguramente me la puede dar usted. Lo que me interesa saber está más relacionado con su trabajo, como cuáles son exactamente sus funciones en el centro veterinario, con quién se relaciona allí, ese tipo de cosas. Ah, y también quién la encontró cuando cayó enferma. Si me da su nombre me gustaría hablar con él.

—Mire, ahora no tengo mucho tiempo para atenderla y tampoco sé quién la encontró pero lo puedo averiguar. Si quiere podríamos quedar para vernos un momento aquí, en el centro.

—Me parece muy bien. ¿Podría ser hoy mismo?

El doctor Palmer tardó en contestar:

—Sí, pero tendría que ser tarde, tengo todo el día muy ocupado. ¿Sobre las ocho?

Era bastante tarde, aunque así podría ir primero a ver a su padre con calma, calculó Hessa.

—De acuerdo, doctor Palmer, nos vemos esta noche. Por favor, si localiza quién encontró a la señora Maram y pudiera hablar también con él hoy…

—Descuide, lo intentaré. Y perdone… ¿cómo me ha dicho que se llama?

—Hessa, Hessa Al Falasi.

Mientras colgaba el teléfono de su despacho, el veterinario se quedó pensando que ese apellido le sonaba mucho.

Tras las dos llamadas, Hessa decidió que ya era hora de desayunar. Estaba contenta, había descansado bien y había puesto en marcha varios temas casi sin salir de la cama: la doctora Habiba le había dado nueva información y, además, estaba haciendo algunas comprobaciones adicionales; por otra parte, el doctor Palmer seguramente le podría aclarar esa misma noche algunas cosas de Maram, por ejemplo si tenía acceso a la ketamina.

De camino a la cocina le pareció oír ruido en la sala. Cuando entró en el salón se encontró a Lubna sentada en el sofá llorando. En la mesita baja que había cerca estaba el ordenador portátil de su hermana encendido.

—Lubna, ¿estás bien? ¿Lloras porque ya se ha ido Abdul Khaliq? ¿O es que os habéis peleado?

—No, qué va, no es eso —aclaró mientras se enjugaba las lágrimas.

—Pues ¿qué es lo que pasa? —le preguntó Hessa intrigada y algo preocupada.

—No, nada, nada, que soy una tonta, tonterías mías, nada importante. Estaba buscando en Internet el Modhesh World para llevar a la niña, ¿te acuerdas que lo comentamos el otro día? Y me ha pasado lo que suele pasar, que buscando una cosa encuentras otra página y esta te lleva a otra y a otra...

—¿Y qué has encontrado que te ha hecho llorar? —preguntó Hessa ya más tranquila. Si era algo que había encontrado en Internet no debería ser muy grave.

—Ya sé que no está bien lo que he hecho, porque es Ramadán...

—Pero, Lubna, por Alá, ¿quieres decirme de una vez qué es lo que has encontrado? ¿Qué es lo que te ha hecho llorar?

—He encontrado un videoclip de aquel cantante que tanto me gusta..., de Hussain Al Jasmi.

—¿Y lloras porque has visto un videoclip durante el Ramadán?

—Bueno, eso también, porque no es correcto, pero lo arreglaré llevando más limosnas a la mezquita. Pero es que el videoclip me ha dado mucha pena porque, ¿sabes?, es esa canción..., *Te digo adiós,* esa de un padre que quiere mucho a su hija pero se la tiene que entregar a su mujer porque se han divorciado, y en el videoclip aparece la madre que viene a buscarla en un coche, muy sofisticada ella, y el hombre se queda sin su niña. —Y Lubna rompió a llorar otra vez.

—Pero Lubna, ¿te das cuenta de lo que estás diciendo? —Hessa no daba crédito a lo que le contaba la blandengue de su hermana. ¿Estaba realmente llorando por un cantante que hacía ver que una pérfida mujer le arrancaba a su hija de sus brazos?—. Lubna, ¿no ves que la realidad no es así?

—Habrá casos que sí, digo yo... Además, pensaba que si algún día me divorciara, ¡que Alá no lo quiera!, tú me ayudarías y entonces Mona se quedaría conmigo y Abdul Khaliq lo pasaría fatal. Fatal fatal. No lo quiero ni pensar. —Y las lágrimas volvieron a caerle resbalando por sus mofletes.

—Mira, Lubna, ni tú te vas a divorciar ni nadie le va a quitar a Mona a Abdul Khaliq. Tú estás muy sensible, creo que debes estar teniendo un desarreglo hormonal. ¿No será que estás embarazada? —dijo casi sin pensar.

Las palabras de Hessa cortaron de raíz las lágrimas de su hermana mayor.

—No te digo que no lo esté, quizá sí, a lo mejor —contestó en voz baja sonrojándose—. Hessa, ¿tú crees que a las pocas horas del embarazo ya puedo tener desarreglos hormonales?

Como hacía días que Hessa no había podido desayunar debido al ayuno, aquel desayuno se lo tomó con calma. Su hermana, que no solo estaba más tranquila, sino contenta ante la posibilidad de un hipotético recién estrenado embarazo, revoloteó todo el rato alrededor de la mesa de la cocina.

—¿Qué tienes que hacer hoy? ¿Qué vas a hacer?

—Tengo que ir a un hotel del centro de Dubái, en el Trade Centre. Tendré que coger un taxi porque al final dejé mi coche en el hospital para dejar el de *baba* en su casa. Aunque, pensándolo bien, podría coger el metro. He visto que hay una salida que conecta directamente con ese hotel. —Nunca había ido en metro, ni en Dubái ni en ningún otro lugar, y la idea de probarlo una vez le hacía ilusión.

—Pero, Hessa, ¿cómo vas a ir en metro?

—Iré en el vagón de mujeres, no será un problema.

—Cómo se nota que nunca coges el metro. —Rio Lubna—. A estas horas ya no hay vagones de mujeres, lo sé por lo que me ha contado Ángela, que ha tenido que ir alguna vez a hacer alguna gestión. Quizá podrías ir en la *gold class*, pero aun así no me parece muy bien.

—Pero ¿qué me puede pasar? No será la primera vez que una mujer va en metro… —Intentó recordar si conocía a alguna mujer emiratí que hubiera subido en el metro y no hubo manera de encontrar ninguna. Que ella supiera, ni su hermana, ni sus primas, ni sus tías o amigas lo habían utilizado nunca, y eso le daba más ganas de cogerlo—. Llegaré antes que en taxi y la estación de metro comunica directamente mediante una pasarela con la entrada del hotel.

—Déjate ya de metros, *wallah!* Mi coche lo tengo también perdido por ahí, en Abu Dabi, en casa de Fawaz, pero se me ocurre una idea: te puedo acompañar con el coche de Abdul Khaliq. —De ninguna manera Lubna le podía dejar coger a Hessa el coche de su marido—. El Modhesh World está cerca de allí, en el World Trade Centre, y aunque aún no hemos decidido cuándo ir, puede ser esta misma mañana, ¿por qué no? ¡Qué más nos da un día u otro si no tenemos nada más que hacer hasta la hora de ir a visitar a *baba*! Mona se pondrá muy contenta y así podemos acompañarte.

Entonces el móvil de Hessa sonó. Se sobresaltó al ver en la pantalla el número de su primo Ahmed, se levantó y salió huyendo del radio auditivo de su hermana. Pero Lubna tuvo tiempo suficiente para enterarse, por el saludo de Hessa, de quién estaba al otro lado del teléfono y, a pesar de que se moría de ganas de oír la conversación, se alejó también para dar a su hermana más privacidad.

—Justamente te quería llamar, pero ya ves..., te me has adelantado. —Se sentía cohibida, como si se hubiera esfumado la complicidad que habían empezado a tener el día que revisaron juntos las grabaciones del centro comercial.

—Espero no molestarte con mi llamada —replicó Ahmed con tono contenido.

—No, no, qué va, si, como te decía, había pensado en llamarte también.

Se hizo un silencio. Ninguno de los dos sabía cómo seguir la conversación, cómo derretir el bloque de hielo que ahora, al parecer, los separaba.

—¿Cómo está tu padre? —preguntó Ahmed para romper esa barrera que había entre ellos cuanto antes, aunque ya sabía por su hermana Jalila, que había hablado con Rawda, que Baasir evolucionaba muy bien.

—¡Ah! Bien, bien, bastante mejor. Gracias por preguntar. —Se quedaron otra vez callados y a Hessa ese silencio se le hizo eterno—. He encontrado a la mujer en coma —le informó bruscamente.

—¿La mujer a la que perseguía el hombre de la gorra? —Ahmed se quedó sorprendido porque no se esperaba esa noticia.

—Sí, claro, ¿quién si no? Está ingresada en el mismo hospital que mi padre. Para ser más exactos, en la UCI, como él. Tengo ya su nombre: Maram Al Jubaini.

—Enhorabuena por el hallazgo. ¿Y ahora qué? —Su voz sonaba preocupada y, a pesar de la felicitación, no parecía muy contento con la noticia, o quizá no lo supiera expresar por su forma de ser.

—Eso no es todo. Tengo más información, más datos —añadió Hessa—. La mujer está en coma a causa de una disminución muy severa del nivel de glucosa en sangre. Es que es diabética. Pero la última noticia es que tu hermana también presentaba hipoglucemia grave en el momento de su muerte.

—¿Ameera? Pero ¿por qué?

—Aún no lo sé. La forense quiere hacer algunas comprobaciones con la muestra de sangre que conservaron.

—Realmente eso es muy extraño. Las dos con hipoglucemia grave: mi hermana falleció y la otra mujer en coma. Y las dos perseguidas por el mismo hombre.

—Sí, yo también pienso que debe de haber alguna relación. Y de momento, que sepamos, la única relación es que ese hombre las perseguía a las dos. Así que esta mañana pensaba ir al hotel donde trabajaba. —Y, aunque por una parte temía que su primo se entrometiera demasiado en la investigación, como por otra estaba deseando verlo, dejó caer como quien no quiere la cosa que ella, en esos momentos, no disponía de coche.

—Tendré que ir en metro porque el Toyota lo dejé ayer en el hospital.

—No, no, ¿cómo vas a ir en metro? Te acompañaré. ¿Cuándo te va bien que pase a buscarte?

—Pero tendrás muchas cosas que hacer...

—Siempre hay muchas cosas que hacer, pero podrán esperar.

Tras acceder a que la recogiera en una hora, Hessa volvió a reunirse con su hermana.

—¿Qué quería? —le preguntó Lubna intrigada, con una sonrisa pícara.

—Cosas de la investigación —le respondió sin darle más explicaciones—. Pero ahora tengo mucha prisa, Lubna. Me va a venir a recoger dentro de una hora —añadió muy agobiada.

—¿Otra vez te va a llevar en su coche? —Eso se estaba poniendo muy, pero que muy, emocionante. Así que Lubna no hizo mención al hecho de que unos minutos antes habían acordado que sería ella la que la acompañaría en coche al hotel—. Sí, sí, lo que te dije ayer: Parece que Ahmed se ha convertido en tu chófer particular. ¿Por qué será? —preguntó intentando poner cara de ignorancia aunque, finalmente, no pudo evitar echarse a reír.

Pero Hessa no estaba para bromas. Ahmed se iba a presentar en una hora y ella tenía un aspecto horrible. Pareces una viuda fea, le había dicho su madre. Empezaba a arrepentirse de haber quedado con él.

—Pues no pareces muy contenta. —Lubna había observado cómo el rostro de su hermana se ensombrecía.

—Es que me veo muy fea. Tengo un aspecto horrible.

—Tú nunca tienes un aspecto horrible, siempre estás guapa.

—¡Qué va! Hasta *mama* me dijo ayer que estaba fatal...

—No estoy de acuerdo, además, ya conocemos a nuestra madre, a veces dice unas cosas..., pero, así y todo, se me ocurre que hoy es el día adecuado para que pongamos en marcha el proyecto del moño joroba de camello tipo colmena.

—¿Lo dices en serio?

—Pues claro.

—Pero había que comprar la espuma...

—La compré.

Hessa empezó a sonreír.

—Me voy a duchar en un momento. Mientras tanto, por favor, prepáralo todo, date prisa, va.

—Hessa, tienes que escoger un *shaila* que no sea transparente porque, a diferencia de la joroba de camello simple, con la del tipo colmena no puedes ponerte la banda que sujeta el pelo y lo cubre. Si te la pones, no podrá quedar la parte de delante al descubierto y hueca.

—Claro, claro, tienes razón. Miraré a ver cuál me pongo.

Mientras estaba en la ducha, Lubna se encargó de montar una peluquería doméstica en la habitación de su hermana. Preparó frente al espejo varios cepillos, clips, horquillas, el secador, la plancha del pelo, unas gomas y unas pinzas especiales para recoger el cabello que incorporaban pompones de tela y que se usaban en los moños de joroba de camello para darles más volumen debajo del velo. Cogió también la espuma para el relleno.

Tras el cuidadoso secado de cabello, insistiendo en dar volumen a la raíz en la parte delantera, y el alisado de la melena con la plancha, Lubna empezó el complicado proceso de montaje del moño. Con un peine cardó la parte delantera para que apareciera más voluminosa. Luego le hizo una coleta muy alta que recogió con una goma. La coleta la dobló y la empezó a rellenar de espuma y finalmente sujetó el relleno con algunas horquillas. Rodeó la base de la coleta, que ya se había transformado en moño, con un *shaila* sencillo. Le dio todas las vueltas que la largura del velo le permitió. Eso le daría un volumen extra cuando lo tapara con el otro *shaila*, el que cubriría todo el peinado. Al final, para asegurarse de conseguir el volumen deseado, colocó la pinza con los pompones en lo alto del moño.

—Dame el *shaila*, dame, veamos cómo queda una vez que lo cubrimos.

El resultado era espectacular. Parecía una *top model* de *abayas*, sin lugar a dudas. Lubna estaba asombrada del resultado.

—Hessa, estás... deslumbrante, quizá incluso demasiado. Estás tan guapa..., pero ¿no crees que llamarás demasiado la atención?

Hessa pensó que realmente estaba muy llamativa. Si quería llevar la investigación de una forma discreta, esa no era la mejor manera. Dudó por unos instantes, pero, al final, la mujer que quería deslumbrar a su primo se impuso a la profesional. La última vez que la vio Ahmed vestía la *abaya* de su abuela, un pijama infantil y tenía la cara llena de churretes. Eso había que compensarlo de alguna manera. Además, se habían enfadado. Así que tenía suficientes motivos para querer deslumbrarlo esta vez. Aunque era cierto que ir así, y sola por la calle, no parecía muy apropiado ni recomendable, eso no iba a ser un problema pues la iba a acompañar Ahmed en su coche.

Se maquilló cuidadosamente, se perfumó y se puso la *abaya* a juego con el *shaila*. Había escogido un conjunto muy sobrio aunque elegante. Ya que el moño llamaba la atención por sí mismo, no quería ponerse más elementos que pudieran distraer ese foco de atención. La *abaya* elegida era totalmente negra, pero el cuello y las mangas tenían un ribeteado de unos cuantos centímetros de ancho con pequeños brillantes también negros. El mismo adorno bordeaba todo el *shaila*. Los ojos se los había maquillado con efecto ahumado y las cejas se las había destacado y rellenado con un pincel especial para que quedaran perfectas. Se puso unas sandalias negras muy altas con unas finas tiras que se cruzaban por encima del empeine. Finalmente, Lubna la ayudó a colocarse y fijar el velo y le ahuecó un poco más el cabello que asomaba por la parte delantera.

—Lubna, ¿me puedes dejar un pequeño mechón suelto? Que caiga ligeramente por la frente, solo un poco de cabello, que sea muy natural.

—¿Natural? Ja, ja, ja... —Rio Lubna sin poder evitarlo. ¿Qué podía haber de natural en ese peinado?—. A ver..., te liberaré un pequeño mechón, de acuerdo, pero habrá que ir con cuidado, no se nos desmonte todo y tengamos que volver a empezar.

Ángela llamó a la puerta de la habitación.

—*Sayyida* Hessa, el señor Ahmed la está esperando en el vestíbulo. ¿Le hago pasar al salón?

—No, Ángela, no será necesario, dile que bajo enseguida.

Ahmed estaba mirando el móvil para hacer tiempo, pero en cuanto vio bajar a Hessa por las escaleras acompañada de su hermana quedó tan impresionado que poco le faltó para que se le cayera el teléfono al suelo.

Las dos hermanas bajaron serias y altivas. En Hessa esa actitud era bastante frecuente, pero no tanto en Lubna, que en esos momentos se sentía como el familiar que entrega a una novia el día de su boda.

—Tienes, tienes... —No quería estropearlo con una palabra inadecuada—. Muy buen aspecto. —A Ahmed las palabras no le salían con fluidez.

—Eso es que hoy ha dormido mucho —dijo Lubna quitándole importancia al atuendo y al peinado, como si la apariencia que tenía hoy su hermana fuera de lo más normal.

Al llegar al final de la escalera y situarse cerca de su primo, fue patente el crecimiento inaudito que había sufrido Hessa por una noche de sueño reparador. Parecía una torre humana.

Ahmed, que seguía atónito, acertó a mascullar unas palabras. Pocas.

—Cuando quieras, nos vamos. He dejado el coche en la calle, delante de casa.

Solo había que andar unos cuantos metros pero Hessa se dio cuenta de que la gente la miraba. Se sintió un poco azorada.

—El hotel al que vamos está en un rascacielos del Trade Centre.

—Sí, sí, recuerdo cual es. —Ahmed ya se había recobrado de la impresión y ahora tenía la atención más puesta en la carretera que en la hermosa Hessa—. No te pregunté antes cómo encontraste a la mujer en la UCI, supongo que la viste por casualidad y la reconociste.

—Más o menos —contestó Hessa de forma altiva y enigmática. Lo de la altivez no lo podía evitar, tenía miedo de que si se movía demasiado se le desmontara todo lo que llevaba sobre la cabeza: la espuma, las pinzas, los dos *shailas*... Y enigmática..., porque empezaba a dudar de que su primo aprobara las tácticas que había estado utilizando para reconocer a la mujer.

—¿Qué quieres decir con más o menos?

—Bueno..., sí, que la encontré por casualidad en uno de los boxes de la UCI, pero...

—¿Pero...?

—Estaba en coma, llena de tubos y con los ojos cerrados. —Se quedó callada.

—¿Y entonces?

Su primo estaba decidido a llegar hasta el último detalle.

—Era muy difícil reconocerla.

—Claro, claro, es comprensible ¿Y al final, cómo la reconociste?

Hessa buscó en su enorme bolso el móvil, lo sacó y empezó a presionar con los dedos la pantalla. Al final encontró lo que buscaba y se lo mostró a Ahmed. Este, que seguía con su atención puesta en la conducción, giró levemente la cara para echar un vistazo rápido a lo que le enseñaba su prima. Durante unas milésimas de segundo pareció que aquello no le había impactado en absoluto y volvió a dirigir la mirada hacia la carretera Sheikh Zayed, pero solo durante un instante, porque de inmediato se volvió de nuevo hacia Hessa horrorizado y frenó en seco. Los coches que iban detrás le pitaron y frenaron también, pero al momento le adelantaron y siguieron como si nada, porque así era la circulación en Dubái. Ahmed estaba traspuesto, no reaccionaba y Hessa intentaba mantener su mirada hacia el frente, evitando cruzarse con la de su primo.

—Pero, pero..., esto... —balbuceó él—, pero esto..., esto ¿qué es? ¿Qué significa esto?

Ahí tenía la foto, en la pantalla del móvil: la cara de una mujer intubada por la boca y las fosas nasales, pálida y ojerosa, con los ojos abiertos por unos dedos que le sujetaban los párpados. Los dedos de Hessa. Ahmed volvió a mirar la foto y las manos de su prima, que sostenían en ese momento el teléfono móvil. Allí estaba ese anillo, el enorme anillo que llevaba a menudo.

—No te pongas así. Ya te he dicho que era muy difícil de reconocer con este aspecto.

Aquella bella mujer, su hermosa prima Hessa, estaba rematadamente loca.

—Pero es que..., Hessa..., no... no... no se puede ir así por la vida.

Mientras no se ponían de acuerdo sobre si algunos de los procedimientos empleados en la investigación eran correctos o no, llegaron al hotel y se dirigieron al aparcamiento. Como pasaba en todos los edificios del centro de Dubái situados en la carretera Sheikh Zayed, este se encontraba en un edificio auxiliar en un callejón situado en la parte posterior del rascacielos. Aparcaron y entraron en el vestíbulo. Todo el mundo se giraba al paso de Hessa, pero ella, en esos momentos, no se daba ni cuenta, estaba más interesada en defenderse de las críticas de Ahmed.

—Es que no me has dejado explicártelo bien —intentó justificarse mientras casi trotaba detrás de su primo. Intentaba seguir su ritmo y su larga zancada, pero tenía dificultades debido a la altura de los tacones de sus sandalias y al montaje que había hecho Lubna en su cabeza—. Le hice la foto para compararla con la foto del acuario. Ah, y tendrías que estar contento porque resultó ser una buena idea —añadió un poco molesta.

Ahmed movía levemente la cabeza de un lado a otro, como negando lo que oía, un gesto de desaprobación que estaba poniendo de muy mal humor a su prima.

—A veces parece que no quieras descubrir lo que le pasó a Ameera. Parece mentira, siendo su hermano.

Hessa empezó a notar cómo las palabras y los reproches le salían sin poderlos controlar. No quería ser una maleducada con su primo, eso no, y lo que le acababa de decir era una acusación muy fuerte, demasiado fuerte, pero la enfadaba y la ponía muy nerviosa su actitud. Así que se mordió la lengua y se calló para no decirle a Ahmed que le recordaba al protagonista de una película muy antigua que vio una vez en un hotel en París, *El hombre tranquilo*. Sí, Ahmed era como ese hombre tranquilo. Pero ¿qué tenía en sus venas? ¿Sangre o *laban*? No lo podía entender.

El hotel era un establecimiento de cinco estrellas de

una cadena americana que ocupaba un rascacielos con unas vistas panorámicas magníficas. Las habitaciones de un lado disfrutaban de tranquilas vistas al mar mientras que las del otro daban a los rascacielos más emblemáticos de la ciudad, entre ellos, el Burj Khalifa. Gracias a su excelente situación y a sus precios un poco más ajustados porque no servían alcohol en su restaurante, estaba lleno de clientes. Tuvieron que esperar un poco hasta que una recepcionista joven les pudo atender. La mujer estaba bastante nerviosa, había bastante cola para hacer los trámites de registro de las llegadas y salidas y no parecía muy dispuesta a perder tiempo en una búsqueda de información que a ella no le iba a aportar nada.

—¿Iosif Gilyov? No, no me suena de nada —le contestó a Ahmed, que era quien había hecho la pregunta—. No llevo mucho tiempo aquí, pero si no me suena es que ya no trabaja con nosotros. Lo siento mucho.

Hessa se percató de lo que ponía en su tarjeta identificativa. ¡Estaba de prácticas en la recepción! Así que decidió intervenir.

—Oiga, mire, es que tenemos que localizar a ese señor. No sé si nos ha entendido bien.

—Sí, señora. Lo he entendido perfectamente, pero es que no tengo esa información y, si no dispongo de ella, no se la puedo dar. Supongo que lo comprende —dijo de forma muy brusca—. Lo siento mucho, pero no la tengo —añadió queriendo dar apariencia de amabilidad, aunque no lo consiguió porque su tono continuaba siendo brusco y seco, aunque quizá también podría deberse a que se tenía que expresar en un idioma que no era el suyo. Tras esa disculpa hizo un leve gesto con la cabeza a la pareja que estaban en la cola tras Ahmed y Hessa, como animándoles a que se acercaran al mostrador, ya que la conversación con ese par de emiratíes había finalizado.

Naturalmente, Hessa no se dio por vencida.

—Pues en ese caso, si usted no la tiene y es incapaz de obtenerla, llame a su superior. Quizás él nos pueda ayudar.

Un hombre que también estaba atendiendo en recepción se percató de que las cosas no estaban yendo bien con la joven en prácticas. Aquellos emiratíes no parecían muy contentos. Esa estudiante demostraba ser más torpe de lo que había pensado en un principio. ¿No se daba cuenta de a quién tenía delante? Esa mujer emiratí, tan elegante, tan llamativa, no podía ser cualquiera, en pleno mediodía y vestida de esa manera tan sofisticada, debía de ser hija de alguien importante, si no era algo más aún, quizá la hija de algún jeque reinante... Se iba a armar una buena.

—Deja, deja, yo atenderé a los señores. ¿Iosif Gilyov? Sí, trabajó aquí pero ya no... Se me ocurre que a lo mejor el conserje les puede ayudar. Creo que eran del mismo país y a lo mejor sabe algo más...

Para evitarles la cola que había en el mostrador de conserjería, se acercó al hombre que estaba atendiéndolo y le dijo algo antes de volver con ellos.

—Por favor, siéntense aquí. —Les indicó la zona de sofás y sillones del vestíbulo—. Mi compañero estará con ustedes en cinco minutos. Y cualquier otra cosa que necesiten, no duden en dirigirse a mí.

A pesar de las prisas que mostró por volver al mostrador de recepción, se giró para observar a la mujer con disimulo, intentando que el hombre que la acompañaba no se diera cuenta, ya que eso podría acarrear conflictos. Pero es que esa mujer..., esa mujer..., esa mujer tan guapa le recordaba a alguien. Sí, ya lo tenía. Era una presentadora de televisión, de una cadena de allí, aunque no recordaba exactamente de cuál. ¿No estarían haciendo un programa de esos de cámara oculta? Quizá estaban haciendo un programa sobre los hoteles de cinco estrellas y su servicio... Esperaba que todo acabara bien y que, con suerte, el conserje les diera la información que solicitaban y la ineficiencia de la joven en prácticas quedara disculpada.

—¿Iosif Gilyov? Sí, sí, lo conozco. ¿Le ha pasado algo? ¿Por qué preguntan por él?

—Verá —empezó Hessa—, le buscamos porque necesitamos hablar con él en relación a un asunto de un cliente mío. Soy abogada.

—¿Abogada? —La cara del conserje denotó preocupación—. ¿Se ha metido en algún lío? No me extraña... —Y al momento calló, claramente arrepentido de haber dicho esas palabras.

—No exactamente —respondió Hessa—, pero estamos seguros de que podría aclararnos algunas cosas que nos serían de gran utilidad. ¿Usted sabe dónde le podríamos localizar?

—Ni idea. Desde que se le acabó el contrato aquí, no he vuelto a saber nada de él, creo que hace un par de semanas, más o menos.

—Ya, qué lástima... Pero ustedes son del mismo país, ¿no?

—Sí, es cierto. Por eso cuando llegó, como yo tenía una habitación libre en mi apartamento, le propuse que viniera a vivir allí, y así compartiríamos los gastos. Pero eso solo fue durante un tiempo, al principio de trabajar aquí.

—¿Y adónde se fue luego?

—No tengo ni idea.

Ese Iosif tenía más rarezas que la de perseguir a grupos femeninos en centros comerciales. Un hombre que había compartido alojamiento con un compañero de trabajo y luego se mudó mientras seguía trabajando en el mismo sitio ¿no le dijo a su colega adónde se trasladaba? ¿Cómo podía ser?

—Pero ¿qué pasó, se enfadaron? ¿Acabaron mal?

El conserje se quedó callado. No sabía muy bien qué responder. No quería perjudicar a Iosif. ¿Por qué le estarían buscando? Conociendo a Iosif como lo conocía, no debía de ser por algo bueno. Seguro que no era porque alguien le hubiera dejado una herencia o le hubiera tocado algún premio. Se debía de haber metido en un buen lío. Le disgustaba decir algo que le pudiera perjudicar porque Iosif le daba lástima. Pero delante de él estaban esos emiratíes con apariencia de gente poderosa y, además, la mujer decía que era abogada. No se la podía jugar con esas personas. Allí, por menos de nada, a uno le ponían de patitas en la calle. Y cuando pensaba en eso, estaba considerando la posibilidad de que le echaran del país, no solo del hotel, que sería un mal menor.

—Enfadarnos... enfadarnos..., lo que se dice enfadarnos, no.

—Pero dejó su apartamento y se fue a vivir a otro lugar.

—Sí, sí, así fue.

—¿Por qué?

Se pensó un rato la respuesta pero temía no colaborar con esa gente. Si Iosif se había metido en algún lío no quería ser un encubridor. Además, el recepcionista le había advertido que creía que ese par de emiratíes eran gente importante. ¡Qué situación más desagradable!

—No pagaba los gastos tal y como habíamos acordado.

—Y ¿por qué? ¿No ganaba un sueldo en el hotel?

—Sí, sí. No era un gran sueldo, era camarero, pero lo suficiente para pagar su parte del alquiler y vivir correctamente. Algunos, con ese mismo sueldo, hacemos maravillas, incluso ahorramos y enviamos dinero a nuestras familias.

—Y entonces él... ¿por qué no tenía dinero para pagarle? ¿Tenía algún problema familiar que usted supiera? ¿Necesitaba dinero para cubrir alguna urgencia?

—No... —le estaba costando decir lo que pensaba.

—¿Entonces?, ¿por qué no le pagaba? —insistió Hessa.

—Él tenía gastos, otros gastos..., pero no familiares.

Ya me entienden... —El conserje miró a su alrededor, se acercó a ellos y bajó la voz—. Se lo gastaba todo en alcohol y en otras cosas. Porque el hotel no sirve alcohol, que si no... habría acabado con todo el *stock*. El problema no era solo que no me pagara. —El conserje había decidido finalmente sincerarse, muy a su pesar—. Lo que más me preocupaba es que me metiera algún día en un lío. Por eso lo obligué a decidirse: o cambiaba o se tenía que buscar otro lugar adonde ir.

—¿Y está seguro de que no sabe adónde se fue?

—No, lo siento. En cuanto se marchó rompimos la relación. La verdad es que se fue muy enfadado. Tanto es así que se dejó algunas cosas en casa y nunca más vino a recogerlas. Pero que la relación se rompiera del todo casi fue mejor para mí porque su actitud fue de mal en peor. Por eso lo echaron también del hotel.

—Ah, ¿lo echaron? No es que se le acabara el contrato...

—No, lo echaron porque no cumplía con su trabajo.

—¿Qué significa eso? ¿Qué quiere decir con que no cumplía con su trabajo?

—Ya se lo he dicho: se bebía y se fumaba el sueldo, o incluso... incluso podría ser... —dudó en decirlo—, que se lo pinchara. Por eso luego fallaba en el trabajo.

—¿Y no tiene ni idea de adónde fue?

—Bueno..., la certeza no la tengo, pero cuando se marchó de mi apartamento pensé que se habría ido a casa de un amigo que tenía, un amigo de la época en que trabajó en Abu Dabi.

—O sea, que podría estar viviendo ahora en Abu Dabi.

—No, no quería decir eso. Que yo sepa, su amigo, al que conocía de sus tiempos de Abu Dabi, vivía aquí. Cuando aún compartíamos apartamento sé que se veían de vez en cuando y que, en ocasiones, lo ayudaba con algo de dinero.

—¿Nos podría dar el nombre de su amigo?

—No, lo siento, pero no lo sé.

Hessa miró con desconfianza al conserje. ¿No lo sabía o no quería dar esa información? El hombre comprendió el significado de esa mirada.

—Solo sé su nombre, pero no su apellido, se lo juro. Si lo supiera se lo daría, como comprenderán no quiero meterme en ningún lío. Walter, su nombre es Walter.

—¿Y usted lo llegó a conocer?

—No, no lo vi nunca, lo siento.

—¿Y sabe dónde podríamos encontrar a ese Walter? —Ahmed había tomado de repente la palabra.

—No, no sé nada más. Es lo único que sé.

—¿Y alguna otra gente a la que conociera Iosif? ¿Algún lugar que frecuentara? ¿Un bar?

—Ahora mismo no les sé decir. Excepto ese Walter... Bueno, naturalmente que al principio en ocasiones salía con el grupo, los de hotel; ya sabe, los que estamos aquí solos, sin la familia, nos juntamos y salimos para hacer que pase el tiempo más rápido, pero nada especial, cenar, una copa y a casa. Tampoco tenemos un lugar específico de reunión. Vamos cambiando. Si él va a algún sitio con frecuencia, lo desconozco.

—Está bien. Le dejo aquí mi teléfono. —Ahmed le alargó una tarjeta—. Si recuerda algo más, me llama, por favor.

Le había vuelto a hacer lo mismo que cuando fueron a la comisaría. ¿Por qué le había dado Ahmed su teléfono a ese hombre? Era ella quien se tenía que encargar de recopilar toda la información, por mucho que su primo no aprobara sus métodos. Hessa estaba molesta y de vuelta al aparcamiento permaneció en silencio.

Ahmed, en cambio, estaba decidido a aclarar algunas cosas.

—Hessa, esto se está poniendo feo. Ese hombre desaparecido parece que podría estar metido en muchos líos.

—Sí, está claro. —Hessa, a su pesar, no pudo evitar contestarle. La investigación se estaba volviendo apasionante—. Al parecer, Iosif es un drogadicto. Podría estar relacionado con el tema de la ketamina, ¿no crees?

—Tienes razón. Por supuesto que podría.

—Esta tarde he quedado para hablar con el jefe de la mujer que está en coma. ¿Te dije que esa mujer trabaja en el Hospital de Camellos? Tengo que averiguar si tenía acceso a la ketamina y si conocía a Iosif. Todo eso debe estar relacionado, no se aún cómo, pero debe de ser así.

—¿La mujer trabaja en el Hospital de Camellos? No me habías dicho nada.

—¿Acaso me has dejado? Te has enfadado tanto al ver su foto...

—Pero ¿es que no te das cuenta? Todo esto es muy peligroso, mucho más de lo que parecía en un principio. Hessa, esto hay que dejarlo en manos de la Policía.

—No, no. —De ninguna manera pensaba dejar la investigación ahora que empezaban los círculos a cerrarse y las cosas estaban adquiriendo un sentido. ¿Ahora tenía que abandonar y dejarlo todo en manos de la policía? Imposible. Como decía Agatha Christie, «un buen detective nunca dice nada a la policía hasta el final». Y ella aún no había acabado—. Espera, Ahmed, espera a ver qué averiguo hoy en el centro veterinario. He quedado a las ocho allí con el doctor Palmer, el jefe de la joven en coma. Depende de cómo vayan las cosas le daremos toda la información a la Policía. Créeme, te lo digo en serio. Si confirmo que Maram Al Jubaini conoce a Iosif, se lo diremos a la Policía. Pero ahora dame un poco más de tiempo. Además, la forense también está haciendo unas comprobaciones en las muestras de sangre de tu hermana y espero poder tener los resultados pronto. —Por unos instantes se calló pero volvió a retomar la conversación con otro tono, como si se tratara de una advertencia—. Fue tu padre quien dejó esta investigación en mis manos. —Ya lo había dicho, no había podido evitarlo—. Déjame que la resuelva —añadió con voz más suave, cambiando inmediatamente de táctica. Quizá con un tono más persuasivo y suplicante Ahmed cambiaría de opinión—. Creo que estamos ya cerca.

Pero su primo no estaba dispuesto a ceder.

—Pero, Hessa, ¿no te das cuenta de que esto puede ser muy peligroso? Un hombre drogadicto y metido en mil líos, que además está desaparecido, por si lo habías olvidado, y vete a saber por qué. —Se quitó sus gafas de sol tipo aviador con montura metálica, que se había puesto en cuanto habían salido a la calle y se quedó mirando fijamente a su prima—. Iosif Gilyov perseguía a una joven que ahora está en coma y a otra, aunque sea por confusión, que acabó muerta. ¡Esto tienes que dejarlo en manos de la Policía!

—Pero tu padre...

—Mi padre te contrató para que indagaras en su grupito de amigas y descubrieras si en sus fiestas se consumían drogas. ¡Para eso te contrató! —dijo con voz firme—. Pero esto de ahora es muy diferente, es demasiado arriesgado. ¿No ves la diferencia? Lo tienes que dejar ya. —Enfatizó la última palabra. Y sonó como si fuera un ultimátum.

—¿Tu padre me contrató? ¿Dices que tu padre me contrató? —El rostro de Hessa se había ensombrecido, su mirada transmitía un rechazo profundo y, para que su primo pudiera ver claramente en sus ojos cuánto lo odiaba en aquel momento, se quitó las enormes gafas de Chanel y lo miró desafiante—. Pues yo no he visto ningún contrato ni le hice ningún presupuesto.

Ahmed ya se había arrepentido de la manera en que se había expresado, él quería protegerla, nada más. Pero ¿por qué le había dicho eso? Había sido tan poco apropiado..., tan torpe...

—Lo que quiero decir es que es muy peligroso —dijo con voz más suave para convencerla.

Pero ya era demasiado tarde: Hessa estaba muy enfadada y ya había tomado una determinación.

—Seguiré con la investigación a no ser que tu padre me diga lo contrario.

Estaban parados delante de la puerta principal del hotel, discutiendo, pero no se ponían de acuerdo. Al final, Ahmed hizo el gesto de seguir caminando hacia el callejón para ir a coger el coche, pero Hessa se quedó quieta.

—Ven, te llevaré a tu casa.

—No, cogeré el metro.

—Vamos, Hessa, ¿cómo vas a coger el metro? —dijo con tono conciliador mientras la miraba. ¡Qué guapa estaba también cuando se enfadaba!

—Pues como todo el mundo. Subiendo por las escaleras mecánicas. —Y desapareció por la entrada del metro que había frente al hotel.

Su primo se quedó de pie inmóvil, como petrificado, y moviendo la cabeza en señal de desaprobación.

Las escaleras mecánicas y la pasarela cubierta sobreelevada que cruzaba la carretera Sheikh Zayed no fueron ningún problema, aunque algunas de las personas con las que se cruzó Hessa se giraron para mirarla con curiosidad. Pero una vez en el metro empezaron las dificultades. Aunque el mapa estaba bastante claro, había un pequeño problemilla: la estación donde se encontraba, Emirates Towers, era de la línea roja y, en cambio, la estación Oud Metha, la más próxima al hospital Rashid, era de la verde. Tendría, por lo tanto, que hacer un trasbordo. Eso era una pequeña contrariedad, pero tampoco parecía nada insuperable. Quizá tendría que sacar dos billetes, claro, uno para cada línea. Debía funcionar así. ¿Dónde se comprarían los billetes?

Vio una taquilla, pero no había nadie en ese momento que la atendiera. ¡Ah, allí! ¡Allí había unas máquinas! Las colas delante de ellas la sorprendieron porque eran tremendas, larguísimas, pero Hessa pensó que seguro que debían de avanzar muy rápidamente, se trataba solo de meter unas monedas y el billete saldría al instante, por lo que en unos minutos podría coger el metro. Pero nada más lejos de la realidad. Lo que ella imaginaba no se correspondía, en absoluto, a cómo funcionaba el proceso. Al parecer, había que negociar y negociar y negociar varias veces con la máquina hasta que esta accedía a soltar uno de esos billetes. Casi igual a como hacía su padre con los clientes en el Zoco del Oro.

Mientras hacía una de esas colas observó que la gente se quedaba durante mucho rato mirando la pantalla de la máquina, luego metían datos, más tarde los cambiaban por otros, posteriormente compartían la información con otras personas, se lo pensaban, se preguntaban unos a otros..., incluso algunos, después de haber hecho una de las colas y haber llegado hasta la máquina, después de eso, se iban y hacían la otra cola... Aquello era incomprensible y caótico. Mientras esperaba y esperaba a que fuera su turno se dedicó a observar a la gente que la rodeaba. Allí se apiñaban personas de muchas nacionalidades y aspectos diversos, la mayoría indios, pakistaníes, filipinos y occidentales, que la miraban con extrañeza. Nadie se parecía a ella. Los olores corporales también estaban a la orden del día. Era verano y mucha gente había salido de su trabajo, era hora de descansar o ir a comer si no eran musulmanes, y la transpiración acumulada tras horas y horas de trabajo al sol se imponía en aquel lugar. Al final le tocó el turno. Como no tenía ni idea, ni de las zonas que cubría el metro, ni de precios, intentó pagar con una tarjeta de crédito. Fue imposible. Lo intentó muchas veces, pero al final de cada uno de esos intentos, después de cumplir cada vez con todos los pasos, que se le hicieron interminables, en la pantalla de la máquina aparecía siempre el mismo texto: «Operación no válida».

La cola cada vez era más larga y la gente que esperaba se iba poniendo más y más nerviosa, ya que algunos tenían que regresar a su puesto de trabajo. No obstante, todo el mundo era muy paciente con ella y nadie la insultaba ni se quejaba por su torpeza. Después de un rato, un grupo de jóvenes *laborers* pakistaníes, que esperaban en la cola detrás de ella, intentaron ayudarla. Nunca antes había hablado con ese tipo de gente pero no se sintió intimidada porque eran muy amables, aunque Hessa no entendía muy bien lo que le decían porque su inglés era muy diferente al de aquellos hombres. ¿Era realmente inglés lo que hablaban? Quizá era una mezcla de urdú e inglés..., pero fuera lo que fuera a Hessa le costaba mucho entenderlos, apenas era capaz de captar alguna palabra suelta. Lo primero que hicieron fue cambiar el idioma de la pantalla, ya que Hessa había seleccionado el árabe y, aunque tenían algún conocimiento del mismo por su religión, no era lo mismo el árabe del Corán que el de una máquina del metro, se aclararían mucho mejor en inglés. Al cambiar el idioma de la pantalla, el proceso se inició desde el principio. Entonces le cogieron la tarjeta y la pusieron del derecho para más tarde ponerla del revés; como no lograron solucionar el problema, que nadie entendía cuál era, empezaron a enseñarle una especie de pase que todos ellos llevaban y le indicaron que lo tenía que comprar en la taquilla. Pero es que en esa taquilla no había nadie. ¿Acaso no se daban cuenta de eso esos hombres? Más jóvenes pakistaníes se unieron al grupo y le hicieron más gestos, comprobaron sus propios pases en la máquina, no fuera a ser que la máquina no funcionara, y tras comprobar que sí que aceptaba sus pases le pidieron a Hessa «*cash, cash*». Hessa rebuscó en su monedero y les dio unos dírhams en monedas. Pero cada vez que los pakistaníes ponían en la máquina las monedas esta las escupía. Afortunadamente, en ese momento hizo su aparición una trabajadora del metro, a la que se podía identificar por el uniforme que llevaba. La mujer era muy gruesa y de piel muy oscura y se acercó muy despacio, quizá por su sobrepeso, a la máquina. Todo el mundo le abrió paso, permitiéndole el acceso, confiando en que solucionara el problema. La empleada introdujo una tarjeta identificativa y tocó varias teclas. Después de eso, se marchó, desapareciendo tras una puerta.

Hessa y los pakistaníes empezaron el proceso de nuevo: el cambio de idioma, la tarjeta de crédito, las monedas..., todo fue inútil. Así que esta vez probaron también con unos billetes que le solicitaron a la joven, pero como tampoco los aceptaba, empezaron a hacer pruebas con su propio dinero y así durante un buen rato. Una mujer india, que estaba también en la cola, se ofreció voluntaria para continuar con los test. Empezó a probar con su pase, pero a ella, a diferencia de los pakistaníes, no le funcionó. La mujer india decidió marcharse a la otra cola, a ver si la otra máquina lo aceptaba. Al final, los pakistaníes le indicaron muy amablemente que ella también probara con la otra máquina, a ver si allí tenía más suerte. Hessa, que se empezaba a sentir un poco aturdida, se marchó obedientemente hacia allá, pero cuando ya llevaba un buen rato se dio cuenta, con horror, de que en esa cola se estaba reproduciendo todo lo que había pasado en la otra. Los pakistaníes que hacían pruebas, los grupos de gente que intercambiaban información sobre las máquinas, la gente que abandonaba la cola de esa máquina para marchar a la cola de donde venía ella... De repente sintió que tenía ganas de gritar y fue consciente de que si no salía de allí inmediatamente le iba a dar un ataque de histeria.

Salió casi corriendo: atravesó la pasarela, bajó las escaleras mecánicas y cogió el primer taxi que pasaba. Decidió, naturalmente, que no le contaría a nadie su fracaso.

Υ

Cuando salió del hospital Rashid todo estaba muy oscuro. Mientras conducía hacia el Hospital de Camellos pensó contenta en lo bien que se estaba recuperando su padre. Ya le habían trasladado a una habitación de una planta del hospital, sin pasar ni siquiera por la Unidad de Coronarias debido a su buena evolución. Estaba muy feliz por su padre pero, al no estar ya en la UCI, no había vuelto a ver a Maram. Esperaba que se recuperara totalmente. *Inshallah*.

En la habitación de su padre el tema de conversación de esa tarde había sido su moño. Su madre y Rawda se habían deshecho en elogios ante tal maravilla, con lo que las dos hermanas se habían sentido muy halagadas. Hessa había oído a su padre, en cambio, cómo le decía en voz baja a su mujer que le preocupaba que su hija pequeña, que estaba tan guapa con ese peinado, fuera sola por la ciudad. De Ahmed no había vuelto a saber nada.

El Hospital de Camellos estaba en una zona bastante apartada de Dubái. Era un lugar muy solitario; al estar libre de edificaciones a su alrededor, solo pasaba por allí la gente que iba al centro veterinario. Hessa aparcó muy cerca de la puerta principal. No se veía ningún otro coche, era muy tarde y posiblemente ya estaban cerradas las consultas; debían de quedar solo los equipos de guardia por si había alguna urgencia y para atender a los camellos ingresados, en caso de que surgiera algún contratiempo.

El doctor Palmer la estaba esperando en la entrada.

—¿Señora Al Falasi?

—¿Doctor Palmer? —preguntó ella a su vez, acordándose de simular que era la primera vez que le veía.

—La estaba esperando porque a esta hora ya no hay nadie en recepción.

—En primer lugar, gracias por recibirme. Por cierto, ¿pudo averiguar quién encontró a la señora Maram? ¿Podré hablar también hoy con él?

—Fue el veterinario que estaba de guardia ese día, pero hoy no está. Luego recuérdeme que le dé su nombre. Pero..., señora Al Falasi, no me quedó claro esta mañana el motivo de su visita. —Parecía intranquilo.

—No tiene por qué preocuparse, doctor Palmer. No pretendo acusar al Hospital de Camellos de ninguna negligencia ni ese tipo de cosas. Mi cliente es la familia de una persona joven que murió en circunstancias similares. Estoy investigando si podría haber alguna relación entre ambos casos.

—Entiendo. En ese caso será mejor que vayamos a mi despacho y así podremos hablar más cómodamente. Por cierto, ¿le ha costado encontrar el centro? Estamos un poco apartados, ¿verdad? Quizá la ha traído su chófer y se ha quedado esperándola...

—¿Chófer? Jajaja. Yo no tengo chófer, yo voy sola a todas partes. —Hessa se sintió muy halagada. Hoy con su moño joroba de camello tipo colmena, parecía una jequesa—. No he tenido ningún problema, puse el GPS. ¿Qué haríamos hoy sin el GPS?

El doctor Palmer la condujo a la entrada de un pabellón en el ala derecha del complejo. Atravesaron un pasillo muy largo al que daban varios despachos pero, por el silencio que reinaba, se podía deducir que allí no había nadie más. Finalmente llegaron al último despacho. Palmer se sentó a su mesa y ofreció asiento a Hessa.

—¿Ya se ha ido todo el mundo? —preguntó Hessa un poco extrañada—. ¿No hay camellos ingresados?

—Los camellos y el personal que los atiende están en otro pabellón. Aquí estamos los veterinarios que nos ocupamos de dar apoyo a las carreras de camellos.

—Ah, claro, y ahora no hay nadie porque es temporada baja.

—Exacto, siendo usted emiratí lo sabe casi mejor que yo. Sí, acabaron en abril.

—Y entonces, ¿aquí no hay nadie de mayo a octubre?

—Bueno, siempre hay un retén...

—¿Y ahora es usted el que está de retén?
—Sí.
—Y ustedes los veterinarios, ¿de qué se encargan exactamente en las carreras?
—Hacemos todo lo necesario para que los camellos estén bien, atendemos a los animales si sufren alguna caída... Aun así, lo que da más trabajo es supervisar que los camellos no sufran ningún daño con los robots, ya sabe, esos aparatos que hacen la función de jockey.

Durante un buen rato el doctor Palmer le estuvo dando explicaciones sobre la problemática que había habido en el pasado con los niños que hacían de jinetes y sobre todos los pormenores del funcionamiento de los robots. Al final, Hessa perdió la paciencia. Ella no estaba interesada en todo eso.

—¿Y del dopaje? ¿Se encargan también del control del dopaje?

Palmer demostró cierto nerviosismo.

—Sí, claro, también es una de nuestras funciones.
—Y las funciones de la señora Maram Al Jubaini ¿también están relacionadas con el apoyo a las carreras?
—En efecto. De hecho, Maram da soporte a todos los veterinarios que trabajan en esta área y que vamos rotando en el trabajo en los circuitos.
—O sea, que los veterinarios van rotando pero la auxiliar no. Maram siempre da soporte en los circuitos de carreras.
—Exacto.
—Y el control del dopaje ¿es aleatorio?
—No, no, de ningún modo. Se hace de forma sistemática a todos los camellos ganadores. Es un control muy estricto. El procedimiento implementado aquí, me refiero a su país, es uno de los más estrictos del mundo para evitar el dopaje. —Pareció más tranquilo después de esta respuesta.

Parecía difícil, entonces, que una persona pudiera administrar sustancias dopantes para que un camello ganara la carrera. A no ser que tuviera acceso también a los test y los pudiera falsificar. ¿Podía ser esto lo que estuviera haciendo Maram?

—Doctor Palmer, ¿aquí se utiliza ketamina?

El veterinario no pudo evitar un gesto de sorpresa ante la pregunta.

—Sí, claro, es un anestésico que se utiliza en los camellos. —Al responder le tembló la voz y tosió un poco para aclarársela.

—Y la ketamina ¿se podría utilizar para dopar a un camello?

—Noooo, rotundamente no. La ketamina no ayudaría a ganar a un camello. No sé cómo se le ha ocurrido eso. —Su expresión cambió por completo y se echó a reír.

¿Y si Maram lo que hacía era pasarle ketamina a Iosif, al hombre que la perseguía? Eso era otra posibilidad que no había que descartar, pensó Hessa. Era fundamental averiguar si se conocían.

—Otra cosa, doctor Palmer, a lo mejor me puede ayudar... ¿Sabe si la señora Maram Al Jubaini conoce a un tal Iosif Gilyov?

—Perdone, ¿puede repetir?, ¿cómo ha dicho? —le preguntó mientras se ponía de pie y empezaba a andar por la habitación con nerviosismo.

—Quizá no lo pronuncio muy bien —se excusó con una sonrisa y repitió el nombre pronunciando muy despacio—. Io-sif Gil-yov.

—No, no me suena..., pero como comprenderá yo no tengo por qué saber quiénes son los amigos de la auxiliar. Pero no, que yo sepa, no.

—Claro, pero espere, espere un momento, se me ocurre una cosa. Le voy a enseñar una foto por si lo ha visto alguna vez por aquí. —Y buscó en el móvil una de las fotos del *mall* que le había enviado por WhatsApp la amiga de Ameera.

Mientras lo hacía, se levantó para acercarse al doctor Palmer. Al abrir la aplicación, Hessa no pudo evitar ver que Ahmed le había enviado un mensaje. El corazón se le disparó y notó un hormigueo en el estómago. Aunque sabía que quizá no era el momento más adecuado, no pudo resistir la tentación de abrirlo. Le había enviado una foto. Hessa se detuvo para mirarla. No podía ser. Desde la pantalla, el doctor Palmer le sonreía y no estaba solo. A su lado estaba Iosif Gilyov.

Hessa se quedó paralizada. ¡Ese hombre era el amigo de Iosif! Y al levantar los ojos de la pantalla del móvil, la joven se dio cuenta de que no era la única que estaba mirando la fotografía. El doctor Palmer tenía también clavada la vista en ella. Por primera vez, y antes de girarse para salir huyendo, se fijó en la W que figuraba en la tarjeta de identificación que el veterinario llevaba en su bata. Era Walter, el doctor W. Palmer.

—¿Adónde te crees que vas?

Esas fueron las últimas palabras que Hessa escucharía antes de que sus ojos entraran en la oscuridad más absoluta. En esos últimos segundos pudo ver en la pared, enmarcado, un cartel de los Scorpions, el equipo de hockey sobre hielo que entrenaba en el Zayed Sports City Ice Rink, la pista de hielo de Abu Dabi donde Iosif había estado trabajando.

Capítulo 11

6 de julio

—*L*ubna, Lubna. —Hessa intentaba despertar a su hermana, que parecía dormir en el sillón del cubículo de urgencias donde ella yacía en una cama, pero la voz le salía demasiado débil y temblorosa por más que intentara hablar más alto—. Lubna, Lubna..., despierta, Lubna.

Al final, Lubna se despertó, aunque no porque su hermana la estuviera llamando sino porque solo estaba dando una cabezadita. Dormía con un sueño muy ligero que no había podido evitar después de estar toda la noche vigilando a su hermana pequeña.

—*Al hamdulillah! Al hamdulillah!* ¡Alabado sea Alá! ¡Alabado sea Alá! —repetía Lubna sin cesar mientras se llevaba las manos a la cabeza—. ¿Cómo te encuentras? ¿Estás bien? Déjame que te mire —añadió sin darle tiempo a que respondiera—. ¿Cuántos dedos ves? —le preguntó mientras con la mano derecha le enseñaba los dedos índice y corazón colocados formando una V.

—Dos... —contestó un poco aturdida—. Pero ¿qué es lo que ha pasado? ¿Por qué estoy en el hospital? ¿Estáis bien? ¿Todos estáis bien?

—Eso luego, luego hablamos. Ahora mírame y sonríe. —Esperó a que su hermana, que seguía desconcertada, siguiera sus órdenes—. Muy bien, muy bien. No ves doble ni tuerces la boca. Voy a avisar a los médicos que ya te has despertado —añadió muy contenta.

—No, Lubna, no, espera. —La voz ya le salía un poco más fuerte, pero al gritar la cabeza le retumbó y se llevó una mano a la frente con un gesto de dolor. Al hacerlo detectó que un vendaje le cubría completamente una de sus orejas—. ¡Ay, Lubna!, ¡qué dolor de cabeza!, ¡qué dolor! —se quejó a su hermana mayor, que estaba a punto de salir del cubículo para comunicar las buenas noticias—. Pero ¿qué me ha pasado? ¿Y mi oreja? ¿Qué es lo que le pasa a mi oreja?

Lubna, al verla tan quejosa y preocupada, volvió a acercarse a su cama.

—Has pasado toda la noche aquí, en el hospital, pero no te preocupes, solo ha sido por seguridad, para tenerte en observación. Recibiste un buen golpe en la cabeza y hay que controlarte durante veinticuatro horas. Por eso te miré para ver si se te torcía la boca o veías doble, es lo que me dijeron los médicos que había que hacer. Pero todo está yendo muy bien, y ahora estás despierta. Te pondrás bien. Y de la oreja no te preocupes porque el problema ya está solucionado. Al caer, el golpe hizo que se te acumulara la sangre ahí, en el cartílago. Al parecer, toda la oreja era un hematoma. Nos dijeron que te la habían pinchado para vaciar toda esa sangre, para que no se infectara la oreja, ya que en ese caso podrías perderla.

—¿Y dices que no me preocupe? ¿Podría quedarme sin oreja? —preguntó Hessa espantada.

—No, no, ya te he dicho que han sacado toda la sangre acumulada y te han puesto ese vendaje para que no se vuelva a acumular sangre ahí —le tranquilizó su hermana.

—Pero ¿qué pasó? ¿Me caí?

—Sí y no. ¿No te acuerdas de lo que pasó?

—No. Quizá he perdido la memoria...

—Por lo de la memoria estate tranquila, que ya nos

dijo el médico que eso suele pasar, pero que solo olvidarías lo que ocurrió en el momento del golpe e instantes después. Así que no te preocupes.

—Menos mal…, pero entonces, ¿qué es lo qué pasó? —insistió, pues su hermana hablaba y hablaba, pero no le había aclarado aún nada.

—¿Qué es lo último que recuerdas? —preguntó Lubna con curiosidad pero también con el objetivo de que poco a poco su hermana se centrara y no se sorprendiera tanto de lo que le iba a contar.

Hessa se quedó pensando durante unos instantes.

—Que había ido al Hospital de Camellos.

—Exacto. ¿Ves como sí que te acuerdas de las cosas? Poco a poco.

—Y que estaba hablando con el veterinario. Creo que es lo último que recuerdo.

—Pues no le debió gustar mucho lo que le dijiste porque fue él quien te dio un golpe en la cabeza. Te golpeó con un camello. Bueno, con un camello de alabastro. Te podía haber matado.

—¿Y quién me encontró? ¿Quién me trajo hasta el hospital?

—Espera, que te lo contaré bien, por orden. El veterinario te golpeó en la cabeza con el camello, te quería matar —añadió para horror de Hessa—, pero no lo consiguió, ¿sabes por qué no lo consiguió? —le preguntó muy contenta.

—¿Porque me golpeó demasiado flojo?

—Nooooo, te golpeó muy fuerte. Tan fuerte que te caíste. Pero te salvó el moño, bueno, la espuma que utilizamos para rellenarlo, eso es lo que te salvó —le explicó muy orgullosa. Su moño, además de ser estéticamente precioso, había salvado a su hermana de una muerte segura.

—¿El moño? ¿La espuma de tu moño? —Hessa empezó a reírse a pesar del dolor de cabeza.

Lubna se contagió de las risas de su hermana y acabó

riéndose a carcajadas. Se acercó aún más a la cama de Hessa y la abrazó y besó.

—Pero mi moño solo te salvó del primer golpe de camello—dijo con humildad, pero también con el regocijo de quién se sabe poseedor de una noticia muy, pero que muy, interesante.

—Pero ¿qué dices, Lubna? ¿Me golpeó dos veces con ese camello? Me habrá dejado tonta para toda la vida.

—Yo no he dicho que el segundo golpe llegara a tu cabeza —aclaró, pero sin acabar de desvelar el secreto del que se creía dueña en esos momentos.

—Vamos, Lubna, cuéntamelo todo, vamos...

—Pues como te decía, el veterinario tuvo la intención de volverte a golpear pero alguien se lo impidió.

—¿Ah, sí?

—Alguien le dio un golpe a él con un rifle. Uno de esos que se utiliza para bailar *khaleeji*.

—¿La Policía ahora usa esos rifles? —preguntó con ironía, a sabiendas de que si alguien llevaba ese rifle que se utilizaba en los bailes no debía ser un policía.

—No fue la Policía... —Lubna intentó alargar un poco más la intriga que había despertado en su hermana pequeña. Ella no solía ser graciosa ni contaba cosas interesantes habitualmente, eso era patrimonio de Hessa, pero esta vez iba a sorprenderla y quiso disfrutar de esa ocasión al máximo—. Mi moño te salvó del primer golpe y... —Tardó unos instantes más en desvelar el secreto, pero al final llegó el momento de revelar lo que había pasado—. Ahmed te salvó del segundo. Fue Ahmed quien golpeó con el rifle al veterinario —remarcó por si no había estado suficientemente claro.

—¿Ahmed? ¿Qué hacía allí Ahmed, si yo había ido sola?

—Se lo preguntas a él, que te salvó la vida y, por cierto, lleva toda la noche con nuestra familia ahí fuera, en la sala de espera. Hessa, tengo ya que salir a decirles que estás bien, que te has despertado, está todo el mundo muy preocupado por ti.

Al oír el nombre de Ahmed, Hessa empezó a pasar los dedos por su melena intentando arreglarla pero se dio cuenta que eso era totalmente imposible.

—Lubna, ¿llevas un peine?

—No. ¿Estás pensando en peinarte? Olvídate de eso, imposible, aunque tuvieras un peine. A pesar de que la espuma del moño te salvó la vida, recibiste un buen golpe en la cabeza y te causó una herida que ha sangrado bastante, aunque no ha sido necesario ponerte puntos. Mira, Hessa, ahora mismo tienes todo el cabello lleno de sangre, de restos de la espuma y del yodo que te han puesto para desinfectarte. Eso no se soluciona con un peine. Cuando lleguemos a casa te ayudaré a lavártelo bien y te quedará estupendo, como siempre.

—Pero, Lubna..., si no me puedo arreglar un poco, con esta pinta no quiero ver a nadie. Mejor que se vayan todos a casa. Diles que estoy bien y ya está, que se vayan tranquilos.

—¿Que se vayan todos o que se vaya Ahmed? Él está muy preocupado y se ha pasado toda la noche aquí, esperando noticias y poder verte. *Amm* Khwaja también estuvo aquí hasta muy tarde y no se quería marchar, pero al final se fue a su casa a descansar aunque Ahmed le tuvo que prometer que le avisaría ante cualquier cambio.

Hessa se ruborizó. Se sentía abrumada.

—Está bien, mira a ver si te pueden dejar un *shaila*.

Lubna rio con ganas.

—¿Quieres un *shaila*? Vaya, Hessa, el golpe en la cabeza parece que te ha cambiado. Ahora eres tú la que pide llevar el velo. Tu cuñado se va a poner muy contento con ese cambio —añadió con ironía mientras salía del box.

No tardaron en aparecer dos enfermeras y una doctora. Le tomaron las constantes, le hicieron una exploración neurológica y la tranquilizaron sobre su estado. Todo estaba bien, tanto el TAC que le habían realizado como la exploración física y los análisis, pero por prudencia y debido a las náuseas que había sentido durante la visita médica, decidieron que pasaría unas horas más en observación. Ahora las enfermeras la asearían, la cambiarían y empezaría a tomar líquidos poco a poco, para comprobar si los toleraba o seguían las náuseas.

El pijama del hospital, idéntico al que llevaba su padre, le pareció deprimente, pero cuando le preguntaron si quería llevar un velo en la cama, Hessa sintió un gran alivio.

—Ahora podrá entrar su familia. Y vaya tomando el zumo de melocotón, a pequeños sorbos para que lo tolere bien. Tiene que beber poquito a poco, pero sin parar. Y aquí le dejamos el botón de alarma para avisarnos si necesita algo. Si tiene ganas de vomitar o cualquier otra cosa, pulse este botón. ¿De acuerdo? En cuanto tolere bien los líquidos le quitaremos el suero y podrá marcharse a su casa.

—Mi pequeña, mi niña... Qué susto más grande nos has dado. —Hania lloraba mientras abrazaba y besaba sin parar a su hija—. Primero Ameera, luego tu padre y ahora tú. ¡Cuántas desgracias! ¡Creí que te perdía!

Hessa se había emocionado al ver entrar a su madre y se sintió conmovida con sus abrazos y besos, pero ya empezaba a estar un poco incómoda con el espectáculo que estaba dando. No paraba de llorar y lamentarse por la mala suerte de la familia. Y, además, delante de todos. Es decir, y además, delante de Ahmed.

Su madre, su hermana Lubna, Fawaz con Rawda y sus padres y Ahmed habían entrado en el box, pero solo podrían estar unos minutos, les habían advertido. Eran demasiadas personas. Luego, si querían, podría quedarse un familiar, pero solo uno. La paciente se tenía que recuperar y el box no era el salón de su casa. La enfermera había sido muy clara con sus indicaciones.

Rawda intentó controlar la explosión de sentimientos de su suegra, acumulados tras varios días de sustos y preocupaciones.

—Pero tienes que estar contenta ya que al final tanto *amm* Baasir como Hessa se van a poner bien.

—¡Sí, sí, estoy muy contenta, estoy muy contenta! —repetía Hania casi chillando—. ¡Le había suplicado a Alá que se me llevara! —decía gritando cada vez más—, ¡que se me llevara ya, en lugar de a ti! ¡Sí, sí, me quería morir! —repetía sin parar mientras se cogía con las manos el velo que le cubría la cabeza y la movía bruscamente de un lado a otro.

—Deberíamos ir todos a rezar para agradecer las buenas noticias —dijo Rawda pensando que sería una buena razón para alejar a su suegra de allí y que se tranquilizara un poco.

Era un poco bochornoso, se la debía de oír por toda la zona de urgencias.

—Buena idea —dijo *amma* Latifah apoyando la propuesta de su hija—, podemos ir a la sala de oración del hospital.

Empezaron a salir del box cuando se oyó la voz de Hessa.

—Pero Ahmed..., aún no me has explicado qué fue lo que pasó. ¿Por qué fuiste al Hospital de Camellos con el rifle?

Fawaz y sus tíos ya habían salido cuando Hessa habló, pero los demás, que estaban a punto de abandonar el cubículo, se pararon al oír la pregunta de Hessa. Ahmed retrocedió sobre sus pasos y se acercó a su cama. Lubna y Rawda estaban a punto de salir cuando vieron la intención de Hania de volver también al lado de su hija. Rápidamente, Rawda cogió la mano de su suegra y la atrajo hacia el exterior, aunque la mujer se resistía a ello.

—No podemos dejarlos solos, no podemos, aunque sean primos. Ella está en una cama, casi sin ropa, prácticamente desnuda. Eso no está bien —decía ahora en voz baja—. Dejadme volver. ¿No veis que eso no está bien? ¿Qué dirán de ella? —preguntó mirando hacia Lubna. Su hija mayor sabía lo que estaba bien y lo que estaba mal, ella la entendería.

Pero, sorprendentemente, Lubna hizo un gesto con la cabeza, un gesto que quería decir: los dejaremos solos, hay que dejarles que hablen, que se expliquen sus cosas. Así que Hania no tuvo más remedio que ceder ante la presión de la conservadora de su hija mayor y de su adorable nuera. Pero se quedó pegada a las cortinas del box que ya había cerrado Rawda, por si tenía que entrar a «ayudar» a su querida niña. La cabezonería de Hania sirvió de excusa para que Lubna y Rawda se quedaran también allí, al lado de las cortinas y así, con un poco de suerte, podrían oír lo que se decía.

—Hessa, ¿te duele mucho?

—No, no, no te preocupes. Ha dicho la doctora que todo está bien.

—Lo siento muchísimo. Perdóname por haberte puesto en peligro. No deberíamos haberlo hecho, era demasiado peligroso, perdóname —repitió intentando bajar el volumen de su voz para no molestarla.

—¿Qué están diciendo? —preguntó la madre de Hessa, que aunque estaba pegada literalmente a la cortina, tenía dificultades en seguir la conversación que estaba teniendo lugar al otro lado.

—Le está pidiendo perdón por haberla expuesto a ese peligro —explicó Rawda, que ahora que ya no sufría por el estado de su cuñada, estaba disfrutando de la situación como hacía tiempo que no le pasaba.

—¿Le está pidiendo perdón? —preguntó emocionada su madre—. Un hombre que pide perdón a una mujer es un gran hombre. Un gran hombre.

—Shisss, callad —ordenó Lubna—, que así no hay manera de seguir la conversación.

—Gracias a ti por haberme salvado la vida. Pero

¿cómo conseguiste la foto del doctor Palmer con el hombre de la gorra? ¿Y por qué viniste al hospital con el rifle?

—Recibí un mensaje del conserje del hotel del Trade Centre. Cuando regresó a su casa se puso a rebuscar en las cosas que había dejado Iosif y encontró un par de libros. En uno de ellos estaba esa foto. Al ver que la foto se había tomado en la puerta del Hospital de Camellos me asusté mucho, ya que tú me habías dicho que ibas a ir allí por la noche. Te envié el WhatsApp con la foto advirtiéndote de que no fueras, que podía ser peligroso. También te llamé varias veces. Al ver que no me contestabas me dirigí hacia el centro veterinario. Cuando estaba llegando me llamó la Policía.

—¿La Policía? ¿Algo relacionado con los análisis de Ameera?

—No, no, qué va. Prepárate. —Y por unos instantes se quedó callado—. Me llamaron para decirme que habían encontrado al hombre, a Iosif. Pero... muerto, flotando en el Creek y, a pesar de que aún tenían que hacer las comprobaciones oportunas, me adelantaron que parecía que se trataba de una muerte violenta, porque tenía un golpe en la cabeza. Aún tenían que confirmar con la autopsia si había muerto del golpe o de ahogamiento. Cabía una posibilidad, incluso, de que él mismo se hubiera golpeado al caer y luego ahogado, pero esta era una posibilidad remota. Al llegar al Hospital de Camellos pensé que no era mala idea coger el rifle que llevaba para el *khaleeji*, que me podría ser de ayuda. Cuando os localicé, te vi en el suelo y también vi al doctor Palmer a punto de golpearte con un objeto...

—Un camello.

—Sí, aunque de eso me di cuenta más tarde porque todo sucedió muy rápido en aquel momento. Entonces le di un culatazo con el rifle para evitar que te golpeara.

—¿Ha muerto?

—Noooo. Incluso ha salido bastante bien parado, me refiero al aspecto físico. Tampoco le di muy fuerte, justo para que no te pudiera golpear a ti. Del culatazo lo tiré al suelo, pero no perdió el conocimiento del todo. Se quedó un rato aturdido, pero luego seguí apuntando con el rifle hasta que llegó la Policía. Menos mal que el tipo no sabía que no estaba cargado... —Y se echó a reír.

Hessa, tras oír esta historia y como ya se encontraba mejor, se contagió de la risa de Ahmed y empezó a reírse también. Al poco rato los dos se quedaron mirándose a los ojos, en silencio. Hessa vio en esos ojos negros, negros como los suyos, una luz que no había visto antes. Ahmed había perdido su melancolía.

—Y ahora, ¿qué dicen? No oigo nada —preguntó la madre de Hessa.

—Pues desde que se rieron parece que están en silencio —dijo Rawda un poco preocupada.

—Es verdad —confirmó Lubna—. Estuvieron riendo pero luego se callaron. Yo tampoco oigo nada.

—¡Ah! Ni hablar. Será un gran hombre, pero voy a entrar, voy a entrar y esta vez nadie me lo podrá impedir —dijo la madre muy alterada.

Las cuñadas se miraron sin saber muy bien qué hacer. ¿Qué estaba pasando ahí dentro? ¿Por qué estaban tan callados?

—¿Y qué más pasó? ¿Qué es lo que sucedió luego?

—Ya vuelven a hablar —dijo Lubna en voz baja, tranquilizando a su madre.

—Ah..., ¿y qué dicen ahora?

—Hessa le está preguntando sobre lo que pasó después de que Ahmed golpeara a ese hombre.

—Después llegó la Policía y una ambulancia. Cuando la Policía me comunicó la muerte de Iosif, yo les alerté de la relación de ese hombre con el Hospital de Camellos y de que tú estabas dentro, quizá en peligro. Me contestaron que enviaban un coche patrulla, pero yo ya había llegado y entré a buscarte.

—Afortunadamente... De no ser así, seguramente estaría muerta.

—Olvida eso, no lo digas más. Entonces detuvieron al doctor Palmer. Le hicieron unas curas pero no se anduvieron con muchas contemplaciones con él. A ver, tampoco es que tuviera lesiones importantes... El caso es que ahora está siendo interrogado en la comisaría. A mí también me interrogaron anoche y ya nos avisaron que cuando despertaras te tendrían que tomar declaración. No creo que tarden en llegar.

—Ahmed, ¿te puedo hacer una pregunta más?

—Claro, pregúntame lo que quieras.

—¿Tú crees que la gente cuando está inconsciente puede soñar?

A pesar de lo extraño de la pregunta en esos momentos, Ahmed no se sorprendió de que se la hiciera.

—Yo creo que no. Una persona inconsciente no puede soñar.

—Ya tienes mejor cara.

Lubna y Hessa volvían a estar solas en el box de urgencias a la espera de que le dieran el alta hospitalaria a la joven y de que llegara la Policía. Fuera solo quedaba Fawaz ya que, como jefe de familia mientras Baasir continuaba ingresado, estaría presente durante el interrogatorio. El resto de la familia había ido a rezar a la sala de oración del hospital y Ahmed ya había regresado a su casa para informar a su padre, aunque no dispondrían del informe final de la Policía ni sabrían con exactitud lo que le había sucedido a Ameera hasta que todo el mundo hubiera sido interrogado.

—Es que me encuentro mucho mejor. No, no, no me des más zumo —dijo Hessa rechazando con asco el vaso que le ofrecía su hermana.

—Pues mejor que estés más recuperada porque dentro de nada la Policía llegará y te van a marear con un montón de preguntas.

—Lubna...

—¿Qué? —le preguntó mientras arreglaba la sábana encimera de la cama, aunque no había nada que arreglar, pero en algo se tenía que entretener mientras esperaban en aquel diminuto cubículo.

—¿Tú crees que una persona inconsciente puede soñar?

Lubna abrió los ojos como platos y se acercó más a su hermana.

—¿Has visto el túnel? ¿Lo has visto? Ese túnel con luz al fondo...

—No he visto ningún túnel. Eso se dice que lo ven los que se van a morir o los que están en coma. No, no me refiero a eso. ¡Yo no he estado ni en coma ni a punto de morir! Me refiero a si se puede soñar, soñar normal, como cuando dormimos. Me refería a eso.

—A ver, déjame pensar, es que te planteas unas cosas tan complicadas... Estar inconsciente debe ser parecido a estar anestesiado, ¿verdad? Yo diría que no se tienen sueños.

—Pero es que no es lo mismo, no es lo mismo.

—Sí que lo es.

—No.

—Y tú ¿cómo lo sabes?

—Porque mientras estaba inconsciente tuve un sueño.

—¿Ah, sí? ¿Y qué soñaste?

Que la besaban, soñó que la besaban y aún podía recordar ese suave y tierno beso, aunque solo podía recordar esa sensación, ya que en su sueño no había imágenes.

—No recuerdo lo que soñé, pero sé que soñé, eso sí que lo sé, estoy segura, pero es que mi sueño no tenía imágenes —dijo Hessa sin explicarle la sensación de lo que creía haber soñado.

—Eso no puede ser, es imposible, justamente, si soñamos, lo primero que recordamos cuando nos despertamos son las imágenes, como si fuera una película sin sonido, una película muda —le replicó Lubna extrañada. ¿Estaría su hermana peor de lo qué pensaba?—. Pero bueno, no te preocupes, poco a poco te recuperarás —añadió para tranquilizarla y dar por cerrado el tema. Ahora se tenían que centrar en la visita de la Policía, que estaba a punto de llegar.

Hessa se quedó muy sorprendida al ver aparecer a un hombre y a una mujer policía acompañados de la doctora Habiba. Esta fue la primera en hablar.

—Señora Hessa, ¿cómo se encuentra? —preguntó con mucha amabilidad—. Le debo una disculpa —añadió humildemente—, ya que no la llamé para comentarle los últimos resultados que encontramos en los análisis de la muestra de sangre.

—¿Los tiene ya?

—Sí, sí, eso es lo que estoy intentando decirle. Los tuvimos ayer pero no la llamé y lo siento porque fue usted quien nos dio la idea. Los resultados se los di a la Policía.

—¿Y?

—Bueno, miramos el nivel de insulina en las muestras de sangre de Ameera.

—¿Y?

—Estaba altísimo.

—¿Se trataba Ameera con insulina? ¿Era diabética, entonces?

—Yo no he dicho eso. —La doctora Habiba ya empezaba otra vez con su tono de suficiencia—. De hecho, un nivel alto de insulina puede deberse a un tumor, puede ser que esa insulina se segregue por el mismo organismo. —La forense seguía con sus explicaciones en que nada era como uno esperaba sino todo lo contrario.

—¿Ameera tenía un tumor?

—No, que supiéramos. En los TAC y resonancias magnéticas que le hicimos en la autopsia virtual no se detectó ningún tumor. Lo que le estaba diciendo es que eso era una posibilidad, que encontrar la insulina alta en un análisis no necesariamente significa una administración exógena, es decir, desde fuera. Pero para confirmar eso, aparte de los escáneres, que no evidenciaron ningún tumor, le analizamos otro parámetro en la sangre, el péptido C, que demostró ser bajo. Eso quiere decir que esa concentración de insulina tan alta se debía a una administración desde fuera, a una administración de dosis muy altas de insulina. Pero eso, señora Hessa, no quiere decir que su prima fuera diabética ni que fuera ella la que se administrara esa insulina. Ahora la Policía se lo explicará todo con más detalle.

Los agentes fueron muy amables con Hessa, aunque también muy claros: había estado a un paso de ser asesinada y eso pasaba cuando la gente se metía en asuntos que había que dejar en manos de la Policía. Esperaban que hubiera aprendido la lección. No obstante, reconocían su valiosa contribución a la resolución del caso, aunque no especificaron en qué les había ayudado y qué era realmente lo que ellos habían llegado a averiguar por su cuenta. Ni se lo dijeron entonces ni se lo dirían nunca.

Empezó el interrogatorio con una pregunta que le hizo la agente. Querían saber qué había pasado exactamente en el centro veterinario. El motivo por el que fue, de qué hablaron y cómo se desarrollaron los hechos.

Tras las respuestas de la joven, los policías hicieron un amago de irse. Pero ni Hessa ni sus hermanos estaban dispuestos a dejar marchar a los agentes sin una explicación de todo lo que ya sabían. Aunque el hombre policía parecía más reticente a dar ninguna explicación más antes de finalizar completamente la investigación, la agente se mostró inmediatamente más dispuesta, cogió el sillón del box que había dejado libre Lubna y se sentó.

El doctor Palmer había confesado. Él era el asesino de Iosif, al que le dio un buen golpe y, ya muerto, lo tiró al Creek, el canal de Dubái. También fue él quien intentó asesinar a Maram, su auxiliar, aunque no lo consiguió.

—Pero ¿por qué? ¿Qué le llevó a hacerlo? —preguntó Hessa muy impresionada.

Ese hombre había intentado matarla, pero saber que ya tenía un asesinato y un intento fallido en su currículum, le hizo ponerse a temblar. Lubna, que se había quedado en *shock* por la noticia, empezó a llorar desconsoladamente. La doctora Habiba, sin pensárselo más, le ofreció un vaso de agua para ver si se calmaba, y esta se lo tomó de un trago sin acordarse de que era mediodía y aún no se podía romper el ayuno.

La agente siguió explicándole a Hessa todo lo que sabían, mientras Fawaz y el policía se sentían cada vez más excluidos de la conversación.

—Señora Hessa, el mundo de las carreras de camellos es un mundo muy goloso para la gente ambiciosa y sin escrúpulos. Por eso está tan regulado y controlado. Como bien sabe usted, aunque no se permiten las apuestas, hay mucho dinero en juego, no solo por los premios para los ganadores, sino también por el valor que alcanza en el mercado un camello ganador, porque en nuestra sociedad se puede comprar el prestigio y mucha gente paga sumas muy elevadas por conseguirlo. Para evitar trampas, se hace un control de dopaje a todos los camellos ganadores. A todos. Y como además conocemos que, en ocasiones, los veterinarios se podrían dejar convencer por dinero y caer en malas prácticas, los equipos que dan apoyo a los circuitos de carreras van rotando.

—¿Lo que me quiere decir es que el doctor Palmer se dejó convencer para incurrir en esas malas prácticas?

—En efecto. Eso es lo que pasó.

—¿Dopaba a los camellos?

—Sí y no.

Vaya, pensó Hessa, las mujeres del departamento de Policía eran, en sus respuestas, como la doctora Habiba.

—¿Qué quiere decir?

—Como es casi imposible dopar a los camellos para

que ganen, porque en caso de que así fuera, les harían un control analítico y se podría demostrar, hacía lo contrario.

—¿Lo contrario? No entiendo...

—Sí, le explico. Administraba una droga, la ketamina, esa droga famosa que tantos quebraderos de cabeza nos ha dado a todos, a los camellos favoritos para que perdieran, no para que ganaran. Les administraba una dosis muy pequeña, pero suficiente para que disminuyeran su rendimiento. Eso lo hizo varias veces en las carreras que tenían lugar por las tardes, en las que no participan los camellos de los jeques sino que están abiertas a camellos de otros propietarios. De esa manera, los camellos de aquellos mafiosos que habían contratado sus servicios tenían muchas más oportunidades de ganar con sus camellos, una vez descartados los mejores rivales, y así se revalorizaban muchísimo cuando lo conseguían. Luego, frecuentemente, esos camellos eran adquiridos por los jeques por grandes sumas de dinero, mucho más de lo que realmente valían.

—Y la ketamina la conseguía en el Hospital de Camellos —afirmó Hessa comprendiendo ya el sentido de todo aquello.

—En efecto. Se da la circunstancia, además, de que el doctor Palmer era el encargado de controlar los *stocks* de los fármacos, por lo que, en principio, nadie tendría por qué enterarse de que una parte de la ketamina usada no se pudiera justificar. Pero el problema fue que, tras faltar al trabajo unos días debido a una gripe, al regreso se encontró con que la auxiliar, Maram, en su ausencia y con el objetivo de hacer méritos, había revisado el *stock* de medicamentos. Maram le comunicó que las unidades de ketamina no le cuadraban.

—¡Pobre mujer, ella que solo quería hacer las cosas bien, y un poco más y la matan por eso! —Lubna se puso a llorar otra vez y en esta ocasión ella misma se sirvió un vaso de agua.

La doctora Habiba le dio un pañuelo de papel e indicó a la agente, arqueando las cejas, que siguiera hablando.

—La auxiliar insistió e insistió al veterinario para que le aclarara si había habido alguna intervención o tratamiento que no estuvieran recogidos en la hoja de control. Al no obtener ninguna respuesta por parte del doctor Palmer, le suplicó un jueves que, tras el fin de semana, le diera los datos correctos porque en caso contrario era su obligación hablar con su superior. Palmer se vio acorralado y, conociendo que Maram era diabética y que se trataba con insulina, ideó una manera de hacerla desaparecer que no pareciera un asesinato: administrarle una dosis muy alta de insulina para provocarle una hipoglucemia mortal. Para ello habló con un conocido que le debía favores.

—¿Iosif?

—Exacto. Ese hombre, como ustedes averiguaron, tenía adicciones varias, y el doctor Palmer le pasaba de vez en cuando ketamina y otras cosas... Le dijo que Maram había comentado que saldría a pasear al día siguiente, viernes, y por tanto festivo. La tenía que esperar en el garaje de su casa, ponerle un poco de cloroformo e inyectarle la dosis letal de insulina. Unas horas en el subterráneo sin que nadie la auxiliara serían mortales para ella.

—Pero al final, no fue así...

—Algo debió salir mal, quizá Maram ya salió de su casa acompañada de sus amigas, no lo sabemos. El caso es que el hombre las siguió hasta el centro comercial y allí pasó lo que usted averiguó: el hombre se confundió de víctima y siguió a Ameera Al Falasi, en lugar de a Maram Al Jubaini, hasta el ascensor del Burj Khalifa. Allí le inyectó una dosis muy elevada de insulina de acción rápida. Ese pinchazo inesperado fue el que provocó la cara de sorpresa de la joven y su intento de alejarse, aun sin saber muy bien qué estaba sucediendo.

—La combinación de altas dosis de insulina y los betabloqueantes que tomaba Ameera le debieron provocar una hipoglucemia mucho más grave aún que la que podía haber causado la insulina sola, con una rápida y fatal consecuencia en la conducción cardíaca —intervino la doctora Habiba para aclarar este aspecto—. Además, los betabloqueantes eliminaron la mayoría de manifestaciones que produce una hipoglucemia, como taquicardia, irritabilidad y hambre, que podían haberla alertado de que algo no funcionaba bien. En relación a la ketamina que encontramos en los análisis de su prima, lo que sospechamos es que el hombre que le inyectó la insulina debió utilizar una de sus jeringuillas con restos de esa droga, no olvidemos que era drogadicto.

¡Por fin, ahí estaba la explicación! La razón por la cual Ameera tenía droga en su sangre. La noticia, seguro, iba a ser muy bien recibida por *amm* Khwaja.

—El domingo, al volver al trabajo —continuó la agente— el doctor Palmer se encontró, para su sorpresa, con Maram. Para disponer de un poco más de margen para averiguar qué había pasado, le aseguró que esa misma semana la ayudaría a cuadrar los *stocks*. Al contactar con Iosif para pedirle explicaciones, para su horror se enteró de que el hombre aseguraba haber cumplido con su misión. En el mismo Burj Khalifa, reconoció triunfante. Estaba claro que se había confundido de víctima y, además, en un lugar público, con gente, cámaras… No sabían si esa mujer seguía con vida o no. Al día siguiente su temor se convirtió en una terrible pesadilla. Su «amigo» no solo se había confundido de mujer, sino que había asesinado a otra de una familia emiratí muy conocida y en uno de los lugares públicos más controlados de la ciudad. Y no le quedó más remedio que librarse del tarado, como se ha referido a él durante el interrogatorio, antes de que pudiera caer en manos de la Policía. No le quedó más remedio, «Él se lo había buscado», han sido las palabras textuales del doctor Palmer en su declaración.

—Y fue entonces cuando lo golpeó y lanzó el cuerpo al Creek... —dijo Fawaz, que hasta el momento había permanecido en silencio.

Las mujeres, ante la interrupción, se quedaron mirándolo fijamente por un momento, percatándose por primera vez de su presencia.

—Luego, al ver que el plazo para cuadrar los *stocks* de las medicaciones se acababa, el doctor Palmer decidió volver a intentarlo él solo —continuó la agente—. Así que, al día siguiente, le pidió a Maram que se quedara un rato más para que revisaran el asunto pendiente de los *stocks* de los medicamentos. Aprovechando que ya no había nadie en esa zona del centro, procedió a hacer lo que debía haber hecho Iosif, que en esos momentos yacía sumergido en las aguas del canal. Según ha confesado, primero la adormeció y después le inyectó una dosis muy alta de insulina. Luego se fue, dejando a la auxiliar sola en un despacho, medio dormida, con el bolso con las pastillas que utilizaba para compensar las hipoglucemias y pensando que también tenía dentro ese medicamento, ese que se llama... el... el...

—Glucagón —la ayudó la doctora Habiba.

—¡Eso! Eso que solía llevar encima para inyectarse cuando las bajadas de azúcar eran más graves.

—Pero no lo debía llevar, ¿verdad?, tengo entendido que no se utiliza cuando la hipoglucemia es por ayuno —añadió Hessa recordando lo que su madre le había explicado en la UCI.

La doctora Habiba se sorprendió por la aclaración de la abogada, un poco molesta porque se había adelantado a la explicación que iba a dar en ese momento.

—Cierto, no se usa en esas circunstancias.

—Pero Palmer no pensó en ello y dejó el bolso para simular que quizá se había ido a una habitación para tratarse de forma privada la hipoglucemia, pero que ya no había tenido tiempo de reacción, de tratarse de forma conveniente —dijo la policía—. Pensó que cuando la encontraran muerta por la mañana todo el mundo creería que había sido una muerte natural debido al descontrol de la diabetes y más teniendo en cuenta que el Ramadán ya había empezado.

—Pero afortunadamente alguien la encontró antes de que muriera —se adelantó Hessa, que ya conocía esa parte de la historia.

—Sí, su familia, que la estaba esperando para celebrar el *iftar*, al ver que tardaba tanto y que no contestaba al teléfono, se puso muy nerviosa, tanto que llamaron al Hospital de Camellos. El veterinario de guardia la encontró con convulsiones, pero aún con vida y el equipo desplazado con la ambulancia pudo iniciar el tratamiento inmediatamente. Eso la salvó.

—¿Y se pondrá bien? —preguntó Lubna con lágrimas en los ojos.

—Confiamos en que, con un poco de suerte, se restablezca totalmente y sin secuelas. Pero habrá que verlo… —contestó la doctora Habiba.

En los últimos instantes, el policía que había permanecido callado hasta el momento, se decidió a aportar su punto de vista:

—En cuanto al futuro que le espera al doctor Palmer, con un asesinato, doble intento de asesinato, tráfico de drogas, manipulación de las carreras de camellos, incitación al asesinato y no sé si me dejo algo… Con todo eso a sus espaldas, en estos momentos ya debe estar deseando no haber nacido.

Sí, pensó Hessa. Tanto si se le aplicaba la *sharia* como la legislación penal, Palmer tenía un mal futuro por delante.

Capítulo 12

Un mes después

*T*enía el móvil lejos y se tuvo que levantar para atender la llamada. ¿Quién sería a estas horas? Justo en el mejor momento de su culebrón preferido. En fin, qué se le iba a hacer...

Hania vio que era Sharfa, la esposa de Khwaja, quien llamaba. Bueno, si era ella, no le importaba tanto que la hubieran interrumpido.

—Sí, totalmente recuperada, de verdad, no os preocupéis más, Hessa se encuentra bien, como siempre, todo normal. Y ya está trabajando, aunque pronto cogerá sus vacaciones. Se irá de viaje con Lubna y su familia. Me han dicho adónde y fíjate que ni me acuerdo. Esos jóvenes..., parece que el mundo se les queda pequeño. En cuanto tienen unos días libres, si no cogen un avión y se van bien lejos es como si no hicieran nada, con lo importante que es descansar, que para eso son las vacaciones, ¿no?

—Yo opino como tú, pero qué se le va a hacer. Además, ¡que disfruten mientras puedan! —Se quedó en silencio durante unos instantes—. Así que Hessa se marcha... Es que verás, nos gustaría pasar un día por vuestra casa, ir a visitaros para agradecer a Hessa todo lo que hizo.

—No te preocupes, Sharfa, si le habéis demostrado vuestro agradecimiento un montón de veces, no hace falta que os molestéis. —La madre de la joven abogada empezó a sentirse agobiada al pensar en la posibilidad de que viniera el primo de su marido con su mujer a su casa.

Con la mansión que tenían... y ellos, en cambio, necesitaban renovar muchas cosas, principalmente las cortinas y las tapicerías de los sofás, que tenían ya unos años y que, además, Hessa odiaba, aunque nunca se lo había dicho. ¿Le daría tiempo de cambiarlas antes de que los visitaran? ¿Y si les proponía verse en casa de Lubna? Al fin y al cabo, Hessa vivía en casa de su hermana, no con ellos..., pero decirles eso sería una auténtica grosería. Si querían venir a su casa no podía hacer nada, simplemente se tendría que resignar a pasar un rato de vergüenza, pero tenía que ofrecerla, no le quedaba más remedio.

—Sharfa, nosotros también estamos muy contentos de que todo se haya aclarado. Tenía que haber una explicación para lo de las drogas, Hessa tenía razón. —Hania estaba muy orgullosa de su hija y de todo el reconocimiento que estaba demostrando la tía Sharfa en su conversación telefónica, pero intentó ser modesta—. Alá la ha guiado en la investigación. Ella sola no hubiera podido.

—Tu hija hizo un gran trabajo y, además, demostró una gran valentía. Bueno, entonces, ¿cuándo os iría bien que fuéramos? Siempre que no sea molestia, claro, porque a lo mejor Baasir aún no está del todo bien.

Hania pensó por unos momentos que quizá podría utilizar la excusa de que su marido aún se estaba recuperando, pero no era cierto. De hecho, en estos momentos estaba ya en una de sus tiendas en el Zoco del Oro. Así que no podía mentir sobre el estado de salud de su marido. El susto había sido muy serio, y aún dedicaba parte del día a agradecer a Alá su completa recuperación.

—¿Baasir? Baasir está ya bien, es un hombre muy fuerte, como su madre. Solo está un poco cascarrabias porque el médico le ha prohibido el café y la *shisha*, imagínate, un hombre sin café y sin *shisha*... Pero, Sharfa, sois demasiado amables, no es necesario que os toméis tantas molestias. Si queréis iremos un día, cuando os vaya bien, a vuestra casa.

—No es ninguna molestia. Pero es que además..., hay otro asunto.

Hania se quedó intrigada pero en silencio. ¿Otro asunto? ¿Qué podía haber sucedido ahora?

—Tenemos que ser nosotros los que vayamos —insistió Sharfa—, no puede ser de otra manera, es lo que se debe hacer en estos casos.

—Perdona, no entiendo muy bien lo que me quieres decir. ¿A qué caso te refieres? —Entonces oyó risas al otro lado del teléfono y se tranquilizó. Parecía que el asunto no era un problema del que debiera preocuparse y, además, se alegraba de notar a su prima de buen humor.

—Los chicos..., nuestros hijos.

Hania seguía sin entender.

—Pero, mujer, mira que te cuesta... —Sharfa empezó a reírse otra vez pero al final se controló e intentó poner voz seria—. Tengo una proposición de Ahmed para tu hija. Una proposición de matrimonio.

¿Estaba entendiendo lo que creía entender?, se preguntó Hania casi sin respiración por la impresión que le habían causado las palabras de su prima. ¿Ahmed, el heredero de los negocios de *amm* Khwaja, quería casarse con su alocada hija? ¿Se estaba refiriendo realmente a Hessa? ¿A su Hessa? Estaba a punto de llorar de alegría... El hijo de Khwaja..., nunca hubiera sido capaz ni tan solo de soñarlo.

Amma Sharfa volvió a tomar la palabra:

—Querida prima, nuestro hijo ha pasado mucho, ya lo sabes. Si ahora nos ha encargado esto es que para él es muy importante. Pero nuestro hijo nunca querría que Hessa se sintiera obligada. ¿Sabemos algo de lo que podría sentir Hessa? Habla con ella, averígualo. Ella debe tomar una decisión sin la presión de la familia. Nuestro hijo nunca lo aceptaría de otra manera. —Hizo una pausa para seguir con un tono muy solemne—. Si Hessa está de acuerdo, para nosotros será un honor tenerla como nuera y volver a ver feliz a nuestro hijo. Tampoco voy a negarte que sería una buena noticia para la pequeña Aisha. Necesita urgentemente una madre.

—Sharfa, me siento muy honrada por tus palabras y vuestra propuesta. Para nosotros también sería un gran honor este matrimonio, pero tienes razón, tengo que hablar con Hessa antes que nada —dijo muy a su pesar—. Volveremos a hablar pronto.

Se despidieron y a Hania le faltó tiempo para llamar a su hija y decirle que fuera a verla antes de regresar a su casa, que tenía que decirle algo muy importante que no se podía demorar. Por suerte, Hessa estaba a punto de salir ya del despacho, y no creía que tardara mucho, aunque dependería del tráfico que encontrara a esas horas en el centro de la ciudad.

Después de la llamada de su madre, Hessa se quedó intrigada. No le había querido adelantar nada por teléfono. ¿Les habrían diagnosticado alguna enfermedad incurable? ¿Su padre se volvía a encontrar mal? ¿Acaso le iban mal los negocios? A su madre no la había notado triste, eso la tranquilizaba, pero estaba misteriosa, muy misteriosa. ¿Qué podía pasar?

Hania también se sentía muy inquieta tras la conversación con su prima. Se moría de ganas de compartir esta información con alguien, pero sabía que no debía. No, esta vez no, no podía llamar ni a su hija mayor, ni a su nuera, ni a Baasir, que, como padre, tendría que aprobar ese matrimonio, pero ¿cómo no iba a estar Baasir de acuerdo con el matrimonio de su hija pequeña con el hijo mayor de su primo Khwaja? Y como su aprobación no sería ningún problema, tenía que ser Hessa la primera en enterarse de la gran noticia. La felicidad de su hija estaba en juego, no era un asunto de chismorreos.

Pero las dudas empezaron a asaltarla mientras la esperaba. Una espera que se le estaba haciendo eterna. ¿Estaría Hessa de acuerdo? No sabía si Ahmed le gustaba, quizá no, si le gustara se lo habría dicho. Era su madre, ella lo hubiera sabido. Pero no le había dicho nada, nada en absoluto. Aunque, pensándolo bien, Hessa nunca había tenido ese tipo de confidencias con ella. Se sintió un poco triste al darse cuenta de que quizá su hija no tenía tanta confianza con ella como creía y hubiera deseado, aunque, por otra parte, quizá era mejor así, ya que había cosas sobre los hijos que, a lo mejor, era preferible no conocer. Hessa le hablaba, y mucho, pero de su trabajo, de sus viajes, sus compras, no de sus sentimientos. ¿Y si llamaba a Rawda? Ella era su mejor amiga, su confidente. La podría llamar y preguntarle, aunque sin explicarle la razón. Pero no, no podía hacerlo, Rawda era muy intuitiva y lo descubriría y tenía que ser Hessa la primera en conocer esa propuesta. No había duda de que Ahmed era muy guapo y muy rico y además le había salvado la vida, como en las series que tanto le gustaban. Cualquier mujer se querría casar con Ahmed. Además, tenía una hija preciosa, pero no de una exmujer, que eso, en ocasiones, complicaba las cosas, sino que era una niña que no tenía madre. Hessa podría ejercer como tal desde ya, con las ganas que ella tenía de tener hijos, de formar un hogar. Además, una niña. La podría llevar de compras, seguro que les encantaría a las dos. Y el varón..., el hijo varón lo tendría Hessa, con el orgullo que eso era para una madre. Pero... todo era demasiado bonito, ¿podían tener tanta suerte? Bueno, ya les tocaba. Habían sufrido muchas desgracias últimamente, quizá empezaba una buena racha. Pero la buena suerte, a veces, daba más miedo que la mala. Porque ¿y si todos esos sueños, todas esas oportunidades se esfumaban? ¿Y si decía que no, solamente por llevarle la contraria? Eso era muy propio de Hessa. Tenía tendencia a llevar la contraria a todo el mundo, y más a ella. Pues, entonces, ya tenía la solución, la estrategia: le diría a Hessa que no le parecía bien ese matrimonio y de esta manera Hessa aceptaría la proposición. Pero ¿qué estaba tramando? Era la felicidad de su hija y no podía utilizar esas sucias artimañas. Quizá lo mejor era hablar con Rawda y con Lubna para que la convencieran y, en caso de que dijera que no, que le hicieran ver cuál sería su futuro: una mujer sola, sin familia, una vida arruinada... Pero su hija se merecía ser feliz y ese hombre podría devolverle la felicidad que le había sido arrebatada hacía dos años con aquel terrible accidente. Y, entonces, Hania rememoró todo lo que había pasado su hija con el fallecimiento de su yerno y también se acordó de cuando la vio, ahora hacía un mes, en el hospital, inconsciente, y las lágrimas le empezaron a resbalar por las mejillas ante esos recuerdos. También pensó en lo valiente y decidida que era en los tribunales de la *sharia* y lo lista y arriesgada que había sido en la investigación. Y con qué interés aconsejaba a su padre en los temas de las tiendas, mucho más que su hijo mayor, que no les prestaba ninguna atención. Y no había que olvidar lo cariñosa y atenta que era con la abuela, eso que a veces era una mujer insufrible. Y cómo mimaba a sus sobrinos...

Empezaba a anochecer y se oyó el canto del muecín llamando a la oración del *Maghrib,* y Hania entonces supo lo que debía hacer. Y eso es lo que haría, eso y nada más. Y, mientras esperaba la llegada de Hessa, se situó orientada hacia La Meca, elevó las manos con las puntas de los dedos hacia el cielo, bajó la vista en señal de humildad y con voz suave hizo una *dua* a Alá pidiéndole que su hija dijera que sí.

Glosario

Abayas. Túnicas negras que suelen vestir las mujeres emiratíes y también las de otros países del golfo Arábigo.
Abu. 'Padre' / 'padre de'.
Addham Allah ajrakum wa ahsan aza'akum wa ghafar li faqeedikum. Frase hecha para dar el pésame a los familiares de un finado.
Afwan. 'De nada'.
Ahlan wa sahlan. 'Seas bienvenido'.
Ajami. Literalmente significa 'sordo al árabe', y se utiliza para referirse a las personas que no hablan ese idioma. Los emiratíes, en concreto, suelen utilizarlo para designar a aquellas familias que tienen algún antepasado persa.
Al hamdulillah. 'Alabado sea Alá'.
Al harees. Mezcla de trigo y carne con *ghee*.
Aleikum salam. Respuesta al saludo «Salam aleikum».
Allah Akbar: 'Alá es grande'.
Amm. Tío paterno.
Amma. Tía paterna.
Ashaduanllah illaha ill Allah. 'No hay otro Dios sino Alá'.
Ashaduanna Muhammadan rasool Allah. 'Mahoma es el profeta de Alá'.
Azan. Canto del muecín desde la mezquita para llamar a la oración.

Baba. 'Papá'.
Baklava. Hojaldre con miel, nueces y pistachos.
Batheetha. Dulce a base de harina, pasta de dátiles y *ghee*.
Bezar. Mezcla de especias típica de los Emiratos Árabes.
Bin. 'Hijo' / 'hijo de'
Bint. 'Hija' / 'hija de'.
Burka. En los Emiratos Árabes y otros países del Golfo, se refiere a la máscara que utilizan algunas mujeres para taparse parte de la cara.
Dharuurat. 'Necesario'.
Dhows. Barcos tradicionales de la zona del Golfo.
Dhuhr. La hora del día en que el sol ha alcanzado su punto más alto y empieza a declinar.
Dua. Súplica que realizan los musulmanes a Alá.
Dubai Summer Surprises. Periodo de rebajas de verano en Dubái. Los principales centros comerciales abren hasta altas horas y organizan eventos comerciales.
Eid al-Fitr. La fiesta que celebra el fin del Ramadán. Las familias se juntan y los niños reciben regalos.
Expat. Expresión con la que se suele aludir coloquialmente a los expatriados que trabajan en los Emiratos Árabes.
Fajr. Amanecer. Es cuando tiene lugar la primera de las cinco oraciones diarias que realizan los musulmanes.
Fatwa. Pronunciamiento legal emitido por un especialista en la ley islámica sobre una cuestión específica.
Ghee. La mantequilla clarificada habitual en muchas recetas de la cocina árabe.
Gutrah. Pañuelo, generalmente blanco, que llevan en la cabeza los hombres emiratíes.
Habibati. 'Mi amor', 'mi cariño'.
Halal. Lo que está permitido por la religión musulmana. Comúnmente se suele referir a la comida que pueden tomar los musulmanes (por ejemplo, la carne de cerdo no es *halal*).
Halaua. Depilación con caramelo.
Hamula. 'Clan familiar'.

Harira. Sopa de lentejas, garbanzos y carne, muy especiada, que se suele tomar durante el Ramadán.

Hilal. Cuarto creciente lunar que marca el inicio de cada uno de los doce meses del calendario lunar islámico.

Iddah. Período de duelo de cuatro meses y diez días que las viudas musulmanas deben cumplir recluidas en su casa para que en caso de un embarazo se pueda atribuir la paternidad al cónyuge fallecido. Durante ese período no pueden casarse de nuevo.

Iftar. Cena con la que se rompe el ayuno diario durante el mes del Ramadán. Habitualmente se hace en familia o con la comunidad.

Igeimat. Buñuelos empapados en un jarabe con sabor a azafrán, cardamomo y canela.

Imán. Hombre que dirige la oración colectiva en las mezquitas. Líder religioso.

Inna lillahi wa inna ilaihi raji'un. 'Todos somos de Alá y a Él volveremos'.

Inshallah. 'Si Dios quiere'.

Jalabiyas. Túnicas de algodón con estampados de colores.

Jala. Tía materna.

Jutba. Sermón que realiza el imán en las mezquitas.

Kandora. Túnica, generalmente blanca, que visten los hombres emiratíes y también en otros países del Golfo, aunque en cada país tiene unas características específicas.

Kahwa. Café árabe preparado con cardamomo al que en ocasiones se le añade azafrán y canela.

Khaleeji. Danza tradicional emiratí. Es habitual bailarla en las grandes celebraciones y en las bodas.

Khula. Divorcio solicitado por las mujeres que permite el islam para situaciones muy concretas.

Kumma. Gorro en forma de casquete que llevan los hombres en Omán. Puede ser de color blanco pero con frecuencia lleva dibujos geométricos de colores. Sobre el *kumma* puede llevarse un turbante o *massar*.

Laborer. Expresión para referirse a la clase económicamente más baja de los inmigrantes que trabajan en los Emiratos Árabes, habitualmente en la construcción o en trabajos poco cualificados.

Lavan. Bebida a base de yogur, agua y sal.

Leila saida. 'Buenas noches'.

Local. Una de las formas en que se suele aludir a la población autóctona emiratí.

Ma'as salama. 'Adiós'.

Maa shaa Allah. 'Alá lo ha querido'. Se suele utilizar cuando se quiere reconocer que algo gusta mucho pero evitando, al expresarlo de esta manera, el mal de ojo.

Machbuss. Arroz con pollo.

Machbuss rubian. Arroz con gambas y limas secas cocinado con *bezar*.

Maghrib. 'Crepúsculo'.

Mahram. Las personas «prohibidas» con las que un hombre o una mujer no se pueden casar (padres, hijos, hermanos…).

Majlis. Lugar de reunión de los hombres. Generalmente es un espacio con cojines y alfombras donde los hombres reciben cómodamente a sus invitados.

Massar. Turbante que llevan los hombres en Omán. Se compone con una pashmina de estampados y colores varios. Puede ir encima del *kumma* o directamente sobre la cabeza.

Musalsal. Culebrones que suelen emitir por televisión durante el Ramadán.

Muwatin. Emiratí «puro», nativo, que desciende de emiratíes.

National. Una de las formas con las que se suele denominar a la población autóctona emiratí.

Nikkahnama. Contratos prematrimoniales.

Niqab. Velo con el que se cubren algunas mujeres emiratíes la cara, dejando únicamente al descubierto los ojos.

Rakat. Gestos y rezos reglados que se han de realizar obligatoriamente durante las cinco oraciones diarias de los musulmanes.

Ramadán. Noveno mes del calendario lunar islámico y santo para el islam. Se caracteriza, entre otras cosas, por tener que ayunar (comida y líquidos) desde que sale el sol hasta que se pone.

Ramadan karim. 'Un Ramadán lleno de generosidad'. Se utiliza para felicitarse durante el Ramadán, al igual que la expresión siguiente.

Ramadan mubarak. 'Un Ramadán lleno de bendiciones'.

Regag. Pan tostado muy fino que se sirve con el *tharid*.

Sahur. La comida que se toma antes del alba y, por tanto, antes que comience el ayuno diario, durante el Ramadán.

Salam aleikum. 'La paz sea contigo'. Se utiliza para saludar.

Salat. Oración del islam.

Salat del juma. Oración de los viernes que se realiza en la mezquita con la comunidad y que sustituye a la oración del *dhuhr*.

Sayyid. 'Señor'.

Sayyida. 'Señora'.

Shaban. El octavo mes del calendario islámico, basado en el calendario lunar. Precede al mes del Ramadán.

Shahada. Palabras de declaración de fe islámica: «No hay más Dios que Alá y Mahoma es su profeta». Es uno de los cinco pilares de esta religión y acompaña a los musulmanes toda su vida, desde el nacimiento hasta su muerte, ya que los moribundos también deben recitarla o, en caso de que no les sea posible, lo deben hacer sus allegados en su nombre.

Shaila. Velo negro que suelen utilizar las mujeres emiratíes para cubrirse el cabello.

Sharia. La ley islámica.

Shisha. Pipa de agua con la que se suele fumar una mezcla de tabaco y aromatizantes frutales o menta.

Shopping Festival. Período de rebajas que empieza el 1 de enero en Dubái.
Shukran. 'Gracias'.
Shukran jazilan. 'Muchas gracias'.
Shurut. Cláusulas de los contratos.
Sunna. Recomendación del profeta Mahoma.
Surat alfatiha. Primer capítulo del Corán.
Talik. Divorcio.
Tarawih. Oraciones voluntarias que se hacen a medianoche durante el Ramadán.
Tharid. Estofado de cordero del que se dice que había sido el plato preferido del profeta Mahoma.
Umm. 'Madre' / 'madre de'.
Ummi. 'Mi madre'.
Wallah! '¡Por Alá!'. Expresión permitida siempre que se utilice como exclamación, no como juramento.
Wasta. 'Influencias, contactos'.
Wudu. Abluciones que permiten la purificación necesaria para la oración, de acuerdo a la religión musulmana.
Yaddati. 'Mi abuela'.
Zabiba. Callo que se forma en la frente debido a las postraciones que requieren los cinco rezos diarios que deben hacer los musulmanes. Por esta razón suelen exhibirlo las personas muy religiosas.

Gema García-Teresa

Nació en Barcelona, ciudad en la que reside en la actualidad. Tras cursar la carrera de Medicina y especializarse en Farmacología Clínica, se incorporó a la industria farmacéutica, donde sigue desarrollando su profesión. *Muerte en el Burj Khalifa* es su primera novela, una intriga divertida, un *thriller* con elementos de *chicklit* que refleja tanto su pasión por la medicina como su fascinación por los Emiratos Árabes.